U0935193

张红欣
ZHANG HONGXIN
著

南海出版公司
·海口·

图书在版编目（CIP）数据

裂帛 / 张红欣著. -- 海口 : 南海出版公司,
2016.11
ISBN 978-7-5442-8546-9

Ⅰ. ①裂… Ⅱ. ①张… Ⅲ. ①中篇小说－小说集－中国－当代 Ⅳ. ①I247.5

中国版本图书馆CIP数据核字（2016）第248028号

LIE BO
裂帛

作　　者	张红欣
责任编辑	曾科文　孙翠萍
出版发行	南海出版公司　电话：（0898）66722926（出版）　（0898）65350227（发行）
社　　址	海南省海口市海秀中路51号星华大厦五楼　邮编：570206
电子信箱	nhpublishing@163.com
经　　销	新华书店
印　　刷	三河市祥达印刷包装有限公司
开　　本	787毫米×1092毫米　　1/32
印　　张	8.5
字　　数	182千
版　　次	2016年11月第1版　　2016年11月第1次印刷
书　　号	ISBN 978-7-5442-8546-9
定　　价	32.80元

content

密码

手机在裤兜里叮叮当当响起来，曹卫东伸手去摸，那边却哑了，之后又响，又摸，又哑。反复几次，曹卫东找了个树荫，掏出手机，眯着眼鼓捣了一阵儿。

手机是柳眉买的，三星N7100。柳眉说，这叫智能机——智能机懂吗？跟电脑差不多，有了它，你就能跟整个世界对话。曹卫东觉得，智能机千好万好，有一点特别不好，就是接电话时很容易碰到不该碰的地方。比如今天，今天他肯定碰了哪儿，才一连几次按掉了对方的电话。曹卫东在树影下鼓捣了好一阵儿，才把电话拨回去。

是他的一个客户。电话一接通，对方激动的情绪差点把曹卫东掀个跟头："……挂电话是吧！挂电话就能躲得掉吗？要是不接电话能解决问题，你们永远都别接，你们躲一辈子！"

他说"你们"。曹卫东等对方咆哮完，才开始问怎么回事。

到建材市场买完壁纸，曹卫东开着"松花江"直接去了柳眉家。柳眉正在做面膜，客厅采光不好，门一开，柳眉一张雪白的脸从门后闪出来，两只黑眼珠滴溜一转，把曹卫东吓了一跳。看见曹卫东那副表情，柳眉噗一下笑出了声。

“本女鬼只勾魂，不夺命，”柳眉说，“怕什么呀你！”

柳眉刚洗完澡，头发湿漉漉地散着，身上若有若无一缕幽香。高中毕业、教过十年初中语文的柳眉知道美人出浴的意境，更知道扬长避短，一边揭下脸上的面膜，一边按亮了客厅灯。灯下的柳眉越发身长玉立，肤如凝脂，脸上的皱纹雀斑脂肪粒统统淡得看不见了。曹卫东身上忽地一热，一下忘了此行目的，铺垫都没做，径直把柳眉扑到沙发上。

“才几天，”柳眉躲闪着，“你一向都这么没出息吗？”

这话简直就是鼓励了。曹卫东血脉偾张。身下的女人扑腾得像条鱼，欲拒还迎，态度又暧昧又刺激。曹卫东正不知从哪儿下手，鱼儿自己从睡袍里游了出来——柳眉居然没穿内衣。一丝不挂的柳眉光溜溜地横在曹卫东面前，眼里水波荡漾，嘴角照例噙着一丝笑。

果真是勾魂。曹卫东欲火中烧，套子都没戴，便直奔主题。

柳眉刚到曹卫东他们学校时，不是这样，那时候的柳眉很青涩，或者说很木讷，作为年级语文教研组组长的曹卫东，几次没事找事的搭讪，都被她的手足无措顺了过去——她那么慌乱，仿佛所有来自异性的搭讪都疑似侵犯，曹卫东不得不时刻提醒自己悠着点儿，比如说方式，措辞，眼神，语调，像一场拖沓的前戏，悠着悠着，曹卫东就阳痿了。

新学期一开始，曹卫东把柳眉的课全部调到了上午，并且额外加了一节公开课。接下来的几天，柳眉拿眼睛追逐着曹卫东，终于在一个没人的空当，期期艾艾地开了口。

“曹老师，我上午的课，能不能减一节？”

曹卫东抬起头，询问似的望着柳眉。

“我得回去，给孩子喂……喂奶。”

曹卫东意味深长地哦了一声，目光理所应当地往下移了移。初秋，天气还不算凉，柳眉穿着件白底碎花的收腰小袄，宽袖，立领，对襟，一排手工盘扣像一溜含苞未放的花蕾，把个领口扣得严严实实。曹卫东却在这身严丝合缝的装束下，看出了一派波涛汹涌，他甚至能够想象柳眉柔软的胸脯下，点滴奶水如何聚少成多，汩汩潺潺，溪流一样从四面八方汇集到一起，渐渐充盈乳尖——没办法，这女人太漂亮，尤其是，她还在哺乳期，身上散发着雌性动物特有的味道。一段时间以来，曹卫东觉得自己像一只嗅觉灵敏的公狗，办公室里八个人，闭着眼睛，他都能知道哪个动静是别人的，哪个，是柳眉的。

“怎么开会时不说？”曹卫东说，“课表都排好了。”

课程到底做了调整。柳眉是代课老师，没有正常的育儿假，但公开课还是她的任务——这种人人避之不及的事，不安排代课老师安排谁呢？曹卫东说，你不想加分吗？不想转正吗？不想被人肯定吗？如果想，这就是最好的机会。

柳眉低着头，一下一下绞着手指。

曹卫东笑了：年轻人，就得有股子冲劲儿，这事儿就这么定了，你去准备资料，有什么问题可以随时跟我反映。

柳眉的设计其实做得不错。她选的是《爱莲说》，开篇用了《诗经》里的一句：“彼泽之陂，有蒲与荷。有美一人，伤如之何？”由此展开古人对“莲”意象的深究；中间穿插了几首诗，“九月江南花事休，芙蓉宛转在中洲”“荷尽已无擎雨盖，菊残犹有傲霜枝”“断无蜂蝶慕幽香，红衣脱尽芳心苦”——除了稍嫌卖弄，也还算贴切；结尾则略作升华，引申到莲是佛教圣物、清洁的象征，正好扣了周敦颐“出淤泥而不染”的主题。

这是教案里摘出来的一小节，曹卫东基本没做改动。他不怕柳眉写不好，他怕她讲不好。有的人就这样，一肚子文韬武略，写也写得，画也画得，偏偏拿到嘴巴上就不行。

事情跟曹卫东预料的一样，公开课那天，提前准备了半个月的柳眉，在十几位外校同行面前，不出意外地卡壳了。足足有半分钟时间，柳眉捏着粉笔呆立在讲台上，脸上一片茫然。坐在教室后排的曹卫东眼疾嘴快，适时提了个承前启后的问题：

“柳老师，请您解释一下古文里，关于莲、荷、芙蓉、菡萏的概念？”

这是他们共同研究过的一个问题。柳眉顿时活了过来。后面的课讲得非常顺利，柳眉始终保持着流畅的思路，有条不紊。一个月后，公开课评比结果揭晓，柳眉得了一个加分。

柳眉买了个笔记本感谢曹卫东，扉页上还写了留言，像中学生之间的友谊。笔记本照例是挑没人的时候交给曹卫东的，接过本子的曹卫东，打开扉页就笑了。

“齐头并进。”曹卫东边笑边瞅了柳眉一眼，“我可以理解成比翼双飞吗？”

“就是……就是共同进步的意思。”柳眉红了脸。

“比翼双飞不是进步得更快？”曹卫东顺势牵住柳眉一只

手，“你我好比鸳鸯鸟，比翼双飞，在人间……”

“曹老师——”柳眉一边往回缩着手，一边往门口看。

“他们都开会去了。”曹卫东手上用力，柳眉站立不稳，被他掳到怀里。

“曹老师，我、我得回家了。”

“回家……嗯，回家喂奶是吗？”曹卫东低下头，脸埋进柳眉脖颈间，手顺着腰间摸索上来，他被柳眉身上一股腥甜味道弄得头昏脑胀，迷醉中，手背忽然一阵火辣辣地疼，随即便是一声脆响——挣出半只手臂的柳眉，扬手给了曹卫东一记耳光。像电影里的情节一样，柳眉恼羞成怒地跑了出去，留下曹卫东一个人，捂着腮帮原地发怔。

身下的柳眉咿咿哦哦叫起来，像三级片里的女主角。曹卫东激动难耐，身体带着某种报复性的快感遽然坍塌。完事后的柳眉去了卫生间，曹卫东四脚朝天摊在床上，听着卫生间哗哗的水流声和柳眉含混不清的哼唱声，才想起自己此行的目的。

“杜鹃山庄的乳胶漆，是你换的吗？”

隔着磨砂玻璃门，曹卫东大声问了柳眉一句。

“什么？”水流声停，柳眉探了半个头出来，“你说什么，我听不清。”

把装修队的账目交给柳眉，是曹卫东他妈决定的。

在此之前，曹卫东从没见过那么爱记账的人。高中毕业的文科生柳眉，对会计那一套几乎是无师自通。据柳眉自己说，每年她都会买两个账本，一本总分类账，一本现金账，现金账记流水收支，分类账记支出种类。大到买房置地，小到油盐酱醋，甚至一包卫生巾，柳眉的账上，一笔一笔都有记载。年底她还会分析一下收支，比如食品类消费是不是过低，服装类支出是不是太高，化妆品该不该节约一点，份子钱能不能省下一部分。

十几年来，柳眉的账本，摆满了整整两节书柜。

从准婆婆的角度看，柳眉的确是过日子的一把好手。所以，对于母亲的决定，曹卫东什么都没说——他反正也有没有换女朋友的打算。人到中年，尤其是男人，肩上扛负的东西越多，对实质之外的形式就越淡漠，好比做爱，年轻时可能还追求灵肉合一，这时候更注重的，则是肉体的酣畅淋漓。柳眉不错，出得了厅堂入得了厨房，床上也绝对癫狂，对自己更是死心塌地，这就够了。曹卫东的当务之急，不是如何实现自己的理想，而是尽快把父母的生活，推回正常的轨道上——他们都七十岁了，他能尽孝的时间已经不多。

倒是他父亲老曹，犹豫了一下。人是会变的，老曹说，柳眉进城十几年了，东东跟她交往才几个月，这样，合适吗？

曹妈妈立刻抹起了眼泪。她不是哭给老曹，而是哭给儿子看的，自打曹卫东回来，老太太干涸了十五年的泪腺就恢复了正常，不高兴她要哭，太高兴也要哭，忆苦要哭，思甜还要哭，各种哭无非一个目的，就是要儿子来哄。每次，曹卫东都像哄小孩一样哄她，非常耐心。

“我还能活几年？”老太太抽抽搭搭地说，“我得赶紧看着他们结了婚，把这一摊子家业撑起来，再给我生个孙子，我的孙子姓了李，我没脸见祖宗啊……”

第二天，柳眉又添了几个账本，像模像样记起了装修队的账。

说起来，老曹是第一批涉足家装行业的，20世纪末，曹卫东还是人民教师的时候，他爸已经组织了一班人马，搞起了装修。那时候的家装业，赚钱跟玩儿似的，老曹说，哪像现在，门窗厨卫都是定制的，瓷砖跟地板只能落个工费，像咱们这种小装修队，有利可赚的，也就剩个墙面了。曹卫东觉得，柳眉是被他爸最后那句话启发的。柳眉说不是。

“这还用启发？”柳眉说，“你去打听打听，哪个装修公司不这么干，我不过是把他们的乳胶漆换了个型号，一桶才差八十块钱，有的还换品牌呢，也没见这么闹的。”

因为活儿小，虽然合同上签着曹卫东的名字，杜鹃山庄这单业务，其实一直是柳眉在操持。业主方是个四十多岁的律师，发现自己的内墙漆被调包之后，马上叫停一切活计，就地索赔。柳眉跟他协商几次无果，索性不再理那人。

“我都答应他重做了。”柳眉说，“一切损失我们承担，他还是不干，那我怎么办。”

“赔。”

曹卫东点上一根烟，半天没听到柳眉吭声，抬眼看了她一下，发现她也在盯着自己。柳眉的眼睛挺好看，细长而弯，像枚月牙。

老曹刚刚起家那会儿，曹卫东还在教书，上班时间他是园丁，周末摇身一变，他就是装修队的二老板，家装业那些猫腻，他全懂。不但懂，曹卫东还是内中高手：电线不套管，水管走斜线，进料吃回扣，材料以次充好，面积谎报多报，工艺能省则省……1996年他接了几个独门别墅，三个月的活儿干下来，净赚十几万。别人骑自行车上班的时候，曹卫东已经开上了“桑塔纳2000”，所以，当柳眉说“你去打听打听”时，曹卫东靠着沙发，闭上了眼。

“好吧。”

柳眉顿了顿，拿起手机，开始给律师打电话。曹卫东一根烟抽完，又续上一根，她们还在就赔偿问题讨价还价。曹卫东起身去了卫生间。

说到底，柳眉还是有点儿怕他。曹卫东生起气来有两种表现。一是主动发声，连珠炮般罗列对方一二三点错误，也不给人解释机会，转身就走。二是不发声，比如上次，上次曹卫东在柳眉手机里发现了几条短信：“对不起我在开会，不方便。”“我在开车，稍后联系你。”“晚上七点，老地方，不见不散。”柳眉正在厨房，曹卫东把手机搁在茶几上，到门口招呼一声就走了。一连半个月，曹卫东都没联系柳眉，那时候他们刚开始相处，柳眉还在矜持阶段，曹卫东没动静，她也不问怎么回事。等曹卫东打算开始第二次相亲的时候，柳眉来了条短信，口气是隐忍而小心翼翼的：最近还好吗？天冷，出门多添件衣服。

拿着手机，曹卫东的心底痉挛了一下。

就是从那天开始，曹卫东发现，柳眉跟从前不一样了。他们当晚就住在了一起，与其说曹卫东主动求欢，不如说他顺着柳眉的意愿，一步一步上了她的床——柳眉做了一桌好菜，他们还喝了点儿酒，不多，酒后的柳眉两颊酡红，双眸如水，呼吸都有点粗重。之后他们看了个电影，到一半时，柳眉去洗澡。卫生间的门斜对着客厅，磨砂玻璃不隔音，哗哗的水流声肆无忌惮地溅出来，曹卫东艰难地盯着电脑屏幕，然后，屏幕卡住了。

是杜拉斯的《情人》，镜头停留在床上，光线幽暗的房间里，梁家辉梦游般一件一件脱去女主角的衣服，画面外，老杜拉斯在平静地述说：他把裙除掉，把白色的内裤除掉，他抱起她，就这样，把赤裸的她抱上床……屏幕上，女孩的肌肤白得像缎子，曹卫东手忙脚乱，他关不掉那个画面，电脑莫名其妙卡死了。

身后有吃吃的笑声，曹卫东转身，柳眉裹着浴巾走了出来。

对于过去那半个月的冷遇，柳眉丝毫没有要追问的意思，她像没事人一样，仿佛那半个月从她生活里剪掉了。倒是曹卫东，几次拐弯抹角，终于拐到了那几条短信上。

“你说那个呀！”柳眉大笑，“你、你，哎呀，你要把我逗死了——你这是吃醋的节奏吗？”

柳眉拿过手机，按了几下：“喏，看好了，有人打电话来的时候，要是我在开会，我就按这条，对不起我在开会，不方便；要是我在开车，我就按那条，我在开车，稍后联系你，是不是省事很多？”柳眉伸出一根手指，在曹卫东鼻子上轻轻一刮，“——傻孩子，这叫短信模板，不懂了吧？”

鼻梁上像有一只蚂蚁爬过，有点儿凉，又有点儿痒，曹卫东抹了一把脸，他被柳眉的俏皮弄得有些不知所措。印象中的柳眉温和安静，很少这么放肆。

“赔吧。违约金，两万元。”曹卫东从卫生间出来时，柳眉已经打完了电话，她看起来有点儿阴郁，手机啪一下丢在茶几上，同时丢下一句脏话。

还他妈律师呢，柳眉说，这不是讹诈吗？

三百五十平方米的墙面，刷三遍立邦美得丽，曹卫东的报价是一万块，其中包括人工、辅料、乳胶漆。现在，按合同约定，他得把做好的墙面铲掉，再打底、批平、重新刷漆，还要额外支付业主两万块违约金——柳眉的合同签得有漏洞。曹卫东觉得，十五年的牢狱生活后，他跟这个社会严重脱节了。

也不是没有心理准备，比如说他不会用手机，不会玩电脑，不会开电视——现在的电视都配着机顶盒，两个遥控器一起用，曹卫东就蒙了，不会使银行卡、信用卡、门禁卡、电梯卡，各种卡，去超市他不会存包，去医院他不会挂号……但这些都没关系，曹卫东觉得，真正困扰他的，是某些方面，他正在跟公众标准背道而驰。

比如柳眉。柳眉变了。当她喜欢君子的时候，曹卫东是个纯粹的流氓；当她喜欢流氓后，他变成了君子。再比如他的客户，当他是个奸商时，他们狗屁不懂，任宰任割，当他遵纪守法后，他们反倒学会了挖坑挖阱。还有，比如他前妻江小鱼，当年，他入狱的第二天，江小鱼就抱着孩子来跟他离婚；现在，他出狱的第二天，她又抱着孩子来复婚——当然，这个孩子是别人的。江小鱼把哭闹不止的孩子丢到沙发上，她比孩子哭得还伤心："咱们好好过，把儿子喊回来……咱们一家三口再也不分开，啊，再也不分开——哭！哭什么哭！"江小鱼抬手，一巴掌甩在哇哇大哭的孩子身上，那孩子号得更凶了。

曹卫东抱过孩子，拿纸巾给他擦了擦鼻涕。

江小鱼擅长哭。恋爱时，曹卫东还没怎么样，她就哭了，说曹卫东冷淡，怠慢了她；接吻也哭，曹卫东激动得一塌糊涂，江小鱼哭得泪眼婆娑；初夜哭，因为不是正式的洞房花烛；怀孕后她吓得直哭；生孩子更是哭得惊天地泣鬼神。结婚以后曹卫东才明白，哭是江小鱼跟这个世界沟通的方式，就像正常人靠语言交流一样，江小鱼的存在感，是通过哭来实现的。

江小鱼唯一没哭的一件大事，就是跟曹卫东离婚，那天，她抱着他们的儿子，神色平静地把一张离婚协议推到曹卫东跟前。

“过段时间不行吗？”曹卫东说，“让我爸妈缓一缓。”

江小鱼摇了摇头。曹卫东看见，她的眼眶里布满了血丝。

江小鱼嫁了邻村一个姓李的屠夫，儿子曹江也改名李江。每次曹卫东他妈说起这件事，牙齿都恨得咯嘣嘣直响，“她要改嫁，没问题，我们不拦着，可她就不能等两天吗？咱家前脚出事，她后脚就走道儿，走也就走了，还给孩子改了姓……年年过节，我跟你爸早早准备好一桌子菜，就盼着小江能来，看看爷爷奶奶，她就是不让。别人家过年欢天喜地，我跟你爸拿着压岁钱，给不出去，她不是人哪……”

阳光从窗外斜射进来，空气里有细小的尘埃，从曹卫东这个角度看，他妈一头干枯的白发也像蒙了灰尘，没一点儿光泽。曹卫东走过去，把老太太揽在怀里。

“你早点回去吧。”曹卫东跟江小鱼说，“不然待会儿妈回来了。”

他说“妈”，而不是“我妈”，江小鱼忽然激动起来，“不是我不让小江看爸妈，是他不让。”江小鱼嘴里这个“他”是李屠夫，“你知道吗？他不是个男人，自个儿不行，就变着法子折腾老婆。自个儿生不出孩子，就恨全天下能生出孩子的人。在他跟前，小江不能提爸爸，不能提爷爷奶奶，提了我们娘俩都要挨打……你看，这儿，还有这儿，都是他打的。”

江小鱼撩起衣襟，左肋上赫然一道瘀青。曹卫东闭上眼。孩子又咿咿呀呀哭起来，江小鱼不耐烦地拎过来，把衣襟往上撩了撩，拿奶头堵住孩子的嘴。曹卫东忽然有点儿不伦不类的尴尬。江小鱼瘦得厉害，胸上肋骨根根可见，一只乳房被孩子叼在嘴上，瘪得像个口袋。曹卫东想起了奶牛一样结实的柳眉。他站起身，安慰地拍了拍江小鱼的背。

对江小鱼，柳眉始终抱着同情的态度。当然，有时候，在合理范围内，她也故意吃点儿小醋，像炒菜时添的作料，不抢风头但滋味十足。

“她也不容易，”柳眉说，“那个杀猪的，本来自己不能生，非要赖到女人身上，三年打跑了两个老婆，江小鱼跟他全须全尾地过到今天，不但没被打跑，还拉着他四处求医，给他生了个儿子——你说，这是不是证明，他们之间感情还算不错，嗯？”

最后这句发问，是冲曹卫东来的，柳眉的语气里，有感慨，有同情，有醋意，有调侃，仔细琢磨，好像还有那么一点点幸灾乐祸。曹卫东垂下眼。

“她活该。”曹妈妈说。

“是。”柳眉迎合着老太太，“——可怜之人必有可恨之处嘛。”

曹卫东推门走了出去。外面下雨了，硕大的雨点挟着尘土的腥气砸下来，在地面上腾起一阵细小的烟尘。院子里堆着前天买的木料，他得把它们倒到仓库去。

柳眉随即跟了出来，帮曹卫东打开仓库大门。整个过程曹卫东都没跟柳眉说一句话，搬最后一块木料时他划破了手掌，血瞬间涌出，柳眉尖叫着跑过来，扯下脑后系着的手绢，帮他捂住伤口。手绢迅速被鲜血洇透，曹卫东看见，按住他伤口的那只手开始慢慢颤抖，柳眉呼吸急促，脸色煞白，两眼直勾勾地盯住手绢，仿佛那血是从她身上流出来的。然后，柳眉摇晃了两下，整个人像一根煮熟的面条，软软地瘫了下去。

柳眉晕血。

那年也是这样，曹卫东满身是血地闯进办公室，把柳眉吓得魂飞魄散："怎么了你？"柳眉手一哆嗦，一只茶杯被碰到地上，摔得粉碎。

曹卫东没理她，几步窜到办公桌前，哗一下拉开抽屉，从一堆乱七八糟的书里翻出一个钱包，又转身打开铁皮柜，找出一身干净衣服，换掉身上的血衣血裤。他的左臂受伤了，鲜血从刀口处不断涌出，迅速染红了新换的衬衣。曹卫东找了条毛巾，一撕为二，中间打个死结，扔给呆若木鸡的柳眉："快，帮我绑一下——快点啊！"

柳眉哆哆嗦嗦接过布条，她的手还没碰到曹卫东，就两眼一翻，晕了过去。

雨大起来，风里有含混的热气，曹卫东弯腰抱起柳眉。这个动作晚了许多年——那天的柳眉也是这样，一声不吭倒了下去——她在地上躺了多久？她是怎么醒来的？柳眉软塌塌地横在曹卫东怀里，像只熟睡的猫，她的长发蹭着她的臂弯，水波一样，荡来荡去。

陈羽打来电话时，曹卫东正低头鼓捣一只电吹风。

是主板上的一枚铆钉松了，曹卫东拿着镊子，小心翼翼往铆钉上穿了一截钢针。他妈和村里一个大娘盘腿坐在炕上，面对面地絮一床大红婚被，那个大娘低头干一会儿活，就挺直腰板儿，笑眯眯地瞅上一会儿曹卫东。

“多好。”大娘说，“干啥像啥。”

“打小就爱鼓捣这些。”曹妈妈瞥一眼儿子，话里带着嗔怪，“——正经的倒不见他上心，要是把这点脑子用到课本上，也用不着去当孩子王。”

她一点儿都不避讳坐在炕沿上的柳眉。柳眉拿眼瞟瞟曹卫东，促狭地笑了。

曹卫东读初中时，因为一道物理题跟老师意见不一，下课后径直追着老师去了办公室，当着众多老师的面，把那道题又掰扯了一遍。掰扯的结果证明，曹卫东的答案是正确的，年轻的物理老师错在了一个非常简单的公式上。这件事被曹卫东他妈挂在嘴边，翻来覆去跟人念叨了二十多年：“我怕老师生气，第二天赶紧带着东东跟老师去道歉，那老师说，道啥歉，这孩子可是不得了，这是我教过的最聪明的学生……”

“真有这么回事吗？”私底下，柳眉问曹卫东，“你有过这么辉煌的历史？”

柳眉笑得狡黠，摆明了一副抵死不信的架势。曹卫东不置可否地看她一眼，什么都没说。给老师道歉那一段，是他妈杜撰的，实际情况是，从那以后，物理老师再没提问过他，也没改过他的作业。但这又怎么样呢？外面天气正好，午后的日头懒洋洋晒了一炕，他妈盘腿坐在一堆棉絮中，得意又满足。街上有狗叫，堂屋煤炉上哗哗烧着开水，门上的卷珠帘还没撤下来，风一过，沙沙直响——寻常日子像缝衣针上的细丝线，拖沓又绵长，要不是陈羽那个电话，曹卫东简直想不起来，自己人生那根线，曾经拦腰截断过。

接电话的柳眉喂了一声，脸色骤变，曹卫东扔掉手里活计，赶在柳眉挂电话之前，劈手抢过了话筒。

是陈羽。听筒里有哔哔剥剥的电流声，陈羽的四川话听起来格外遥远，像远在另外一重世界："操，还以为你龟儿又进去了，手机怎么打不通？"

曹卫东的旧手机被柳眉扔掉了，连带着没拆下来的手机卡。柳眉嫌晦气。那时候，曹卫东才出狱半个月，对手机这玩意一窍不通。一段时间里，他并不知道换卡意味着什么，直到新换的三星手机沉寂了半个月，他才明白怎么回事。从那天开始，曹卫东就像守株待兔的猎人，每天都把座机来电翻一遍，有陌生的号码没接到，他就给对方拨回去。

柳眉笑他："等你'基友'？"

他们吵过一架。曹卫东追问手机的下落，柳眉很干脆地往茅房一指：那里。曹卫东气得十个手指骨捏得叭叭作响。柳眉之所以敢这样跟他叫板，是因为背后有未来婆婆的支持，曹卫东不敢拿他妈怎么样，只能把一腔闷气咽在胸口。

什么叫"基友"？曹卫东问。很多新派名词他都不懂。

就是——好朋友的意思。柳眉眨眨眼：非常非常亲密的朋友。

哦，是，等我“基友”。曹卫东说。

他们在电话里亲昵地骂了对方一阵儿，曹卫东问陈羽最近怎么样：“嫂子还好？”

陈羽在那头沉吟了一下：“离了。”

曹卫东怔了一下，话筒里滋滋啦啦的电流声陡然大起来。“也好。”曹卫东说，“反正要辜负一个——那么，二嫂可好？”

曹卫东总拿这个话头跟陈羽逗趣。

陈羽是经济犯，比曹卫东晚一年入狱。因为上头有关系，陈羽看起来和别人不大一样，既没有普通新犯的畏手缩脚，也不见多少失魂落魄，他非常安静，干活安静，吃饭安静，没事时也一声不响。最初一段时间，陈羽安静得像一团空气。

他们熟悉在半年后。那天他们中队卸一车半成品盐，每人都分配有任务，干不惯粗活的陈羽跟在大伙后头，扛着比他还粗的盐袋，身体弓得像一只虾。他的脚底打了泡，走路一瘸一拐。曹卫东干完自己的活儿，就去帮陈羽。他们倒腾了好几趟。卸下最后一袋盐，曹卫东找个树荫叫陈羽坐下，自己跑去医务室，跟医生要了点儿棉签和酒精。

曹卫东回来时，树荫下没人，陈羽坐在不远处白花花的盐碱滩上，嘴里叼着一截苇篾，盯着脚下一株马兰草发呆。

“我有个女人，姓兰。跟了我六年。”陈羽说。他从牙缝往外咝咝吐着凉气，曹卫东动作越快，他说得就越快，好像借着脚上的疼，才能把心里话讲出来，“——我出事以后，就跟她失去了联系。她那个身份，问也没法问，说也没法说，卖了房子，卖了车，手里捏着一把钱，不知道该往哪儿送……哦哦，你轻点儿。”

曹卫东连续挑了几个水泡，拿棉签往外挤着体液。

“后来，她实在没法，就把钱交给了我老婆。你知道，她这么做，等于把自己和孩子都豁了出去……对，我们还有个儿子，四岁了——这女人太傻是不是？他以为这样能救我。她想得可真简单。”陈羽眯起眼，嘴角浮出一缕笑，“我老婆知道了这事，马上把手里藏着的那点线索，全都交给了检察院。我本来可以不判这么重的，她说，叫我到这里反思一下。”

陈羽摸出两根烟，扔给曹卫东一根。曹卫东掏出打火机给他点上。

“这真是让人反思的好地方。”陈羽吐出一口烟圈，往四周望了望，这个动作带着点儿散漫，仿佛他不是这里服刑的人犯，而是不小心闯进来的游客，“——我反思了这么久，居然越来越觉得，这辈子最对不起的，就是这个女人。”

远处有咸腥的海风吹过来，陈羽的肩头晒出了盐粒子。曹卫东在地上捻灭烟头，把膝盖上那只伤脚小心翼翼地拿下来，放到地上。

“生无桃李春风面，名在山林处士家。”陈羽一只手搭着曹卫东，蹒跚着站起来，“——你是老师，知识分子，杨万里写兰草这句诗听过吧。她就是一株兰草。我到这儿以后才想明白，一个女人，肯毁掉本来的清白，把自己像个隐形人一样藏起来，需要多大勇气。”陈羽咬着半截烟头，再环顾四周，眼里涌上一片阴郁。

曹卫东点点头："走吧。集合了。"

吃过中午饭，曹卫东一个人去了盐碱滩，把那株兰草挖了回来。陈羽接过花盆时，眼里亮了一下。曹卫东想起了柳眉。九月江南花事休，芙蓉宛转在中洲——这是首情诗啊。公开课以后，他一直想找个机会问问柳眉：美人儿，愁什么呢？他能想象她被堵在角落里，又惊又怕的小模样。柳眉是他没做完的春梦，这女人身上欲语还休的一股劲儿，可真是勾魂。

陈羽忽然没了声息，曹卫东摇摇话筒，又贴近耳朵。

"死了。都死了。"电话那头的陈羽忽然低声咆哮起来。话筒里杂音更大了，像涌进了滔滔洪水，"她答应等我出来，她说话不算数，她走了，她们都走了……"

杜鹃山庄没有杜鹃，连绿植都很少，除了大门口几丛矮冬青，整个小区暗淡又萧条。

曹卫东比约定时间早来了半个小时。施工现场乱得像个战场，律师推门进来时，曹卫东正弯着腰，一条一条撕粘在踢脚线上的纸胶带。律师开门的动作像个贼，曹卫东抓着两把胶带直起身，才发现有人两手抱臂，冷冷地立在门口，看着他。

"果然是你。"律师说，"我还当自己眼花了。"

律师胖得颇具规模，曹卫东想了很久，才把眼前这人从记忆里挖出来。

"怎么样，看这意思，大牢里伙食不错。"胖律师围着曹卫东转了一圈，他把两手背到身后，屁股撅得像只棕熊，"——不过，你是怎么改造的，进去之前杀人放火，出来以后坑蒙拐骗，人民警察失职嘛，居然把你放出来了。”

“是误会，一点儿小误会。”

曹卫东想跟律师握个手，伸出去才发现手里还抓着东西。

教了八年语文的代课老师柳眉，栽在一份措辞不准的合同上。本来，老曹的装修队有自己固定格式的合同，律师说太长，要拿回去看。柳眉不知道，回去后的律师按合同原样，重新打印了一份，并把其中一句话略微做了改动，那句话是：若甲方不履行、延迟履行或履行合同不符合约定，须支付乙方违约金两万元整。

这里，自恃内行的律师偷换了概念。或者说，他就是要故意把两个词弄混。违约金什么意思你懂吗？曹卫东跟柳眉说，所谓违约，一是不履行合同，二是工期延后，至于不按约定材料施工，那是赔偿问题，你要么重做，要么补救，要么赔偿经济损失，哪有像你这样，给人家一笔违约金，回头再吭哧吭哧刨掉墙皮，重做一遍——你学雷锋吗？

“就是说，我上当了对吧？”柳眉问。

违约金和赔偿金是不能同时主张的，除非甲乙双方认可。这里，律师也钻了个空子。胖律师对自己未雨绸缪的一招很是得意：“没错，合同是我改的。最后加上去那半句话，不防君子，只防小人——谁让你们放着大道不走，偏走夜路？”

这真是一个辩证的问题。曹卫东只能先跟律师打岔。什么叫履行合同不符合约定？曹卫东说，这话弹性太大了，打比方说，一块瓷砖，合同约定要铺得四平八稳，那么平稳的标准是什么？我眼里的平稳，在你那儿未必达标。再比如这墙面，合同约定要平整光滑，可平整光滑的标准又是什么？您是搞法律的，不能用一个概念模糊、弹性无限的词，来固定一个行为有限的合同啊，这样有失偏颇，我们也很难操作。

胖律师忽然嗬嗬笑起来，他笑得很没后劲，听起来像在哆哆地打嗝：

“小子，知道你教语文的，能拽。不过，你给我听清楚了，什么有限无限的，在我这儿全没用。你把我的油漆调包了，这就是违约，合同上白纸黑字写着，违约就要赔款。两万块，一分都不能少。”胖律师原地打了个转儿，偏过头，把曹卫东从头到脚又打量了一遍，“——还有，你呢，最好甭在我跟前耍花腔、玩心眼，我能把你送进去一次，就能送第二次。不信，你试试看。”

他们遇到了行家。

问题的关键在于，他们是过错方。曹卫东咨询过一个派出所的朋友，来龙去脉一说，朋友表示无能为力。“没用，你斗不过他。”朋友说，“他吃这碗饭的，打自己的官司，简直就是捎带手的事儿——你怎么会接他的活儿，你的案子就他办的来着，你忘了？”

曹卫东没忘。当年，作为代表司法机关出庭诉讼的胖子，还是检察院一名公职人员，就是这个其貌不扬的家伙，收人贿赂，故意歪曲事实，否定了他的自首情节。

曹卫东是在自家大门口被抓的，警察们显然高估了眼前的语文老师，他们拿出了电影里警匪格斗的架势，一个饿虎扑食，待互相撞了鼻梁，才发现语文老师已经平静地伸出了两只手。面对其中一个被撞得头破血流的警察，曹卫东稍稍有点不安：“没事儿吧，您？”

“去你妈的。”警察踹了曹卫东一脚。

被吓呆的老曹先是愣了半晌，随后拼命冲上去，跟警察撕打成一团：“放开他，我们是要去自首的……我们马上去，我们自己去！”

法庭上的老曹像只待宰的老牛，不时抓住机会长号一声：我们是要去自首的，我们可以减刑，哪个想逃跑的人会待在家里等死？！当年的瘦子、如今的胖律师，从金丝镜片后射出两道寒光：最危险的地方就是最安全的地方，你当别人不懂吗？

小镇上出了命案，酒后斗殴的双方各死一人，曹卫东是从犯。那天他们从酒馆出来，一个哥们儿的越野被一辆破夏利堵住了，喝得醉醺醺的几个人没喊车主，径直吆喝着一二三，把拉着手刹的夏利推到了一边，末了，一个叫大牛的，还冲着破夏利的轮胎狠狠踹了一脚。夏利车主隔窗看见，随即带了一帮人出来火并。曹卫东是稀里糊涂卷入那场战争的，拳来脚往中，他不知道打了谁，也不知道被谁打了，直到看见夏利车主被人捅了一刀，血像喷泉一样溅了一地，曹卫东才从半醉的状态中醒过来。

曹卫东随众人作鸟兽散。他在朋友家潜伏了两天。小镇上风声越来越紧，警方贴出了悬赏告示，重金缉拿在逃嫌犯。两天以后，曹卫东决定自首。他没想到，自己的命运就改变在那几个小时里——是谁抢先一步报的警？十五年里，曹卫东经常想起这个问题。

“对了，那个举报人，还要查吗？”朋友问，“时间太久，目前只查到一个密码。”

“密码？”

“对，密码，721001，看起来像个生日。”朋友撕下一张便笺，写了一串数字，递给曹卫东：“警方就是凭着这个密码，把奖金打进了举报人指定的账户，那年刚实行密码举报，一般人还不明白怎么回事儿，所以说，这人应该有点儿文化。”

“查。”曹卫东收起纸条，“花多少钱你说话。”

“你想干吗？”朋友抬头。

他想干吗？曹卫东也不知道。他跟柳眉的婚期定在年底，结婚用的东西已经堆满了半个房间，他妈甚至准备了两套小衣服，只等着柳眉进门开枝散叶，结花坐果；江小鱼也一直没找他，由此可以推断，屠夫最近心情不错；装修队那边，老曹十几年的散淡经营在他手里刚见起色，就算这单生意赔了，也没什么大不了。生活像一匹蒙尘的锦缎，外头尽管破败腐朽，扒掉几层，内里依旧一派葱茏。那么，他想干吗？

陈羽和前妻的女儿已经大学毕业，婚外那个儿子命丧一场车祸，姓兰的女人瞒了他五年，直到一个人熬得油尽灯枯——她得了骨癌，晚期只能靠杜冷丁止痛。陈羽让曹卫东帮他搞一根无缝钢管，就是挖掘机之类的高压设备用的，液压钢管，旧的就行。陈羽在电话那头慢悠悠地说，知道吗？何大炮那小子，发了，那家伙，本来就狡猾，现在更是保镖不离左右，几辆车都改装成了防弹车，你说，他不是做贼心虚是什么？

陈羽挪用的公款，一大半都投给了何大炮，本来说好合伙做生意，陈羽东窗事发，何大炮马上脚底抹油，卷着两人的钱溜之大吉。握着话筒，曹卫东一颗心脏像被人捏紧的皮球，嗵嗵嗵一阵猛跳，那天，他也是这么直腾腾地问了陈羽一句：那么，你想干吗？

“不干吗。”曹卫东咽口唾沫。他自己都被这个回答噎了一下。

拍完一套面目全非的婚纱照，柳眉变成了一个不折不扣的购物狂。

尤其最近一个礼拜，只要空闲，柳眉一定往返在家和商场之间，大到床单被褥，小到锅碗瓢盆，频频而不厌其烦地往家里倒腾。没空也不要紧，柳眉本身就在商场上班，下班只需要往转角一拐，踏上一面斜行电梯，半分钟便直抵楼下超市。

也不是一掷千金的那种狂，超市里的柳眉也要比较、计算、筛选和排除，有时候拿不准主意，还要打电话给曹卫东，征询意见：桌布你喜欢白色还是米色？沙发垫要大红的好不好？香柏木的足浴盆好贵，可是泡脚好舒服，我们买一个吧——柳眉坚持用自己的积蓄，因为一向节俭，这种突然爆发的疯狂，放在她身上，就显得突兀又夸张。

曹卫东说她像秋后的田鼠：超市都被你搬光了吧？

东西基本都是大红色调，和曹卫东他妈准备的一样。曹妈妈跟人说，我们这个媳妇，可是要当大姑娘娶进来的。就是这句话，令柳眉提起来便无比激动。“人家当大姑娘娶，我就当大姑娘嫁。”柳眉跟女友说，“其实我俩才是天生一对，偏赶上月老打盹儿，牵错了线，弯弯绕绕这么多年，可是你看，是我的终归还是我的，他跑不掉。”

这话就有隐约的敌意了。女友不觉察，曹卫东倒听了进去。

退回十几年，柳眉她妈是托人到曹家提过亲的，只可惜晚了一步，和江小鱼相处不到半年的曹卫东，已经把人家肚子搞大了。曹卫东颇后悔了一阵儿，尤其一年后，柳眉进了他们学校，跟他成了同事，曹卫东心里，本来就没消停的那根弦，又被撩拨起来。当然，那时候的柳眉还青涩，正统，像朵含苞带露的小花儿，对，是莲。不像现在，现在的柳眉也是花，但是泼辣辣的大丽花，每一个花瓣都往外翻卷着，一点儿不肯委屈自己。

柳眉正蹲在地上整理东西，针织衫太小，低腰裤又夸张，柳眉的屁股，一大半都露在外面。曹卫东为刚才的比喻笑了一下。他很有一种替她抻抻裤子的冲动。

“牙具也换掉？”曹卫东把柳眉扔进垃圾桶的牙刷捡了回来，“还新着呢。”

“换换换。”柳眉从一堆乱七八糟的东西中站起身，从曹卫东手里夺过牙刷，又扔了回去，“——我可不想我的新生活里，到处都是过去的影子。”

语文老师柳眉，在这里也用了个比喻句。曹卫东重新坐回沙发上。

过去的影子是抹不掉的。就在刚才，还有个小影子在这里晃了半天。柳眉跟前夫生的儿子小宝来讨生活费，这个读书不用功的高中生，看见茶几上曹卫东的手机就两眼放光：

“我靠，三星N系，叔叔你每个月多少流量？”

柳眉的婚姻是被一个叫青青的“小三”撬开的，本来就不厚实的家底，被前夫蚂蚁搬家一样，往“小三”那边倒腾了一大半。离婚大战拉锯一样拖了好几年，柳眉只要了套房子。被亲娘放弃的小宝最初还哭闹，几年之后便无所谓了。小宝理所应当地学会了逃学，旷课，抽烟喝酒打群架，究竟是以堕落回报父母，还是沉溺于堕落，都说不清了。

柳眉拿了两百块钱给小宝，又装了一包零食，几个炸鸡腿：“你那个小妈，对你还好？”

“还好。”小宝头也不抬。

“好你娘个屁！”柳眉一包零食全掼到地上，“好还叫你来这儿讨生活费？”

“哦，不好。”

小宝仍旧没抬头。他在拿曹卫东的手机玩游戏，两手不停地划着屏幕。

“两百块不够。”小宝被游戏玩死了，才想起来这儿的目的，“我爸说，食堂菜都涨价了，让我以后每月跟你要三百块。”

“你爸说？你爸会关心菜价——你小妈教的吧！”

“反正他们都说了，反正菜也真涨价了。”小宝把手机还给曹卫东，“哎呀，妈你快点儿，我下午还上课呢！”

“他们说了，就让他们来要。”柳眉把两张钞票往小宝手里一塞，“真是吃谁像谁、跟谁学谁，跟着你爸，就学会了算计你妈……”

再过两个月，柳眉正好满四十岁。曹卫东觉得，四十不惑的人大致可以分成两类。一类是真正的豁然开朗，行至水穷，便坐看云起。另一类，像柳眉，也是豁然开朗。柳眉说，人生苦短，去日无多，什么夫妻情，儿女分，都是虚的、空的、假的，只有眼前脚踏实地的感觉是真的，哎，曹卫东你别撇嘴，要是念着夫妻情，江小鱼能跟你离婚？要是念着父子情，曹江到现在也不回来看你一眼？你有多少年没见他了，你还认识他吗？

每个离婚女人的背后，都有一段大同小异的故事，柳眉的故事并不曲折。心碎也分两种，一是看破红尘，二是堕入红尘。曹卫东能接受一朵白莲变成艳俗的大丽花，却不能接受它堕成柴草，或者荆棘。他觉得柳眉有点儿过了。

“你能不能少说两句？”

曹卫东的声音不大，但他一张嘴，柳眉就把后面的话咽了回去。

曹卫东从身上摸出两百块钱，递给小宝：“在学校要吃好，没钱了再来拿。还有，学习要抓紧，考个好大学比什么都重要。”

“谢谢叔叔。”小宝得意地冲他妈一挤眼，“叔叔您真好——哦，对了，您是要做我后爸的对吧？叔叔您放心，我这人很好相处的。这样的后爸，多多益善。”

小宝十六岁，个子已经蹿到了一米八，比曹卫东还高半头。他们这一代，营养好。江小鱼说，曹江也有这么高了。跟小宝不同的是，曹江初中没毕业就辍学去了广州，几年都不回来一趟。曹卫东出狱后，给曹江打过一个电话，听着电话那头低沉的嗓音，曹卫东眼睛都湿了。他入狱那年曹江才三岁，说话奶声奶气，连“爸爸”和“抱抱”都讲不清。

接到电话的曹江反应很冷淡：什么事？

一句话，把曹卫东噎了个踉跄。坐了十五年大牢都没吭一声的曹卫东，几乎是哽咽着，跟十五年没见面的儿子哀求了一句：回来看看爸爸，好吗？

柳眉又开始记账，她坐在一块喜气洋洋的大红毛毯上，支着膝盖，一张一张数着购物小票：排骨又涨价了，连剔得精光的棒骨，都涨到了九块；带鱼倒是比去年便宜，我今天买了好几斤，晚上咱们就吃椒盐带鱼酥；家乐福在处理大米，你没空，我自己去抢了一袋，弄得我这胳膊，到现在还酸哪；这款手链怎么样，施华洛世奇的，打了八折还六百多块，紫水晶，正好配我的白婚纱……柳眉光脚跳下床，怀抱账本，像抱着一个秘密：

“哎，想不想知道我攒了多少钱？”

曹卫东正在网上下棋，对方一枚卒子过了河，傲慢得像个神气活现的小鬼。

喏，自己看。柳眉把账本摊到曹卫东跟前，她的指甲涂成了裸粉色，手指三长两短，游走在账本上，像初绽的玉兰花：

“我呢，打算用这笔钱，买个大件儿，把自己风风光光地嫁出去。”

大红的“长安逸动”停在李屠户家门口，马上招来了一帮看热闹的人。

曹卫东打开车门，两脚还没沾地，就听见一阵嘈杂的人声，中间夹杂着一头猪撕心裂肺的哀号。院子里，几个人正手忙脚乱地对付一头长白猪。被按在木凳上的猪拼命蹬着腿，发出冲天的号叫，慌乱中，一个人手中的刀掉在了地上。眼看着长白猪挣脱了一条腿，曹卫东纵步上前，捡起一根短木棒，横塞到猪嘴里，拿绳子迅速捆住，又抄起地上一尺多长的杀猪刀，瞅准长白猪颈窝位置，一刀捅了下去。血像喷泉一样，呈扇面状飙出来，曹卫东一边按住猪头，一边把脚下一只塑料脸盆往前踢了踢。

长白猪渐渐没了声息。放完血，曹卫东又把猪头死死按了半分钟，才当啷一声扔了刀，闪到一边。江小鱼一溜小跑过来，飞快地把一盆猪血端走，回身捡起地上的杀猪刀，怯生生地递给原来的操刀人——应该就是那李屠户。江小鱼的眼眶上挂着一大片瘀青，嘴角不知怎么沾了一抹猪血，配着苍白的一张小脸，看起来像个伶仃的鬼。

"都他妈死了，要刀有个屁用！"屠户两眼一瞪，江小鱼一个哆嗦，杀猪刀重新掉在地上，"——还不赶紧去弄猪血！"

江小鱼又挨了李屠户的拳头，昨天一大早跑来找曹卫东，呜里哇啦哭了半天："……他说我烙的饼不脆，辣椒炸得难吃，可他还成天喝酒呢，他睡觉打呼噜，他还摸南街二丫的屁股，猪圈里的粪都堆到坎上了，他也不挖……"江小鱼的逻辑思维，和她的语言表述一样，从来都是颠三倒四。曹卫东捋了捋来龙去脉，扯了条毛巾扔给她：

"你先回，我明天去找他。"

曹卫东的出现，有点儿横空出世的味道。江小鱼一边拿勺子搅着猪血，一边偷眼瞄着李屠户，"他就是、就是曹江他爸……哦，不，是李江他爸。"

屠户伸向曹卫东的一只手停在了半空中，他的脸上，还挂着刚堆出的两坨笑。骑在墙头看热闹的几个小孩子开始嗷嗷起哄，屠户拍拍手，弯腰拾起一块瓦片，乍着胳膊扔过去："滚，滚一边去，兔崽子们！”嫌不解恨，又飞起一脚，踢在长白猪的屁股上，“——牲口！猪圈里蔫不拉唧，瞅着挺老实，放出来你还是个牲口！”

两个伙计把长白猪弄到了灶台上。曹卫东立在原地，点上一根烟。屠户已经收起了脸上的笑，转身挽起袖子，吆喝着江小鱼，开始给猪褪毛。屠户的杀猪技术还停留在农村的原始阶段，一口大锅里烧着滚水，生猪投进去烫一下，便开始拿铁刮子褪毛。江小鱼圪蹴在灶前，一边添着劈柴，一边被屠户恶狠狠地咒骂：

妈个X，是不是想呛死老子，不会找点干柴吗？

风箱是干吗的，不能拉两下？水都凉了——你他妈的成心是吧！

江小鱼一声不吭，屠户骂一句，她便往曹卫东这边瞟一眼。等屠户骂了十来句，江小鱼突然腾地站起身，一根烧火棍啪地往屠户脚下一扔：

“有本事，你自己烧！”

烧火棍带着火星，在屠户脚背上骨碌几下，麻利地滚开了。屠户一蹦老高：“妈的，想造反是不是——”他一边跳着脚，一边拿眼斜觑着曹卫东，这个拉开打架姿势的壮汉，在曹卫东跟前，看起来有点儿虚张声势。江小鱼躲到曹卫东身后，一边扯住曹卫东一条胳膊，一边探出头，小孩子一样挑衅：过来呀，有本事你过来呀。

曹卫东简直哭笑不得。

屠户虎视眈眈立了一会儿，终于撇开手里的铁刮子，上来捉江小鱼。他的一张脸涨得紫红发亮，配着毛发稀疏的一颗脑袋，看起来像只秃鹫。曹卫东只好像老母鸡一样，伸出两只胳膊，试图拦下屠户。屠户立定，咬着后槽牙，盯了曹卫东一会儿：

“让开！”

曹卫东纹丝不动。

“叫你让开，没听见是吧！”屠户伸手来推曹卫东，被曹卫东一晃胳膊，甩到了一边。看起来膀大腰圆的屠户，滴溜溜转了一圈，后退了好几步，才站稳脚跟。屠户恼羞成怒，四处踅摸半天，弯腰拾起了那根烧火棍。

曹卫东叫他住手：“你想干吗？”

“让开！”

两人面对面僵持了一会儿，曹卫东转头，噗一声吐掉嘴里的烟头。这个动作把屠户吓了一跳，颜面失色的屠户倒提着烧火棍，噔噔噔噔，往后退了好几步。曹卫东跨前一步，拿脚尖挑起地上的尖刀，轻轻一送，杀猪刀准确无误地斜插在屠户脚边。

屠户捏紧烧火棍：“你你你……你想干吗？”

江小鱼又从曹卫东身后探出头来：“来呀，有本事你过来呀！”

曹卫东呵斥了江小鱼一句。灶膛里的火旺起来，一锅滚水咕嘟咕嘟冒着热气，曹卫东轻轻扬了扬下巴：“你的猪，再不拾掇就熟了！”

伙计们把猪弄上灶台后就离开了，两个人僵持的过程中，长白猪已经顺着油污的案板滑进了滚水中，屠户又是冒尖一跳，这次，他跳得比以前任何一次都高。屠户扔了烧火棍，一边骂骂咧咧，一边跑过去，围着灶台开始转圈。江小鱼被曹卫东骂了一句，倒如醍醐灌顶，马上醒转过来。醒来的江小鱼又恢复到怯生生的状态，颠着碎步跑去给屠户帮忙，被屠户一把推开。长白猪四仰八叉横在滚水中，一副死猪不怕开水烫的姿势。

曹卫东再次上前，帮着屠户，把猪从水深火热的锅里打捞出来。屠户顾不上矫情，甩开膀子，飞快地开始给猪褪毛。有曹卫东的帮衬，活计干得很顺，开膛破肚之后，曹卫东从旁边拎过一根削尖了头的水管，递给屠户。屠户接过水管，居然羞涩地扭捏了一下：

“这个，你也懂？”

“我们监狱也这么干。”

水管的另一头，是一台灰色的高压泵。屠户把水管插进长白猪的心脏，按下水泵开关，井水被源源不断地泵进长白猪体内。

“别说我缺德。”屠户搓了搓手，这个动作使他看起来挺憨厚，“一头猪的赚头，全靠这几斤水啦——我心眼儿好，他们都打胶水，有的还打农药，打血水，你看我，全都是井水，纯天然无污染……”屠户被自己逗乐了，扭头冲曹卫东嘿嘿一阵讪笑。

我们监狱，是给活猪注水。曹卫东说：“那叫一个惨——你有良心。”

“别人也那么干，我可不。”屠户被曹卫东夸了一句，有点儿飘，“老话说，一流秤，二流斗，三流杀猪四套狗。我爹说，下九流的活计，死了以后是要下地狱的，咱总得给自个留条后路是不是？要不，生儿子都没屁眼——对了，你见过我儿子吧？”

“嗯，见过，挺全乎。”

屠户嘎嘎大笑，伸手拍了拍曹卫东肩膀：“行，兄弟，刚才的事儿，不提了。你这个朋友，我交定了。”

生猪一劈两半，曹卫东剔的那一半，下刀准，切面平，明显胜过屠户一筹。屠户的儿子不知什么时候跑过来，磕磕绊绊在脚底下打转儿，江小鱼吹了个猪尿泡给他玩。一头猪剔完，江小鱼的杀猪菜也刚好出锅。屠户拉着曹卫东进屋喝酒。曹卫东只当屠户人粗心粗，结果酒喝到一半，他扭头逗孩子的空儿，冷丁瞥见屠户捻着杯酒在嘴边，脸上一副捉摸不定的表情。

“说实话，兄弟。”屠户放下酒杯，朝屋外努了努下巴，“你还在怪她，对吧。”不等曹卫东回答，又说，“你也怪我，我知道。”

曹卫东一愣，黯然放下筷子。

“其实最该怪的，是你自个儿。”屠户说，“放着好日子不过，跑去打架——你进去不要紧，剩下那娘俩，差点给吐沫星子淹死。女人耳根子软，娘家撺掇她离婚，她就离婚。可自打她进这个门，成天在老子耳边念叨的，还是你，听说你出来，魔怔了一样，非要回去跟你过，可你呢？”屠户斜一眼曹卫东：“听说，你又找了个小娘们儿？”

酒精开始在胃里闹腾，曹卫东脸上一阵烫，像被人揭了一层皮。江小鱼端着一盘熘猪肝走进来，逞强似的朝屠户瞪眼睛：“少喝点！”

“没见你之前，我可真瞧不起你，不仗义，不爷们儿！”打发走江小鱼，屠户叹口气，冲曹卫东摆了摆手，“还有你那儿子，老子养了十五年，愣是没见他一个笑脸——算了算了，都过去了。以前没见你的时候，听人提你名字就烦，如今认识了，过去的事一笔勾销。今天当着你的面儿，我撂下句话，以后要是再打媳妇，我就是王八蛋养的……来，喝酒喝酒！”

屠户给曹卫东带了两只肘子和水淋淋的一套猪下水，往后备厢放的时候，有血水淌出来，江小鱼赶紧拿袄袖子擦掉。

“是她买的车呀？”这个稀里八涂的女人，满脸艳羡，“她可真有钱。”

仗着老曹十几年拼力支撑的一支装修队，曹卫东出狱后，还不算十分落魄——不但不落魄，某些方面，曹卫东甚至十分抢手。

比如他单身。退回到当年，档案上有污点的人，是断断不能被正经人家接受的，那个年代，人们爱惜名声，像鸟儿爱惜自己的羽毛一样。狱中十五年，人间却像过了一个世纪，曹卫东没想到，十五年后的人们，个个都修炼到了既往不咎的境界。出狱还不到一个礼拜，给他上门提亲的人，便络绎不绝，简直有踏破门槛的趋势。

有前科怎么了，媒婆们说，咱们一没偷，二没抢，咱是打架进去的——打架那种事，一般人敢往上凑吗？只能说明东东有血性，是条汉子。

都知道老曹有钱。离儿子出狱还有半年时间，老曹就在城里最好的地段，买下了三室两厅的一套大房子，用自己的队伍，叮叮当当装修了好几个月。柳眉急着把自己嫁过来，也不是没原因的，在此之前，曹卫东他妈看上了邻村一个未婚姑娘，虽然被曹卫东一口回绝，但谁说不会有第二个姑娘杀出来？何况还有个江小鱼，三天两头就跑过来，泪眼婆娑地哭上一场，曹卫东觉得，柳眉简直腹背受敌了。所以，当柳眉急着把婚期改到国庆，并铆着劲儿地买车时，曹卫东一点儿都没感觉意外。

国庆那天正好是柳眉生日。“以前，是全国人民都给我庆生，现在，是全国人民都来给我道喜。”柳眉说，“要的就是这双喜临门的热闹劲儿。”

柳眉买了辆“长安逸动”，手动，低配，勉强跨入有车一族。有了车的柳眉立马跟以前不一样了，连去小区门口的自动售水机打水，都恨不得开着她的车去。结果，新车入手第一周便刮了保险杠，第二周蹭了车门，第三周碰了尾灯，月底，柳眉直接撞了个大活人。

曹卫东赶到时，柳眉正倚着车门打电话，车子侧前方的水泥地上坐着个人，一手拄地，一手揉着左腿，嘴里哎哎呦呦，不停地哼唧。看见曹卫东，柳眉挂了电话：“你可来了，今儿倒霉，遇见个碰瓷的。”柳眉转身，冲地上那女人说，“你先起来好不好？”

“谁碰瓷？”女人依旧坐在地上，“我这儿规规矩矩走路，你横着冲出来，喇叭都不按一个，你说谁碰瓷？”

出事地点挺偏，围观的人不多。曹卫东看了看现场，正如被撞女人所说，是柳眉的全责。女人一边哎呦，一边跟周围人描述当时的情况，仿佛事故的裁定权掌握在路人手中。曹卫东几次问她伤着哪儿了，都没打断她愤慨的情绪。

“你起来，起来走走看——”

“哎，别碰我。”女人一巴掌拨开曹卫东，“动什么手呀！”

“我说去医院，她不干，非要两千块钱。”柳眉过来，一把拉开曹卫东，剜了女人一眼“——怎么着，还当别人占你便宜是不是？”

围观人群一阵笑。被撞的女人五十来岁，矮而粗胖，一张脸赤红粗糙，大概是附近村里的农妇，手里紧紧抓个菜篮子，散落地上的萝卜、土豆滚得东一个，西一个。

农妇不白挨奚落，她骂柳眉是鸡婆。

有了车以后，柳眉的淡妆就变成了浓妆，烫发，美甲，漆皮手包，脚下一双八厘米的高跟鞋，借着路人的眼光看，还真有一丝风尘味。两个女人的对骂直接变成了人身攻击，柳眉几次想上前动手，都被曹卫东给弄了回来。气不顺的柳眉咬牙跺脚，一把长指甲寒光闪闪。

曹卫东蹲到农妇跟前，商量赔钱的事。农妇只受了点儿皮外伤。柳眉说，车子根本没挨着她，是她躲得太急，自个儿摔那儿的。不管挨没挨着，曹卫东说，人家是躲咱们摔倒的，这事儿，咱得管。不过，两千块有点多吧，曹卫东转向农妇：“这样，咱们先去医院，回头再谈赔钱的事，大姐您看行不行。”

农妇油盐不进：“除了药费，还有精神损失费，两千块，一分都不能少。”

曹卫东想起了胖律师。棕熊一样的胖律师也是这种表情：两万块，一分都不能少。

柳眉的救兵是开着车来的，像一群大鸟，扑啦扑啦打开车门，乍着膀子，首先撵跑了看热闹的人。人群中有几个拍照的，也被他们吆喝着，强行删掉了。周围安静下来，农妇愣在突然的变故中，有点儿不知所措。

“怎么回事儿？”为首一个有文身的男人晃着膀子走过来，冲曹卫东点了个头，转脸面对农妇，换上一副很彪悍、很斜佞、很黑道的老大范儿，“坐那干吗？地上多凉……起不来了？要不要帮你喊救护车，电话呢——”老大一招手，身后一个小青年上来，往农妇身上四下按了按，找出一部破手机。“对了，我听说，你不上医院是吧，哦，要钱。要多少钱？”老大把脸凑向农妇，“——两千块，忒少了吧，这年头，两千块能干吗呀，买棺材都不够……”

农妇像突然从梦中惊醒，麻利地一跃而起，一手抓菜篮子，一手胡乱划拉着，捡起地上的萝卜、土豆，撒腿想跑，被小青年一把按住：

“拿着，你的手机！”

手机同样被检查过了，没照片。农妇接过手机，再次想跑，又被曹卫东一把拽住：慢着，大姐。曹卫东翻遍全身，掏出一把钞票，四五百的样子，塞给农妇：“拿去上点儿药。”

农妇怔了怔，瞅瞅钱，又瞅瞅曹卫东，甩手就跑。

“钱多，烧得慌是吧？”柳眉过来，一把夺过钞票，转身冲文身男扬了扬手：“谢了啊，大哥，谢谢各位兄弟——对了，胖子那事儿，过两天还要麻烦你们哦！”

老大打个响指，一声呼哨，一帮子大鸟扑拉拉上了车，绝尘而去。

回去的路上，曹卫东一声不吭，车子开得离弦箭一样。柳眉坐在旁边，不时小心翼翼瞟他一眼：“怎么着，赔钱有瘾啊？”

曹卫东脚踩刹车，一打方向，“长安逸动”直接拐了个九十度弯，一头扎在路边。柳眉坐不稳，一声尖叫，整个人往曹卫东这边倒过来。

“谁叫你这么干的。”曹卫东拉上手刹，“不跟我商量一下？”

“你倒是跟人家商量来着，商量通了吗？”柳眉坐直身子，突然的惊吓让她有点儿恼火，“——你要是能把那两万块钱商量没了，就不用我跟你商量了吧？”

“商量不通，可以打官司。”

“我说对了吧。”柳眉鼻孔里哼一声，“你这人，赔钱有瘾，打官司也有瘾，十五年前的官司，就没让你长点儿记性。赵各庄的王二，跟你一起打架的那个，只判了十年，你为什么判了十五年？活了四十多岁，这点儿道理都没弄明白，这年头，有权的是老大，有钱的是老二，没权没钱，有一把好力气也行。李屠户为什么服软，你以为他真拿你当兄弟，还不是怕你手里那把刀——打官司，谁没事儿去打那细水长流的官司，有病啊？”

陈羽的火枪已经做好。前两天给曹卫东打电话，用的也是这种口气。陈羽说哥们儿你甭劝我，别说事情已经过去了十几年，就是刚发生，让我去跟何大炮打官司，我也不去——现如今是谁的天下，你还不清楚吗？有钱人的天下，有钱人最怕什么？怕死。他要是老老实实、连本带利把钱还我，从此以后两不相欠。他要是不还，呵呵，那可就没准儿了。光脚的不怕穿鞋的，他有什么，我又有什么？

陈羽说：打官司？别开玩笑了。

细瘦的仿宋体，略微左倾，一撇一捺，颇有力道，在网格纵横的账本上，像排列均匀的米粒。柳眉的字还是那么漂亮。

曹卫东想起了代课时候的柳眉。“彼泽之陂，有蒲与荷”。出狱前半年，陈羽精心侍弄的兰草突然枯萎，任凭养花人愁眉不展，照样香消玉殒。他的莲倒是安安静静活着，在心底，像一个轮廓模糊的梦，十五年里，曹卫东想起柳眉的频率，倒比江小鱼多一些。如今，彼岸花成了怀中尤物，那股子让人心旌摇荡的娇羞，却不见了。

柳眉已经步入虎狼之年，床上那点事，倒显得曹卫东力不从心。很多时候，曹卫东连手都不用动，柳眉自己，就把那点事办了。闺帷之内，倒也无所谓，曹卫东不是不开化的人。让人惊奇的是，饭桌上的荤段子，柳眉接起来也毫不含糊。

那天是谁的饭局，曹卫东不记得了。满满一桌子女宾，喊喊喳喳，都是柳眉商场的同事。曹卫东有点儿不自在。这点放不开的拘谨，正好成全了女人们的无聊。一个画着紫眼影的女人做个手势，一桌子女人安静下来。紫眼影托腮含笑，她已经盯了曹卫东很久：

“曹哥哥，我要吃鸡。”

玻璃转盘骨碌碌转过来，一盘辣子鸡转到曹卫东跟前。有人已经笑出了声。曹卫东不明就里，只好夹了个鸡块给紫眼影。我也要吃，我也要吃，曹哥哥，人家也要吃嘛！几个女人同时叫起来，边叫边挤眉弄眼，乐不可支。面对一桌莺声燕语，曹卫东有点儿晕头：

“别急别急，我一个一个给你们夹！”

满座女人哄堂大笑，其中一个粉衣服女人，笑出了眼泪：“眉姐，你是从哪儿淘来的这个宝啊，还是佳缘那个吗？”

紫眼影不露声色地捏了粉女人一把。

“在家吃不够，还要跑我这儿来占便宜。”柳眉给粉女人夹了一筷子辣椒，“——辣死你！”又挑挑拣拣，翻了块鸡脯肉给曹卫东，俏皮地扫一眼四座，“你们这些人哪，欺负我们老实对吧？来哥哥，忙活了半天，你也吃点儿，吃哪儿补哪儿。”

女人们炸了锅，笑得东倒西歪。曹卫东在一浪高过一浪的笑声中走了神儿。

曹卫东对电脑的了解，早过了菜鸟阶段，他已经掌握了诸如硬件、软件、系统、服务器、客户端之类的概念，会杀毒，会清理内存，会安装一些必备的小软件，当然，也会卸载。印象中，柳眉电脑里是有一个叫佳缘之类的东西，像游戏里愤怒的小鸟，举着一只小弓箭，他一时强迫症发作，还差点儿卸了它。

那天晚上是柳眉的夜班。等柳眉走后，曹卫东打开电脑，双击小鸟，生日、门牌、手机号码依次试过去，没两分钟便顺利登陆。小鸟其实就是个聊天软件，关联着一个征婚网站，在这个网站上，柳眉叫“枉凝眉”，身高165厘米，体重60千克，学历大专，离异，有房。网页左上方贴有一张艺术照，照片里的柳眉窈窕多情，顾盼生姿。

“枉凝眉”一登陆，小鸟便不停咳嗽起来，一大波头像摇摇闪闪，一大波消息纷至沓来，有轻佻的：嗨，妹妹，好久不见，是不是寂寞了？有叙旧的：怎么样，我们的事，考虑好了？还有显然忘了对方是谁的：你好，离婚几年了，做什么工作，住哪儿，孩子归谁？曹卫东翻了翻聊天记录，跟意料中一样，干干净净。就是说，在他们相好之前，离婚女人柳眉一直也没闲着，他们好了之后，柳眉才刀枪入库，退隐江湖。

事情没他想得那么好，但也没那么坏。曹卫东逐个关掉对话框，靠着椅子，发了会儿呆。

小鸟又一声咳嗽，一个头像闪起来：今天这么闲，小白脸不在？

是老大。老大的头像用的是真人照片，胳膊上一条青龙，从手臂盘旋到肩膀。曹卫东略一思索，发过去一个笑脸。

老大放肆起来：要不，我过去陪你？

曹卫东发过去一把尖刀。

哎呦呦，这是叫人自杀呀，还是自宫？老大夸张地叫起来：有新欢就阉了旧爱，好狠的娘们儿，怪不得都说最毒妇人心呐。

两人的聊天始于半月前，相识却不止这么久，前面的记录也被柳眉删除了。曹卫东一页一页翻过去。除了老大偶尔的插科打诨，聊天内容基本上都围绕着胖律师，柳眉逐一交代了胖律师的相貌、特征、家庭住址、日常起居，等等，很详细，好像踩过点儿。老大说，你的小白脸同意了？柳眉说，不管他，又不是去杀人。老大说，银子都准备好了？柳眉说，放心吧，少不了你的。老大一个坏笑：我的那份就免啦，哪天挑个日子，以身相许就行，只是兄弟们那边，得打点一下——小白脸有钱啊，你现在好大方。

柳眉很得意：那当然，装修队的账，可全在我手里头攥着呢！

老大还在那头唠叨他现任女友的种种不好，说她跟木头似的：哪像妹妹你，啧啧，跟蛇似的，一寸一寸的小肉肉，都是活的。

这个没文化的粗人，竟然能做出这么生动的比喻。曹卫东想了想，床上的柳眉，也确实蛇里蛇气，一寸一寸的皮肤，溜光水滑。沉默半晌，曹卫东关了对话框，删掉聊天记录，待了一会儿，又直接把小鸟从控制面板里卸掉了。

柳眉的账簿已经很有规模，光材料就分了十几项，瓷砖墙纸、地板洁具、水泥沙石、铁钉排钉、五金电料。市场上，大宗材料都有明码标价，不好做手脚，手脚都出在零碎辅料上。四寸的揭阳不锈钢合页，市场上六块钱一副，柳眉的账上六块五；五毫米的平板玻璃，市场价四十块一平，柳眉的是四十二；标准的纸面石膏，市场价三十一张，柳眉的是三十三；还有水管扣件、轻钢龙骨、装饰角线、踢脚线、挂镜线……每一类都做了文章，每一篇文章手脚都不大。语文老师柳眉，懂得聚沙成塔、集腋成裘的道理。

柳眉还是代课老师的时候，有一回学校发苹果，在编老师一人一箱，代课老师分毫没有。曹卫东开着车，把自己那份给柳眉送了过去。那时正是闷热的七月，在家带孩子的柳眉一手抱着小宝，一手摇一把破蒲扇，娘俩都生了痱子。曹卫东二话没说，放下苹果，马不停蹄赶到城里，给柳眉拉回一台带遥控的落地扇。凉风像来自另一个世界的音乐，孩子很快睡着了，曹卫东借机往柳眉身上蹭，被柳眉一把推开。

被侵犯的柳眉像古代的贞洁烈女，因为被人摸了手，便连自己的膀子也一起砍下来。柳眉抄起电风扇，连带着没开封的一箱苹果和那把破蒲扇，一股脑儿扔到院子里：

“滚，给我滚出去！”

不到十点曹卫东就躺下了，柳眉回来时他还没睡着。听着钥匙在门锁里转动，曹卫东翻个身，闭上了眼。柳眉心情不错，除了洗脸刷牙，进进出出嘴里都哼着歌。半小时后，一个温热的身体钻进曹卫东被窝，洗漱完的柳眉像只八爪鱼，手脚并用，把侧身斜卧的曹卫东牢牢扣在怀里，一双手像柔软的章鱼须，从曹卫东的前胸，游到小腹，再慢慢往下滑。

半晌，柳眉不满地捏了曹卫东一把：呸，还没动火，你就缴枪了？

陈羽说，女人这个物种，你不能拿常规的思维去打量她，女人是水，水是需要容器的，搁什么容器里就有什么形态，放什么环境里就有什么味道——出淤泥而不染？那是诗人的意淫，大气都污染了，出淤泥有个屁用！柳眉四十岁了，没你的时候也是单打独斗，这么多年，就算一天换一个脑细胞，到现在也换完了吧。

陈羽说，做点儿手脚怎么了？不过把你左边口袋的钱，装进右边口袋，左右还不都是你的，女人那点儿小心思，你跟她计较个啥？

一周之前，陈羽跟何大炮的谈判以失败告终。因为早在意料之中，陈羽安之若素。倒是曹卫东，沉不住气，开始朝九晚五地叨扰他，聊完柳眉聊何大炮，又聊狱中的日子，他甚至聊到了那盆兰草——生无桃李春风面，名在山林处士家。曹卫东说，为什么美好的东西，都不见了呢、原来在里边的时候，一心盼着出来，现在自由了，倒觉得里边才是世外桃源。

陈羽在那头轻笑：呵呵，诗人！

陈羽的计划定在八月十五，东西都准备好了。“她是八月十五晚上走的。”陈羽说，“你能想象吗？合家团圆的日子，她一个人躺在出租屋里，等死——我早应该离婚的，哪怕给她一天安生日子，也不枉她跟我一回。可是你看，人活着，只要还有一条退路，就要左掂量右盘算，前怕狼后怕虎，等想明白了，什么都晚了……”

陈羽是出狱后跟前妻离的婚。外人眼里，那个前妻犹如王宝钏，苦守寒窑十几载，一个人把孩子拉扯大，还上了一所不错的学校，读了个不错的专业。只有陈羽知道，她是拿后半辈子的光阴，跟他较上了劲。较劲的结果是她赢了。姓兰的女人一死，前妻马上没了精神，像绷久了的弓，一旦松懈下来，整个人都懒怠了。离婚是陈羽提出来的，前妻连眼皮都没抬一下，伸手从抽屉里拿出一张协议，看来是早有准备的。

“柳眉不错。”陈羽说，“别瞎想了，乖乖去结你的婚，过你的小日子，中秋到国庆，正好一个礼拜，我拿火枪当炮仗，提前给你们道喜。”

劝阻的话讲太多了，曹卫东一时语塞：“你是要我飞过去吗？”

“当然不是。”陈羽说，“你别来，来了也找不到我。”

柳眉的计划也定在八月十五。虽然嘴上说着不会乱来，闭着眼睛，曹卫东都能听出一份敷衍。陈羽说得真是没错，曹卫东想，不但柳眉从来就没跳出过淤泥，现在，连他自己都站在了泥坑边上，空有一身力气，不知道该往哪儿使，他像一个手忙脚乱的路人，按着葫芦浮起瓢，狼狈不堪，而泥淖中人，却个个身怀绝技，莫测高深。

两天前，派出所那边传来了不是消息的消息。朋友说，除了一串密码和根据密码记载的三万块奖金，其他一无所获——时间太长，档案都销毁了。三万块是个什么概念？举着手机，曹卫东想了一会儿，十五年前的三万块钱，可以买半套商品房，一辆低档车，搁农村，还可以风风光光地娶个媳妇，那时候的人民币，可真是一分顶一分呀。

曹卫东又约胖律师见了一面，在茶馆的雅间，胖律师陷在藤椅里，依然是寸步不让：两万块，一分都不能少。墙上的空调咝咝吐着冷气，空调下面，一株非洲茉莉开得正欢，空气里弥漫着浓郁的甜香。盯着胖律师猪头一样的嘴脸，曹卫东眼前浮现出一个文身男人和一群扑拉拉的大鸟。有两分钟，他的大脑一直处于缺氧状态：

那么，小心点儿吧，有人要收拾你。

什么？胖子律师盯着他，仿佛盯着一个鬼。

“你说的，夜路走多了，总要撞着鬼的。”曹卫东喝光杯底的茶水，起身，哗啦一把推开椅子，“——中秋节，希望你没事。”

“从法律的角度说，这算是恐吓吧。”胖律师拿出手机，冲曹卫东晃了晃，“OK，刚才的话，我都录下来了。待会儿我去趟派出所，备个案——我要谢谢你吗？”

从茶馆出来，曹卫东径直去了旅行社，定下一张去成都的机票。

往返日期是他早计算好的，既要预备陈羽避而不见，又要保证中秋节前赶回来，看住柳眉。站在旅行社不高的台阶上，曹卫东两腿发虚，步履蹒跚，仿佛刚才喝下去的液体不是茶水，而是酒。马路上车来车往，喇叭声穷凶极恶，丁字路口那儿，一辆奇瑞刮了旁边的宝马，宝马车主下车，径直把奇瑞司机捞出来，一顿拳脚。有人尖叫，有人围上去看热闹，有人抬头看一眼，埋头继续走路。曹卫东停下脚步。

这个世界，真是疯了啊。

从茶馆回来以后，曹卫东开始失眠。

也不是真正意义上的失眠，他只是入睡困难，一旦睡着，又像冬眠的蛇，醒不过来。柳眉已经忙得脚不沾地，试婚纱、定饭店、写请柬，白天拉着曹卫东去婚庆公司，一遍一遍预演婚礼程序，在司仪的指挥下，他们拥抱，交杯，亲吻，好几次，柳眉在虚拟的场景中哭得稀里哗啦。司仪喊停，递给曹卫东一张面巾纸，示意他给新娘擦泪：

“怎么你这哥们儿，不像新郎官，倒像个门童？”

晚上吃过饭，柳眉照例爬上床，膝盖一支，开始记账。现在，除了装修队和每天的日常开支，柳眉又另立了一本新账，专门记婚礼支出和即将收到的礼金。以收定支，才能收支平衡，柳眉说，千万别小看这场婚礼，一笔一笔记下来，你就会发现，里边的勾当，多着呢。记完账的柳眉身心舒畅，倒头就睡，有几回，她甚至打起了小呼噜。一起一伏的呼噜声伴着均匀的呼吸，几次让曹卫东转过身来，诧异地打量着身边的女人。

从旅行社取回机票，曹卫东拨通朋友的电话：收手，不查了。

不查了。下午他就要去四川，阻止一场血腥事件，一个试图挽救别人的人，首先得学会自救。他要保证自己心无杂念。挂了电话的曹卫东开车去农贸市场，给陈羽买了一箱螃蟹和皮皮虾，装在有冰块的泡沫箱子里，临走前煮熟，封好，两小时后见着陈羽，正好喝酒——他们有多久没一起喝酒了？在监狱那会儿，他们喝八块钱的衡水老白干，十块钱的东北烧刀子，就着小卖部买来的花生米和一盘咸带鱼。这回，他们要喝五粮液。

对，他要告诉陈羽：你看，生活多好，有酒喝，有肉吃，有风吹，有太阳晒。上半辈子，咱们弄丢了十五年，剩下的日子，就得加倍找补回来。人这一生，最重要的不是爱情，也不是金钱，而是平安，健康，快乐——老辈人的话多有道理呀，多朴素啊，多简单啊，为什么咱们一跌一撞地趟了一遍，还是弄不明白呢？

柳眉回了娘家。曹卫东一个人收拾好行囊。

即将的老友重逢让他稍稍有点振奋——胖子要告状吗？告去吧，他要是告赢了，咱就干脆利落地掏钱，只当拿钱买个教训；陈羽要躲他吗？不会的，要是不听劝，他就把他押回来，离开那个伤心地；柳眉的账上有手脚，这个，有机会，要拿话敲打她一下，当然，要委婉、适度，保证不叫她难堪；江小鱼是目前最让人放心的了，那个只要不挨打、就觉得天下太平的女人，最糊涂，所以最容易幸福……离去机场还有大半天时间，曹卫东百无聊赖地在屋里转着圈儿。天气闷得厉害，窗外灰蒙蒙一片，要下雨的样子。茶几上搁着柳眉的一摞账簿，曹卫东随手抽出一本。他是抱着看小说的态度打开那本账的。

是几年前的一摞帐，被柳眉翻出来，不知道要查什么数据。曹卫东手里这本，记的正是柳眉下岗那会儿。那时候的柳眉，已经离婚好几年了。

曹卫东一页一页翻过去。

下岗后的柳眉很拮据，卫生巾只用两块钱一包的，饭菜能省则省。一连几个月，账本上伙食开支那一栏，都是萝卜茄子，咸菜豆芽，买得最多的是大白菜和一种叫“口口香”的辣酱。几个月以后，柳眉好像谈了男朋友，因为在日常开支那一栏，有十块钱一包的避孕套和几张百老汇的电影票，最初很频繁，后来也不见了。应该是谈崩了。这种情况，后面反复又出现了几次——连电影票都要女人来买的男人，是个什么样的角色呢？曹卫东想象不出，但由此可以推断，柳眉再嫁的心情，是很迫切的。

再换一本，是柳眉离婚的日子。

除了一套房子，离了婚的柳眉一分钱存款都没得到，或者说，这个家庭就没有存款。离婚后的柳眉消沉了很久，日常开支很少，最大的一笔是两千多块的医药费，应该是给小宝看病，垫付的，因为随后，曹卫东看见，柳眉又记了一笔收入，有零有整：宝才，1082元。

宝才是柳眉的前夫。

离婚前的柳眉是肉联厂的炊事员，那段时间，收入栏里，除了每月的工资，还有鱼、肉、香肠、罐头、花生油之类的进项，显然是柳眉从食堂顺回来的，没有数量，也没金额，却实打实地抵销了不少开支。所以那时，虽然还没离婚，柳眉一家三口人的支出，反倒比单身时候还少。柳眉会过日子，处处精打细算不说，每个月还要去一趟早市，买回一堆布头，家里的床单被罩、沙发布垫，甚至小宝的衣服，都是她拿布头拼出来的。

捧着账本，曹卫东像跟着柳眉跌进了时空隧道。他打算原谅她了。

肉联厂的工作是买来的。账本已经翻到了十四年前。20世纪90年代末，有那么几年，农村兴起了买户口热，往政府交两万块钱，便可以办理农转非，之后缴了口粮田，由国家统一安排工作。当然也不是什么好工作，服装厂、纺织厂、化工厂、粮油站之类的地方。柳眉的账上，这一笔开支记得格外醒目，不但颜色不同，还拿红笔划了好几道波浪线。在这之前，柳眉的代课老师，已经被学校辞退半年多了。

十四年前的自己在干吗？曹卫东闭上眼，歇了一会儿。十四年前，他刚刚认识陈羽，两个五大三粗的男人，守着一盆兰花，像守着一个透明的梦。陈羽一直说曹卫东像个诗人，其实他自己才是诗人——诗人都是半个疯子。

又换一本，是柳眉代课的日子，照例是日常的流水账，只不过每月多了一笔进项。柳眉的工资不高——代课老师的工资都不高。可是她认真，曹卫东记得，那会儿，每天柳眉都是第一个到校，烧水扫地抹桌子，连门框上边，都被她踩着凳子，擦得一尘不染。她的课讲得也好，学生们喜欢柳老师的课，胜过所有语文老师。如果不是后来政府对代课老师一刀切的政策，柳眉是最有希望转正的。这么乱七八糟地想着，曹卫东的目光定格在一串数字上，依旧是细瘦的字体，略微左倾，在网格细密的收入栏里，像排列均匀的米粒：

721001，30,000。

窗外忽然狂风大作，阳台玻璃被风吹得叭叭直响。初秋的雨，竟然带着夏天的邪性，从天而降。曹卫东触电一般扔了账本，跑去关窗户。他的腿磕在了茶几上，疼痛顺着小腿蔓延上来，直接抓住了心脏。曹卫东不得不蹲下身去，捧住胸口。

721001，721001——怎么以前就没想到呢？

阴霾的天空像豁了一道口子，雨直接从豁口里倒下来。“长安逸动”飞在高速上，像疾风骇浪里的一叶扁舟。前风挡玻璃上，雨刮器徒劳地摆动着。车里死一般寂静。曹卫东不知道自己上了哪条路，也不知道自己要去哪儿，他一连闯了三个收费站，直到第四个收费站前，才一脚刹车，“长安逸动”咣当一声停在路中间。后视镜里，三辆警车响着鸣笛呼啸而来。

曹卫东打开车门，像十五年前一样，面对围拢上来的警察，平静地伸出双手。

拘留所和看守所不同，有床，有桌子，有脸盆，有暖水瓶，朝东的窗台上，还摆着一盆月季花。曹卫东没带证件，警察试图联系家属，被他摆摆手阻止了：没家属。

警察很和蔼，其中一个还给他倒了杯水，告诉他有事按铃，并指指墙上一个红色按钮。曹卫东四下看了看，七八平方米的小房间，像个客房，没有铁栅栏，就没有身陷囹圄的感觉，唯一让人熟悉的，是铁床上一领蒲苇编的草垫子，粗朴，厚实，透着水边植物特有的馨香。像突然被人抽去了筋骨，曹卫东一头栽到草垫上，在熟悉的味道里，很快睡着了。

在梦里，曹卫东继续翻着账本，他清晰地看到一行小字：曹老师，八块五。接过八块五毛钱的笔记本，曹卫东嬉皮笑脸地靠近柳眉：你我好比鸳鸯鸟……啪一个嘴巴，柳眉好看的一张脸变成了猪头，胖律师恶狠狠地说，两万块，一分都不能少。大雨如注，胖律师消失在雨雾里，陈羽走出来，笑嘻嘻地说：我拿火枪当炮仗，提前给你道喜了！

醒过来的曹卫东一身冷汗，他没有去按墙上的按钮，而是直接扑向门口，把一扇铁门拍得天摇地动：来人，放我出去，我有话要说——

礼堂

/ 1 /

整个夏天，老曹一直冷眼旁观，看曹寇跟楼下的广场舞大妈斗智斗勇。

真的是斗智斗勇。为了驱赶那帮年逾半百却依然活力四射的老太太，曹寇算是心思费尽。先是抗议，由曹寇挑头，召集左邻右舍聚在一起，楼上楼下当面谈判；然后投诉，从居委会到街道办，再到派出所，甚至每天打一遍“110”；最后，曹寇喊来一帮哥们儿，公然往那块夹在两条绿化带之间的面积远算不上“广场”空地上堆石头、撒洋灰、泼大粪、扔图钉、甩鞭炮，只差兜头一盆凉水浇下去，灭了心头之火。

文斗直接升级成武斗，楼下依旧锣鼓喧天。

倒不是对方油盐不进，先前的谈判阶段，大妈们也妥协地调小了音量，缩短了时间，八点多钟便互递眼色，主动偃旗息鼓，悄然收兵。但这种情况往往维持不了多久，接下来的几天，随着大妈们忘我的扭动，扇子乱舞，彩带横飞，喇叭声不知不觉就拧大了，时间不知不觉就拖后了。为此，曹寇专门买了一面铜锣，赶上哪天楼下的人又跳得天地合一、物我两忘，曹寇就推开阳台窗户，举着那面锅盖大小的铜锣，恶狠狠一通敲打：

嘡嘡嘡——有没有点社会公德，你们？

嘡嘡嘡——让不让人睡觉了，啊？

嘡嘡嘡嘡——嘡！

一般这个时候，老曹都皱起眉头，翻个身，面冲墙壁，拿被头堵住耳朵，不吭声。偶尔气不顺，也会腾一下从床上坐起来，冲着曹寇的背影一声断喝：

“让不让人活了你，啊？！”

这话就有两层意思了，表面上，老曹是在抗议锣声太过剽悍，扰了他的好梦，但，铺天盖地的喇叭声难道就有助睡眠吗？所以，实际上，老头还是在支持楼下的群魔乱舞——至少是不反对。曹寇不回头，手里铜锣往高处一举，嘡啷啷啷，示威般一阵乱敲，既是鸣金收兵，又有挑衅味道。之后，曹寇两手一撒，锅盖大小的铜锣在地上打个旋儿，咣当倒地，整得老曹无话可说，只能继续梗着脖子，气哼哼坐在床上，表示自己在姿态上没输给儿子。

收了锣的曹寇背对老曹，关上窗户，脚底下一双人字拖踩得啪啪直响，径直绕过他爸搭在客厅一角的单人床，看都不看老头一眼，大摇大摆进屋去了。

老曹在儿子身后又是一声断喝：“关灯！”

曹寇依旧不回头，倒是他那个女朋友黄毛毛，闻声从卧室里倏地跑出来，啪一声按灭了客厅灯，又一溜小跑回去。毛毛没穿鞋，不但没穿鞋，连衣裳都没穿多少，老曹只见两条白生生的大腿在客厅里一晃，上身小吊带、下身三角裤的儿媳妇像一道闪电，跟着头顶的灯光一起熄灭了，剩下老曹一个人，杵在一片暗黑里，半天缓不过劲儿来。

曹寇先前的各种投诉，“110”接警后交给了管区派出所，派出所又联系街道办，街道办责成居委会出面协调，而居委会那帮大妈，和广场舞大妈根本就是近亲，七绕八绕，倒被广场舞大妈顺了过去。是啊，居委会大妈发愁地说，这么大个社区，南北两个家属院，一万多号人，连个活动场地都没有，还让不让人活了，啊？

皮球踢了一圈，又滚回原地，曹寇不管这些。这个各方面都不像老曹的年轻人，偏偏继承了他爸身上一股犟劲儿，曹寇一面继续敲锣打鼓，一面起草了一份联名诉状，挨家挨户找人签字画押。诉状传到老曹这儿，被正在阳台上喝茶的老曹一手挡下：

“拿走。谁爱签谁签，我不签。”

阳台窗户大开着，楼下呜里哇啦的喇叭声像一把乱箭，扎得曹寇心头火起。曹寇转身，咣一声关上窗户：“您觉着这玩意好听是吧？！”

“好听。”老曹不紧不慢地拎起暖瓶，往茶缸里续满开水。

那是一个比曹寇年龄还大的搪瓷茶缸，浑身锈迹斑斑，底部凹进去铜钱大小的一块，瓷都掉了。曹寇九岁时，跟院里小伙伴比爸爸。一个小伙伴说，我爸爸是司机，整天跟着领导，吃香的喝辣的。另一个小伙伴说，吃香的喝辣的算什么，我爸爸就是领导，每天都有人送礼。面对两个一脸骄傲的对手，九岁的曹寇耍了个小心眼，曹寇避而不谈老曹的工作，而是说，我爸爸是劳模，每年都得奖，我们家的牙膏牙刷、茶缸茶杯，都是我爸爸得的。为了证明自己所言非虚，曹寇还屁颠屁颠跑回家，端来一只白色搪瓷茶缸，把茶缸上的几个字亮给小朋友看："喏，南昆铁路百日大战——先进生产者！"

领导儿子嘿嘿笑起来："你爸爸是工人呀，工人才用茶缸子，我爸爸都用保温杯，我爸爸的车里，还有专门放保温杯的地方！"司机儿子随声附和："对的对的，保温杯里还泡着西洋参——你爸爸是不是还得了好多毛巾呀，那是干活累了，擦汗用的！"

九岁的小曹寇蒙了，他没坐过车，也没见过保温杯，更不知道西洋参是何方神物，面对两个挤眉弄眼、嘎嘎怪笑的小伙伴，曹寇一下子急红了眼。

"反正，我爸爸是最棒的。"曹寇一手抱住茶缸，一手把大拇哥一挑，伸到对方眼皮底下，"——我爸爸是这个！"

领导儿子被曹寇突然的动作吓了一跳，小家伙伸出手，本能地把曹寇一推，曹寇怀里的茶缸应声落地，瞬间磕掉了好几块瓷。小伙伴见势不妙，一哄而散。剩下小曹寇一个人，捡起地上咣啷啷乱滚的搪瓷茶缸，左看右看，嘴巴一咧，哭了。

二十年后的这个夏天，先进生产者的后代曹寇，保持着十二分耐心，一手拿诉状，一手拿印泥，几乎要递到他爸脸上去："好好好，您先把这个字签了，只要您签了字，不管她们上哪儿跳，我都送您去听——天涯海角我都送，我拎着茶缸子送您！"

“谁爱签谁签，我不签。”

富贵不能淫的老先进生产者把手一挥，差点也拂到儿子脸上去。

曹寇头一偏，往后退了一步，随即站定，上下打量着他爸。这个动作表明他生气了，同时表明他在克制。老曹耷拉着眼皮，瞅都不瞅儿子一眼。

曹寇深吸一口气，抱起胳膊，从十六岁开始，他就用这套动作代替情绪上的波动和递进，现在已经做得很有范儿了。可惜他爸不买账，原先还只是视而不见，现在干脆别过脸去，气定神闲地看起了窗外的广场舞，一边看，一边拿脚尖打起了拍子。楼下，广场舞大妈扭得正欢，喇叭里放着一首老掉牙的歌曲——《铁道兵志在四方》：

背上了行装扛起了枪，
雄壮的队伍浩浩荡荡，
同志呀你要问我们哪里去，
我们要到祖国最需要的地方……

曹寇觉得有必要以行动表达自己的愤怒了，他上前一步，抓起那只曾经让他引为自豪的茶缸，原地转了一圈儿。续满开水的茶缸烫得像块烙铁，曹寇嗷一声惨叫，忙不迭又放下，滚烫的茶水溅出来，把搁在旁边的状子弄湿了一大半。

“好，好，好，您厉害。”曹寇气急败坏地甩着手，十几年的愤怒流程完全乱了套，“您不签我也有办法，不就是个手印吗？您看好了——”曹寇举起那只曾经在小伙伴面前挑过大拇哥的手，冲他爸一晃，伸出小拇指，蘸着印泥，狠狠按在老曹名下。

/ 2 /

老曹想不起来，从什么时候开始，儿子曹寇彻底变成了自己的冤家对头。

这个小时候叫曹爱国的孩子，聪明帅气，循规蹈矩，十六岁之后，突然抽风般变成了另外一个人。在老曹又一次结束了一年的野外工作，年底回家时，站在他面前的，已经是嗓音低沉、表情冷峻、看谁都带着一股敌意的小少年曹寇了。老伴说，儿子是以绝食三天为代价，逼她就范的，娘俩拿着户口本，在派出所和街道办之间来回折腾了三个月，才成功地捧回个土匪名字，从此，曹爱国华丽转身，变成了曹寇。

面对父亲狼一般的咆哮，少年曹寇第一次启动了他的应对程序。曹寇先是一闪身，躲过他爸甩过来的户口本，随后站定，用麻木到莫名其妙的眼光盯着老曹，抱起了胳膊：

“土匪有什么不好？”曹寇淡淡地说，“这个弱肉强食的世界，土匪最吃得开。”

“滚！给老子滚出去——”老曹暴跳如雷，抄起桌上的茶缸砸过去，被土匪娘一把抱住：“打我吧，你打我，是我改的，你打死我吧！”

托名言志的曹寇并没有因此强大，两年后高考，曹寇不出意外地名落孙山。老曹不得不放下前嫌，托战友找关系，千辛万苦把曹寇弄进了本单位技工学校。毕业后又拉下老脸，再一次求爷爷告奶奶，把儿子弄进单位。曹寇学的是工程测量，也算子承父业，送儿子报到那天，老曹颇为感慨，他想起了一个四川籍的战友，爷孙三代都是铁道兵，想想就叫人热血沸腾。分别前，内心风起云涌的老曹克制着情绪，拍了拍儿子肩膀：

“好好干。别给你爸丢脸。”

父子间难得的温情暂时抹平了儿子的叛逆，曹寇垂下头，嗓子眼咕噜一声，算作回应。

让老曹一生都引以为荣的测量工作，曹寇只干了半年，半年后，曹寇先斩后奏，一张辞职报告递上去，直接卷铺盖回了家。从前改个名都要请家长的小少年终于熬成了人，青年曹寇独立后做的第一件事，就是全盘否定了他爸的人生。

“说吧，我需要跟您商量什么？”几年来，每次面对不提则已。一提这事就火冒三丈的父亲，曹寇总是摆出一副迁就口气，“商量怎么爬山过河？怎么打桩放线？怎么起早贪黑，背着几十斤的仪器满世界跑？如何狗一样守着定位好的GPS，天上下刀子都不能动？爸，听听人家怎么说你们吧——测量仪器肩上扛，铁鞋踏破路还长，白天跑得腿发软，晚上还为资料狂，比骡子还累，比蚂蚁还忙，工资只有一点点，到死买不起商品房……”

曹寇最知道他爸的软肋所在，两句顺口溜就把老曹噎得张口结舌。

老曹是20世纪80年代的转业兵，熬到退休才评了个高级技师，而单位的房子，早在他还是个普通工人的时候就差不多分完了。没办法，在举国上下房价大飙升的环境下，单位自建的经济适用房简直就是唯一的救命稻草，这几年，老曹眼看着院里的建筑一批批倒下，幼儿园，供销部，学校，食堂，医院，职工活动中心，甚至连面积不足五百平方米的灯光球场和紧挨着它的一个门球场，都被一栋十二层的小高楼取而代之了。

上头说，这叫改革，叫主辅分离，减轻企业负担。那两年，单位大门口的玻璃橱窗里，天天有红头文件贴出来。老曹从家里戴了花镜，半天半天地立在橱窗前，逐个文件研究过去，还没看明白到底为啥要分离，分离的结果却立竿见了影：医院和学校的消失，直接腾出了大片空地，在房地产业如火如荼、房价翻着跟头上涨的日子里，再没有比这个更能吸引人眼球的了。面对从天而降的土地，除了被分离出去的职工，几乎所有人都在呼吁：

盖房子，盖房子吧！

于是盖房子。盖房子的同时，捎带着就拆了供销部和食堂，人们说，在商品流通空前便捷的今天，哪里买不到东西，哪里又买不到一口饭呢，拆吧。于是拆。拆到职工活动中心时，才有退了休的老职工从狂热的状态中清醒过来：都拆了，我们去哪儿打发时间呢？

老曹是最早清醒的那拨，或者说，他从根本上就不是一个坚定的拥护者。这是20世纪80年代中期建的一个家属院，那时候，他们刚从南疆铁路一期工地上撤下来，库尔勒车站通车典礼之际，也是他们脱下军装，集体转业之时，从前满世界劈山开路、遇水搭桥的工程兵，第一次用长满老茧的双手，为自己建了一个可以永久落脚的大后方。老曹还记得，第一次搬进青砖平房时，在帐篷里长到三岁的儿子，最喜欢拿胖胖的小手，一遍一遍拍打还没干透的墙壁，然后转过头，忽闪着亮晶晶的大眼睛，惊喜地冲他喊：

“硬的！爸爸你听——梆梆梆——硬的墙壁！”

现在，青年曹寇早忘了小曹爱国时期的惊喜，面对他爸以及和他爸一样的一帮反拆老人，曹寇一百二十个真心不解：“怎么不能打发时间？看电视，逛街，上网，打游戏，实在不行，爸您找个老伴，我绝对支持——别不好意思嘛，什么年代了，这事正常得很。”

曹寇娘早在三年前就去世了，因为没房子，也就没机会看见儿媳妇进门。老曹始终觉得，老伴急匆匆去往另一个世界，不像赴死，倒像给未来的儿媳妇腾地方——当娘的“五七”才过，儿子就领着个黄头发姑娘进了门。老曹什么都没说，主动搬起铺盖卷，跟睡在客厅的儿子换了地儿。这件事上，固执的爷俩难得地达成了统一战线，不是老曹思想开放，而是儿子马上就二十七岁了，以前陆续谈的几个对象，无一不是卡死在房子问题上，只有这个叫毛毛的黄头发姑娘，尚有商量余地。毛毛说，我妈说了，车子可以没有，“三金”“五金”的也算了，房子还是要有一间的，哪怕是三五十平方米的二手房，哪怕只有一室一厅。

面对这个低到没法再低的条件，父子俩心照不宣地打了个擦边球。

他们住的这套房子，还是二十年前单位分的福利房，五十平方米的一室一厅，阴台做了厨房，阳台做了饭厅。从前，每天早中晚三顿饭，都是老伴一趟趟穿厅过堂，端了汤盆碗盏到阳台上，伺候全家人吃完，再穿厅过堂，把那一应餐具倒腾回去。随着儿子一天天长大，一室一厅的房子日见狭窄，尤其曹寇二十岁以后，婚恋大事提上日程，房子问题简直成了横在老曹眼前的一座大山，一辈子翻山越岭的老测量员，在这座山面前，彻底束手无策了。

被儿子两句顺口溜点了死穴的老曹，心里七七八八一阵翻腾，当着未来儿媳妇的面，到底吐不出那"放屁"两个字，只好切换回劳模身份，给自己搭个台阶。

"胡说！"老曹瓮声瓮气瞪儿子一眼，"搞测量怎么了，那是一个工程队的先锋舰、排头兵，没有路的地方，测量员先开路，没人烟的地方，测量员点第一把火，一个工程干好不容易，干坏了，只需要测量员算错一个小数点儿。想当年京九铁路，要不是我一根桩一根桩，反复测了三遍，我们负责的那座桥，整个儿都得炸掉……"

平生第一次，曹寇好脾气地坐在他爸跟前，一边受训，一边频频点头，偶尔抬头，敷敷衍衍拍他爸一个马屁："嗯，对，是的，没错，您真厉害……咦，爸您牙缝里有个韭菜花——毛毛，去拿根牙签！"

/ 3 /

即使楼下的动静忍无可忍，每天早上，曹寇仍然会睡到日上三竿，等他爹把早饭弄好，晾得不凉不热，小两口才迷迷瞪瞪爬起来。

大妈们早上不跳舞，只跟着音乐做两遍广播体操。从阳台上望下去，精神抖擞的大妈们步履整齐，动作规范，不像老人，倒像一群朝气蓬勃的少年。老曹坐在饭桌边，人群里来回踅摸两遍，才找到迟桂花的身影。迟桂花今天穿了一身浅灰色休闲运动服，头发松松地绾在脑后，拿一枚大发卡夹住。音乐正放到第五节，体转运动，老曹看见，人群中的迟桂花往左边迈了一小步，同时举起两只胳膊，挺胸抬头，上半身跟着也转了过去。

椅子哐啷一声响，洗漱完毕的曹寇落座饭桌前。老曹转过身，从窗外收回目光。

早饭是简单的馒头稀粥，两块红腐乳，一碟小咸菜，曹寇瞅了瞅他爸，又探头瞅了瞅楼下，伸手咣一下关了窗户："白天跳晚上跳，大早起来也不叫人安生，真他妈有病！"

老曹瞅瞅儿子，再瞅瞅，一碗粥端到嘴边，到底放了下来。

"不就跳个舞吗？"老曹说，"看你那猖狂劲儿，还维权，还投诉，好像人家占了你们家炕头一样。这院子就这么大，该拆的不该拆的都拆了，你说，让大伙上哪儿去跳——打扰你休息？你成天除了打游戏，还是打游戏，你需要休息吗？你要真想休息，躺十字路口也一样睡。想当年我们修襄渝铁路，用了两百吨炸药，晚上人睡在帐篷里，石头子儿啪啪往头上掉，耳朵都震聋了，也没像你这么矫情……"

"打住、打住。"面对老曹的唠叨，曹寇没耐心再数他爸的牙口，"拜托，爸，可不可以别提那仨字儿——想当年。想当年，地球人都知道您是劳模，是先进，是标兵，那又怎么样，除了一堆牙膏牙刷、暖水瓶茶缸子，现在，您照样吃馒头咸菜、住一室一厅，骑两个轮子的自行车，您的饭桌照样没地儿放，要不是辞职，您儿子我，照样扛个全站仪满世界跑，有家不能回……爸，想当年您被忽悠了，知道吗？倒是忽悠您的那些人，如今个个住别墅，开奔驰，呼风唤雨，怎么您到现在还不明白呢？！”

辞了公职的曹寇也不是一开始就无所事事。最早先，曹寇做过一阵淘宝，因为租不起库房，只好做代销代理。老曹本来不懂淘宝怎么回事，见儿子扯根网线，一天到晚凑在电脑前，这边勾兑，那边发货，忽然就开了窍——什么淘宝，不就二道贩子嘛！淘宝之后，曹寇又做了阵儿传销，那段时间，老曹眼里的儿子像只疯狗，连晚上做梦，念叨的都是上线、下线、一级商、二级商、盈利模式、利益分配……半个月后，曹寇捧着一堆保健品进了他爸的屋，来发展他第一个下线，被老曹抄起床头的扫帚疙瘩，一顿乱抽，赶了出去。

之后曹寇就不见了，打手机不通，问朋友不知道，就在全家人急得乱转，毛毛哭哭啼啼准备报警时，曹寇胡子拉碴儿地出现在门口，身后跟着两个警察。原来是被传销团伙扣了半个月，直到警方端掉那个团伙，曹寇才被解救出来。垂头丧气的曹寇站在他爸跟前，耷拉着脑袋，不像土匪，倒像只被人拔了毛的山鸡。

被传销事件伤了元气的曹寇消停了半年，老老实实找了个建筑公司，干起了老本行，半年之后，恢复了元气的曹寇又一次辞职，并且渐渐地，又看什么都不顺眼了。当年一起陪爸爸的三个小伙伴，领导的儿子当了小领导，司机的儿子成了小司机。曹寇说，什么叫龙生龙、凤生凤？不是他们有龙凤的本事，而是人家有龙凤的底子，像咱们这种家庭，就算您有十个儿子，充其量，也就十个小测量员而已……曹寇说顺了嘴，一边吸溜吸溜喝粥，一边冲毛毛挤眉弄眼，完全没注意他爸一张老脸已经变得铁青。

“放屁！”

老曹到底忘了儿媳妇的存在，手一扬，半个馒头直接冲着儿子丢过去，在曹寇脑袋上开了花，“你你你……好好好，就算你是老鼠的儿子，顶多也是个不会挖洞的老鼠，好吃懒做的老鼠，不知道天多高、地多厚的老鼠！”

老曹丢开饭碗，拂袖而去。每次都是这样，嘴上输给儿子的父亲，只能搬出做家长的威严，不像生气，倒像恼羞成怒。曹寇早熟悉了他爸的生气流程，晃掉一脑袋馒头花，乜斜着瞥他爸一眼，像看一个撒刁耍赖的泼妇，万分同情又无可奈何。

楼下的广播已经放到了尾声，最后一节整理运动，大妈们原地踏着步，两臂经由前胸抬至头顶，再放下来，循环反复。迟桂花站在最后一排，一边踏步，一边拿眼瞄着不远处玩沙子的外孙女。她应该早就看见了挎着菜篮子走过来的老曹，却像没看见一样，老曹觉得，迟桂花甚至故意往旁边侧了侧身子，一副避之不及的态度。老曹心里别扭，脖子一梗，头一歪，硬倔倔地穿过人群，头也不回地走掉了。

这是一个不太美妙的早晨，跟儿子发了一通火的老曹，在老相好迟桂花跟前吃了个冷脸，拐个弯，迎头又撞见一队满载着彩钢挡板的拖拉机，嗒嗒嗒嗒，喷着黑烟开进大门，车队末尾，是一辆同样喷着黑烟的三轮车，车斗里装着钢管钢锭、钢筋切割机、焊接机、水准仪、经纬仪等一应小型器械，领头的司机刚跟保安做过接洽，一手扶方向盘，一手把一张浅黄色的通行证往怀里一揣，拖拉机又喷起黑烟，浩浩荡荡开进家属院。

该来的到底来了，比预料中还要迫不及待。老曹忘了早起的不快，挎着菜篮子怔了一下，随即加快脚步，尾随着拖拉机队伍，往礼堂那边走去。

职工礼堂坐落在家属院西南角。那是一幢跟家属院同龄的三层建筑，青石底座，水泥勾缝，墙裙往上，是淡灰色的水刷石墙面。原先，它的周边是医院、食堂、招待所和职工宿舍，都是一色的青砖建筑，简单朴素。生活中的衣食住行，人们足不出户，就可以自行解决一大半。如今，医院和食堂早被两栋赭红色的高层住宅取代，只剩下礼堂和同样青灰色的一栋宿舍楼，矗立在一片荒草离离的空地上，格外突兀又冷清。

礼堂拆除方案是年前出台的。和前几年拆除活动中心一样，除了几个退休老职工反对，年轻人都是翘首企盼的态度，连辞了职的曹寇，都恨不得举双脚赞成。20世纪80年代，地皮还没这么金贵，楼与楼之间的距离宽得令人咋舌，占地十来亩的礼堂和与它比肩而邻的职工宿舍，连带附近一块宽敞的绿地，建上两栋住宅楼还绰绰有余。老曹退休前评了高级技师，按资历打分的话，即使排不上新房，也能调一套大一点的旧房。曹寇扳着指头跟他爸算完账，手一摊，威逼利诱的姿态又抖了出来：

“爸，您不想娶儿媳妇吗？不想抱孙子吗？不想享天伦之乐吗？”曹寇说，“只要搬出这个连转身都困难的耗子窝，我们马上结婚，马上领证，马上生孩子！”

蓝色的彩钢挡板堆在礼堂前面，像一座小山，拖拉机又喷着黑烟开走了。整个上午，老曹背着手，一圈一圈逡巡在礼堂周围，像一只迷路的寻回犬，直到日头高升，脚下的影子变成一拃长，方才想起，那只挎在胳膊上的菜篮子，还是空空如也。

/ 4 /

提前进场的拖拉机，让老曹迅速做出一个决定：担任老年合唱队的领唱。

之前，单位宣传干事三顾茅庐，都被老曹挡了回去。活动是集团公司发起的，说是要借唱红歌之机，弘扬企业文化，推进精神文明建设。二十多岁的小宣传干事一脸稚气，照本宣科的几句话还没说完，便被老曹噎了个张口结舌。企业文化？老曹说，企业就是企业，文化就是文化，没文化的企业才会生搬硬套，把两个不相干的词捏一块儿，一个连礼堂都保不住的企业，首先就是没文化的企业、没凝聚力的企业，还谈什么精神文明——狗屁！

按照文件指示，唱红比赛先在分公司之间进行，取前三名到集团公司汇报演出。重任在前，小干事懂得大局为重，不但不跟老曹计较，还皮笑肉不笑地套起了瓷。小干事说，什么弘扬路线啊，推进方针啊，那都是上面的事，咱是给人当差的，别说上头给个棒槌，就是给个扁担，也得像模像样地认真对待，是不是？如今啊，唱红歌是趋势，是政治任务，您看，多少人争着抢着报名哪！

合唱队的花名册递过来，老曹一眼就瞥见了排在末行的迟桂花。

以前两个人好时，老曹给迟桂花分析过她的名字。老曹说，你看，你这个姓吧，其实真不算讨巧，不但不讨巧，叫起来还有点儿犯难，名字呢，也普通，可这三个本来不出彩的字，搁在一起，味道就不一样了。春花漂亮，沾的是节气的光，迟桂花，连节气都不管，先天就有那么一股子安稳劲儿。郁达夫你不知道吧，“五四”时期的一个作家，他有一篇小说就叫《迟桂花》，里面说，桂花还是迟开的好，因为开得迟，日子就经得久，像晚来的爱情……

“你是——在说我们吗？”

迟桂花从老曹怀里仰起脸，她的鬓角有点儿乱，前额一绺头发垂下来，遮住半个眼睛，却没能遮住眼里那簇跳动的火苗。老曹被这双黑白分明的眼睛看得一惊。人到中年的迟桂花像个情窦初开的小姑娘，懵懂混沌，天真无邪。老曹愣怔一会儿，伸手把头发给她捋到耳后，一下一下摩挲着，半晌，忽然手上就用了劲儿，胡乱划拉几把，又给她弄毛了。迟桂花一动不动，眼里火苗渐渐熄了，涌上一片阴郁。

合唱队排练的地方选在老曹家楼下，大妈们跳舞的那块空地，这是老曹和小干事共同考察的结果。没办法，礼堂早在开春之初就弃之不用，里面陈旧的桌椅板凳都当废品卖了，平常单位开会，都在办公楼四层的小会议室，赶上人多的时候，就去外面的酒店。可合唱队总不能去办公楼里排练，老曹和小干事把家属院每个角落都琢磨了一遍，方才发现，大妈们跳舞的那块空地，还真是最合适不过了。

第一，它宽敞，那是一条“之”字形路的死角，夹在两条绿化带中间，上有合欢树遮阳，下有鹅卵石铺地，空地旁边，还有青砖砌就的一个小方桌和几个供人休息的圆形石凳；第二，它隐蔽，除了距离老曹他们那栋楼比较近，整个空地几乎被几棵坐地而起的塔松完全围住；第三，它简直就是一个天然的露天舞台，有方桌，有石凳，有现成的电源，方桌留给领唱，石凳给后排的队员垫脚，五十几个队员分成四行，呈扇状分布，老曹就是那扇骨的轴心所在，一夫独立，众望所归。小干事指指那块空地：就这儿了。

老曹打鼻孔里哼了一声，算作默许。他也实在想不出更好的法子。

合唱队的备选歌曲有三十多首，老曹选了其中五首，以那首《铁道兵志在四方》为主打。一帮退了休的老职工，平常靠广场舞打发闲暇时光的散兵游勇，现在被组织起来，年轻时熟悉的旋律一响，老曹看见，许多人眼里都转起了泪花。

……离别了天山千里雪，
但见那东海万顷浪；
才听塞外牛羊叫，
又闻那个江南稻花香。
同志们啊迈开大步呀，朝前走，
铁道兵战士志在四方……

老曹是20世纪70年代的铁道兵，新兵连三个月后分到工程团，专业学习测量。当时并不是没有别的选择，作为一个文能书写作画、武能吹拉弹唱的老高中生，师政治部宣传科早在一个月前就向他抛来了橄榄枝，迟桂花问过他，为什么挑了这么苦的一个工种，老曹想了想，只简单答了两个字：喜欢。

他其实挺想和人谈谈他的理想。鲁迅弃医从文，是因为战争年代需要以笔为矛，那么和平年代，人们就应该相信实业救国，他一个普通人，做不了实业，但可以做实业上的一颗螺丝钉——新兵连第一个月，班长带他们读过《雷锋日记》，里面说，一个人的作用，对于革命事业来说，就像机器上的一颗螺丝钉。那时候他多年轻啊，一身正气，满腔热血，虽然过了这么多年，理想逐渐幻灭，热情一再被挫，他仍然不觉得当初的选择是错误的。

老曹看一眼迟桂花，把涌到喉咙的话又咽了回去。

迟桂花跟曹寇的区别在于，对于理想这个话题，前者爱屋及乌，盲目崇拜，后者弃如敝屣，彻底不屑，虽然是一个问题的两个极端，对老曹来说，都无异于对牛弹琴。老曹摸遍全身找不到烟，立在原地踌躇了一会儿，一声没吭，转身出去了。

合唱队要求统一着装，工会给发的服装是红背心，白色灯笼裤。大红的套头涤棉背心一上身，年纪参差不齐的队员马上整齐划一，统统被打入老年行列。指挥过程中，老曹几次走神儿，胳膊举在半空中，忘了往回收——红衣白裤的迟桂花像颗浆汁饱满的草莓，眼角皱纹里都透着红光。夕阳红。

迟桂花照例左顾右盼。她不看老曹，任凭众人笑得哗然一片，老曹满脸通红，迟桂花像没事人一样。有几次，她甚至走出队列，拿手绢给旁边玩泥巴的外孙女擦了擦汗。孩子挺乖，天气也不热，老曹因此认定，迟桂花这个动作，本意上还是在躲避他的目光。老曹心里一阵恼羞，手上乱了套，顺势在一片哄笑声中做了个解散的姿势：

“休息，休息一会儿。”

解散了队伍的老曹径直奔孩子走过去，他知道自己的犟脾气又上来了，并且，控制不住。“热吗，妞妞？”老曹伸手摸摸妞妞脸蛋。

“不热。”妞妞头都没抬，接着鼓捣手里一团泥巴。

老曹收手，固执而又意味深长地望向迟桂花，意思是：你看，她不热。

迟桂花垂着眼，命令孩子：“妞妞，喊爷爷——怎么这么没礼貌？”

“爷爷好。”小姑娘敷衍了一句。

时空的距离就是心灵的距离，老曹不是见了女人就走不动道儿的男人，真跟迟桂花面对面、眼对眼、鼻息对着鼻息，却马上像一只漏了气的皮球，一点一点瘪下去。有几分钟，他甚至觉得，自己看迟桂花的目光，都带点儿眼巴巴的味道了。老曹干咳几声，别过脸，往旁边的沙土地上吐了口唾沫。

“爷爷不乖。”低头玩泥巴的妞妞抓了大人的现行，得意地大喊。

“好，好，爷爷不乖。”老曹嘴上应付着孩子，眼睛忍不住又往迟桂花脸上瞄过去。八月白亮亮的太阳下，迟桂花像一根浑身挂满白霜的冰棍，从头到脚都往外冒着寒气。老曹踟蹰一会儿，再次拽过孩子，没话找话地问了一句：

“妞妞，你捏的这个，是什么呀？”

“小狗，看家的。汪汪汪……”妞妞扬起一张小花脸，举起手里一坨泥巴给老曹看。大人的关注让她很高兴。气氛稍有缓和，老曹潮水一样的心情暂时平复，怪不得老话说，孩子是夫妻间的润滑剂。想到这个比喻，老曹咧嘴笑了一下。

迟桂花照例沉着脸，脑门上却像生了一双火眼金睛，不抬头就能看到老曹心里去：

“妞妞，过来！”

五六岁的孩子已经懂得察言观色，小姑娘一边迟疑着走向迟桂花，一边扭过脸看老曹，一步一个回头。

“你看你，早起换的衣服，半天就没了模样。”迟桂花抬手，啪一下打掉妞妞手里的泥巴，“小姑娘家家的，怎么就比个小子还淘气？！”

妞妞老半天才反应过来，扭头看看地上摔成一摊稀泥的小狗，又看看老曹，哇一声哭了。

老曹见不得这个，上前抱过妞妞：“跟孩子动什么气？”

迟桂花这才抬头看老曹，一眼，又一眼。她抱着双肘，目光冷淡，生怕老曹看不出她的轻蔑似的。这样僵持了一会儿，迟桂花上来抱孩子：

“妞妞，回家！”

老曹痛痛快快把妞妞交了出去。他才不想拿孩子当借口，跟迟桂花拉拉扯扯，磨磨叽叽，虽然争执的过程中，一个抢一个夺，使他们看起来很像一对因为孩子怄气的老两口——老曹的犟脾气上来，整个人又像充了气的皮球，死倔倔、硬邦邦了。

/ 5 /

迟桂花的轻慢，让老曹原本懒怠的神经一下子支棱起来，像拧满了劲儿的发条，浑身上下连汗毛眼里都憋着一股真气，蓄势待发。有几天，他甚至忘了自己参加合唱队的初衷。倒是那小干事，一句不经意的话，点醒了他。

那天热，秋老虎发威，白花花的太阳晒得树叶子都打了蔫儿，小干事出去买了一堆冰棍，回来挨个儿发给大伙，“鬼天气，哪有点儿立秋的样子，倒比伏天还热。”小干事低头在塑料袋里扒拉一阵儿，翻出一根绿豆冰，殷勤地递给老曹，“哎，想想还是以前好，那礼堂，钢混的，走进去那叫一个凉快，那舞台，开放式，搁现在都不落伍，还有那灯光、音响，啧啧，绝了，您说，现如今上哪儿找那么好的建筑去，说拆就要给拆了……”

小干事二十七八岁，算起来参加工作也没几年，他哪知道礼堂当年的风光？老曹从口袋里摸出一支烟，冲小干事摆摆手。他不吃冰棍。

说起来，老曹是从头到尾见证礼堂兴衰的人，从他们在这座城市落地生根开始，一帮来自天南海北的老铁道兵，背井离乡，年节时没处去，除了老乡聚会，就是职工活动中心和礼堂。职工活动中心有图书馆、台球室、书画苑、乒乓球台和健身房，楼下还有篮球场和门球场。后来活动中心拆了，一部分活动室就搬到了礼堂二楼，另一部分，像篮球场和门球场，占地儿太大，就任其消失了。

从前，老曹是活动中心的常客，每年两个月的探亲假，哪天不去那里报个到，生活就像缺了什么，失魂落魄谈不上，神不守舍肯定有。在活动中心，老曹如鱼得水，或打打台球，或练练书法，或跟工友泡上一壶茶，边喝边摆龙门阵，或者什么都不做，这屋转转，那屋转转，临走前拐到图书馆，捎上一本书。老伴说，你这哪是回来探亲，你是回来探你的书、你的画，你的篮球、台球、乒乓球——都多大岁数了，还为个皮球上蹿下跳……

活动中心跟礼堂合二为一后，老曹更忙了，经常是人在一楼排练，老工友在二楼候着，眼巴巴等他来指点某个墨迹未干的大字：你看这一撇，是不是力度不够？老曹的书法，在单位那是有口皆碑的。赶上五一、国庆、春节和节前职代会，老曹更是宣传部编外又必不可缺的成员，那个年代还没有广告公司，礼堂内外所有的条幅标语，有一半出自老曹笔下。挥毫泼墨完毕，老曹扔了笔墨纸张，回家洗手更衣，晚上他还有节目，独唱或领唱，变戏法或说相声。老曹平时中规中矩的一个人，往舞台上一站，风格就完全不一样了。

还有领奖。前面说过，老曹是先进生产者，几十年如一日。

站在彩旗招展的奖台上，披红挂花，看着自己亲手写下的标语，接过工会主席颁发的印着大红“奖”字的茶杯茶缸、毛巾脸盆，镁光灯咔咔闪过，老曹觉得，过去一年的翻山越岭、风餐露宿，都值了。

礼堂也有屈辱历史。有一年资金紧张，到年底，职工工资才发到九月份，领导层到六月份，腊月二十三小年一过，单位办公大楼被几百个民工团团围住，声称再不按时兑现工资，便闹到劳动局，由政府出面解决问题。那几天，公司领导急成了热锅上的蚂蚁，民工被暂时安置到礼堂内，由各级领导轮番出面，协商安抚。空谈是没有任何效果的，甚至起了相反作用，最后，情绪激动的民工跳上窗台，把礼堂一幅大红洒花窗帘拽下来，一把火点了。关键时刻，工会主席使出了最后一个不是办法的办法——动员正式职工，把刚发到手的三个月工资缴回来，补齐民工工资。

动员工作是从劳模开始的，举手表决那天，偌大的会场内鸦雀无声，电流通过话筒滋滋响着，像拿铁皮刮着每个人的心。一分钟，两分钟……五分钟之后，老曹低着头，第一个举起右手。举起手的老曹脸上没有任何表情，只慢腾腾站起来，闷声说：

“我回家，拿钱去。”

拿钱的同时，他把那幅烧坏的窗帘也卷了回去，叫老伴补上：

“用最好的布，最好的线。”

窗帘烧坏了一角，老伴把一块绿绸布裁成伞状，又拿暗褐色丝线绣出纹络与暗影，红绿参差交界处，依原样绣了几朵嫩黄洒金的重瓣牡丹。万红丛中一抹绿，窗帘重新挂回去，反倒比原来多了一份活泼。工会主席姓赵，文书出身，遇到这种事迹，不用美化也美了，不用拔高也高了。赵主席说，老曹同志这种维护集体荣誉、爱护集体财物的行为，体现的是什么精神？是雷锋精神，是主人翁精神，是毫不利已、专门利人的奉献精神！

有人就笑了：这话，咋越琢磨越像骂人呢。

树梢上，知了心浮气躁地叫着，一根冰棍下肚并没有给人带来预期的凉意，天仿佛更热了。有人开始抱怨，建议排练时间挪到晚上。老曹捻灭手里的烟头，把几个平时不错的老工友喊到一起：“大家想不想——去礼堂排练？”

如果说拆除活动中心时，老职工还处在懵懂状态，礼堂拆除方案出台后，老人们已经完全清醒过来，也不是没人反对，也不是没人抗议，有人甚至找到工会，直接表达了老职工的心愿，却始终群龙无首，扑腾几下就没后劲了。几次活动老曹都参加过，也都随众人散了，说到底是没有一个坚定的信念，或者说，没有冒着黑烟的拖拉机和堆成小山的彩钢板围栏的刺激——有时候，人是需要刺激的。

“拆都要拆了，还礼堂，啥堂都没有了。”有人丧气地骂了句娘。

小干事又不知去哪儿溜达了，随之而来的七嘴八舌的骂娘声，像要抓住这个没有官方代表的空隙，汹涌而嘈杂，望着越聚越多的人头，老曹慢吞吞拧开一瓶水，喝了几口。曹寇说过，要调动群众情绪，组织者就要懂得适时闭嘴，给大家留出酝酿情绪的时间。当初曹寇成功地组织了一场谈判，得意扬扬地在饭桌上抖出这条经验时，还被老曹啐了一口，如今风水轮流转，老曹现学现卖，深感某些方面，儿子还是比老子有智谋的。

“我赞成，去礼堂排练。”迟桂花不知什么时候挤在了人群里，她不看老曹，眼角轻轻一挑，转向了别处，“礼堂不是还没拆吗？咱们只当找个凉棚，也比这大太阳下晒着强，再说了，礼堂拆除方案怎么出来的，做过调查吗？搞过民意测验吗？会不会是屁股当成脑门拍的结果？抛开这些都不提，既然是要拆的东西，借用一下怎么了，是唱红比赛不重要、还是咱们的身体不重要？待会王干事来了大家一起说，叫他去跟上头反应。”

大伙又开始议论。老曹努力绷着一张脸，仍然憋不住嘴角一丝笑意。几年不见，迟桂花泼辣了许多，换作以前，大庭广众之下她是绝对不说话的，更不要说“屁股”之类的词儿了，那在迟桂花眼里，简直就是污言秽语。

迟桂花仿佛生了后视眼，能窥见老曹每一个表情，最后一句话落地，忽然转过头来，狠狠瞪了老曹一眼，随即转身，拨开人群，走了。

问题理所应当地反映了上去，并且被小干事认为“不难”，正如迟桂花所说，一栋要拆掉的破楼房，怎么着都是废物利用，还有什么比唱红更要紧的事儿呢。整整一天，老曹心里麻溜爽利，像伏天里吃了一百根冰棍，神清气顺。晚上老曹弄了四个菜，熘肝尖和回锅肉，白灼虾和麻婆豆腐，又找出一瓶泸州老窖，准备跟曹寇喝两杯，顺便讨教如何组织群众、调动情绪的问题。不想曹寇连自己的情绪都调动不起来，闷头喝了两杯酒，筷子一扔：

“爸，毛毛怀孕了，这个孩子，我不想要。”

毛毛一个礼拜前回了娘家，走时面容憔悴，眼眶红肿，连妆都没化。老曹只当小两口闹了别扭，不便问，就没问。以前也有这种情况，毛毛挟个小包袱气冲冲回了娘家，曹寇这里不急不慌，照样打他的游戏。沉不住气的总是闹得最激烈的那个，不用请不用求，两天后，毛毛一准儿自己回来，期期艾艾进门，犯了错的小学生一样，走路都贴着墙根儿。曹寇对付女人，不知用的什么招。

这次却不一样，毛毛走了一个礼拜，至今音信全无。一向不慌不忙的曹寇，屁股上仿佛生了疖子，坐立不安。老曹被这个突如其来的消息弄得蒙了一下，转瞬明白过来，也啪一下扔了筷子：“为啥不要？”

“不——想——要。”

曹寇咬着后槽牙，一字一顿吐出三个字，忽然就换了一副轻佻口气，“为啥不要？因为我们还没结婚哪，爸，这叫未婚先孕，就算我不怕人笑话，您也不怕吗？”

“我、我、你——”老曹被儿子噎了个大红脸，“那就先结婚。”

“行，先结婚。”曹寇盯着他爸，一声冷笑，“在哪儿结？房子呢？就算不出彩礼，房子总得有一套吧，您孙子不会一辈子都睡婴儿床，等他长大了，会跑了，您打算往哪儿安排他，塞床底下，还是挂房梁上？老鼠还能挖个地洞呢，您连洞都没处挖！”

像掌握了某种真理，曹寇借题发挥，一句比一句刻薄，一句比一句刺耳，完全不在乎他爸手里，还握着一只几乎要被捏碎的玻璃杯——如果不是桌上的手机突然响起来，玻璃杯或许早就飞了过来。曹寇不是假矫情，而是真恼火。

响铃加振动，砖头一样厚的老年机在桌上转着圈儿，像专门来息事宁人的。老曹咽下喉头一口怒气，边接电话边往厕所走，一扇门在身后关得惊天动地：

“喂——王大姐，是我，您什么事？”

/ 6 /

肯德基的玻璃推门像两片折扇，一吞一吐，迎送着各色人等。老曹坐在角落里，看着一个女人肥硕的身躯像根火腿肠一样被卷进来。

应该就是她了。和王大姐说的一样，女人一身及膝套裙，肉色丝袜，粗跟凉鞋，腕上戴一只棕红色玛瑙镯子，除了米黄色裙子颜色偏嫩，这样的装扮倒也算得上郑重。相比之下，老曹就显得过于随便——老曹身上，还是合唱队那套队服，红衣白裤，这样的环境下，就像广告里老年保健品的代言人，比夕阳红还红。

互相认识寒暄过，女人落座，老曹问吃点什么，对方说就全家桶吧，加一包薯条，比单点能省二十多块钱呢，咱俩吃也差不多，另外，能不能再要个香脆海苔虾？肯德基的新品，好像有点儿小贵，十一块三五个，不过据说很好吃。

女人一口青岛话，带着潮汐里海蛎子的味道。老曹于是去点餐，女人在他身后扬着嗓子又补充了一句："多要两包番茄酱。"

一包薯条，三包番茄酱？老曹表示不解。女人狡黠地笑了：

"反正不要钱，不要白不要对吧？"

洋快餐在中国照例是喧嚣的，虽然是角落，不远处游乐场里，小孩子的尖叫声仍然一丝不落地传过来。老曹皱皱眉。他实在搞不懂，两个年过半百的老人，为啥一定要在这种地方见面。王大姐说，这说明人家随和，非要到西餐厅宰你一顿才算上档次？现在看来，王大姐说得没错，海蛎子女人很随和，全家桶端上来，女人不用谦让，伸手便捞了一只鸡腿。

老曹说："我去洗个手。"

女人说，去吧。

洗手回来，老曹发现，女人正在啃第二只鸡腿。她啃得很仔细，见老曹回来，腾出一只油手，把全家桶往老曹跟前推了推，努努嘴：

"你吃那个，鸡块，肉也多。"

老曹摆手，拿过旁边的可乐喝了两口，又放下，转身去买了瓶矿泉水。

"三杯饮料哪，怎么还买水。"女人嘟嘟囔囔地说，她鼓着半个腮帮，侧过身子叼住旁边的可乐吸管，猛喝几口，把嘴里的肉送了下去。

"喝不惯。"老曹还想说，太苦，太凉，太刺激，略一顿，统统咽了回去。他知道自己惜字如金的毛病又犯了。

"多浪费。"女人打个响嗝，拿过老曹手边那杯可乐，放到自己跟前。

"两块钱。"

"外面卖一块钱。"女人说，她又捞起一个鸡翅，"这个，超市里十二块钱一斤，那得称多少个？搁这儿，十二块钱一对……还有这鸡块，菜市场上的生鸡多少钱？这一桶能买两只整鸡——老外会赚钱，中国人也邪门了，心甘情愿让人宰。就说我那小外孙吧，我给他炸的鸡翅，味道一点儿不比这个差，小兔崽子愣是不吃，跳着脚跟我闹。你说，哪儿的鸡不是鸡？报纸上还说，肯德基的鸡长九个翅膀呢……"

九个翅膀也不影响女人的食欲。啃完一个鸡翅，女人转而又去对付旁边的薯条。老曹撕了一包番茄酱给她。

女人说了句谢谢："王大姐说，你刚退休半年。退休金挺高的吧？"

"一般。"

"一般是多少？"女人问，她好像并不想得到确切答案，马上接着说，"对了，我先介绍下自己，五十五岁，山东人，下岗前在新华棉纺厂印染车间，老头死了六年，剩下我跟一儿一女，闺女前几年嫁人了，儿子明年结婚……"

老曹说知道："王大姐都讲过。"

"王大姐还跟你讲过啥？或者说，王大姐没跟你讲过啥，都可以问，别不好意思。"女人伸出拇指，小心翼翼舔掉指尖上一抹番茄酱。她的眼珠一直盯着老曹，脸上没有一丁点儿被打断的不快，完全是一副诚恳的对顾客知无不言的友好态度。

"那个，印染车间，累吗？"

女人粗糙朴实，老曹觉得自己欺负了老实人。

"能不累吗？"女人说，"湿，热，脏，机器转起来声音大，俩人面对面说话都得抻着脖子嚷，最要命的，你不知道哪天会对哪种染料过敏，有一回我上夜班，早起走出车间就倒下了，到医院一查，说什么硫过敏，脸肿成猪头那么大——你一点儿都不吃？"

"我喝水。"老曹捏了捏手里的矿泉水瓶。

"嘴够刁的。"女人拿纸巾擦了擦手，"你像个文化人。"

"粗人。"老曹说，"那么苦，下岗倒是件好事儿。"

“谁说的，那是他没下过岗。”女人说，“你甭听报纸上成天说，这个下岗工人创业了，那个下岗工人成功了，十个有九个是瞎忽悠，我们那一拨下岗的，除了机修车间的王大白话，还不是到处卖苦力——王大白话又是怎么发的家？卖假药发的！那家伙在厂子上班时手脚就不干净，专偷半新不旧的零件出去卖钱，下岗倒成全了他，英雄有了用武之地，坑蒙拐骗偷那一套，全派上用场了……”

说话的工夫，女人又消灭了一包薯条。她大概觉得自己把话题扯远了，一个转弯又兜了回来：“还是你们单位好，央企，不怕折腾。”

老曹吭哧吭哧笑了两声。女人虽然粗朴，说话倒一针见血。十几年前，他们单位也不是没折腾过，先是实行股份制，号召全体职工入股——说是号召，文件传达下来却是硬性的，老曹二十年工龄，缴了两万五千八的股金，那时候人民币还实在，两万五千八百块钱心疼得老伴一个月没睡好。后来不知怎么回事，股金又分批分期退了回来，上头开始动员四十岁以上的老职工买断工龄，下岗分流。跟职工入股一样，下岗分流的事热热闹闹吵了一年，最后也不了了之。老曹还记得，当时局报上有篇文章，说改革大潮中，央企是一艘沉重的巨轮，起步难，转向难，调头更难，左右为难，难于上青天。

女人嘿地笑了一声：多亏了这难。

“有个单位多好啊。”女人说，“打个比方，在棉纺厂，我就是一颗螺丝钉，棉纺厂就是一台机器，在这台机器上，我一分钟都不耽误地干着螺丝钉的活儿，现在，你非要把我拆下来，拧到别的机器上，能行吗？实话跟你说，下岗以后，我扫过大街，卖过保险，给人当过保姆哄过孩子，要说起来，这些活儿都比原来轻松，收入也不差，可总感觉不是那么回事，没有那种——归属感，对，归属感，电视上都这么说。在棉纺厂，就像在自个儿家一样，一根布丝、一个线团都是家里过日子的物件，摸摸哪个都亲着呢。车间里忙一天，下班了去澡堂子冲个凉，不想做饭了，就去食堂买两个小菜、一兜馒头，礼拜天再给孩子们好好做顿饭。那时候节假日也多，病假、产假、年假、婚丧假、育儿假、探亲假，家里遇上点儿难处，全厂人都跟着忙活，哪像现在，卖一天力气赚一天钱，生老病死都跟人没关系。就拿我那闺女来说，外企，白领，听着不错吧，结婚俩月就让人给辞了，为啥，怕你生孩子呗，劳动法说了，怀孕期间不能辞退员工，可没说怀孕前不能辞……”

到饭点了。肯德基的门频繁地一张一合，像女人的嘴。老曹把剩下那杯可乐往女人跟前推了推。他有点儿爱听她说话了，这满嘴海蛎子味的女人，实诚，接地气儿。

“你也像文化人。”老曹说，“你看你这个比方，打得多好，一颗螺丝钉，这话，雷锋说的。我也是螺丝钉，不过我比你幸运，在机器上一直转到退休，你呢，是半截上让人拆下来那颗，回炉没回好，炼成了个铁疙瘩。”

“对对对，就这个意思。”女人被老曹完整的一句话吓了一跳，愣怔几秒，继而嘎嘎大笑，“你这个人，说话跟花钱一样，每个字儿都用在刀刃上——铁疙瘩，混不吝，你这嘴呀，还真是刁。来来来，咱干一杯，为螺丝钉，为铁疙瘩。”

老曹举了举手里的矿泉水："为雷锋。"

气氛比原来活泼了许多，这是出乎老曹意料的结果。他们又聊了一会儿当年——当年，每到生产旺季都会有各种竞赛，两人都是劳模；每到节庆日都有各种文娱活动，俩人都有表演节目；当年每个员工过生日，工会都会送上一个小蛋糕，不大，就是那么个意思；当年天热了有防暑降温费，冷了有暖气补贴；当年，厂领导连员工的婚嫁问题都管。"咱们两个单位还联姻过呢。"女人说，"你们单位男多女少，我们厂，漂亮姑娘一抓一大把，光我们车间主任就介绍成了好几对儿。"

"搁现在可不行，那叫个人隐私。"老曹说，"年轻人顶烦这个。"

"对对，我们家儿子就这德行。"女人啧啧两声，"不让问，一问就搬出这个词儿来——你说，当妈的操心儿子娶媳妇，也叫侵犯隐私？他尿床的隐私我都知道！"

老曹呵呵笑了两声。

"实话跟你说吧，以前，我没想过再找个老伴儿。"提到儿子，女人想起了自己的使命，"这不，儿子的隐私解决了，在哪儿落实隐私就成了问题。我们家就一套一居室，还是当年厂子分的福利房，人家女方要求不高，一居室也成，但不能跟公婆住一起。咱俩要是成了，我得搬你那儿去住，给人家腾地方，这个，王大姐跟你说过吧？"

女人嘴里咬着一截塑料吸管，半挑着一只眉毛，盯住老曹。她问得那么自然，仿佛在说别人家的事，她只是个转述者。这个弯转得太猛，又太急，老曹还没笑完，后半截声音就冻在了喉咙里，同时，一张脸腾地红了。

餐厅里人越来越多，声音嘈杂，座位紧张，不少就餐者东张西望找着位置。海蛎子女人爽快，见老曹这份表情，轻轻一笑，自己就给自己解了围：

“吓着你了吧？呵呵，其实我也知道，咱俩不合适，你和别人不一样，你身上有股……哎，我也说不上来的那个劲儿，不过还是谢谢你陪我唠嗑——现在谁还爱听这些陈芝麻烂谷子的事儿呀，一个个都忙着呢。”女人开始打包，剩下的东西被她分别装在两个纸袋里，一袋递给老曹，“鸡块你带回去，大虾呢，你不介意的话我就带走了，我那小外孙，好几回闹着要吃这个，多贵呀你说，十一块钱三个，啧啧！”

“别客气，带走，带走！鸡块你也带走。”

老曹脸上一窘，嘴上就有点儿语无伦次，索性起身，又买了一包海苔虾塞给女人——应该道谢的是自己，感谢人家陪自己聊了那么多过去，车间、食堂、加班、节假日、先进生产者，结果却整个给弄拧了，这让老曹惭愧万分。更让他羞于启齿的是，连王大姐都不知道，他来相亲的直接目的，其实也是想净身出户，把自己囫囵个儿地嫁出去，不同的是，眼前这女人，是给未来的儿媳妇腾地方，而他，是给未来的孙子腾地方。

女人已经站起身来，老曹满心内疚，赶紧拿起桌上的手包递了过去，动作里带着殷勤。清脆的童声就是这个时候响起来的，像晴空里的一道闪电：“爷爷——”

老曹抬头，迟桂花正一手牵着妞妞，满脸微笑地站在餐桌旁。

/ 7 /

从肯德基开始，迟桂花的微笑就长在了脸上，唱歌笑，不唱歌也笑，说话笑，不说话还笑，哄妞妞的时候更是满脸慈祥，格外耐心。她本来就生得讨喜，虽然老了，还是弯眉弯眼，嘴角微微上翘，一边一个酒窝，笑起来简直浑然天成。最初几天，老曹盯着人群中的那张笑脸，企图从上面找出点儿内容来，比如扭捏、吃醋、嫉恨，再比如赌气、负气、怨憎，但都没有，迟桂花笑得风轻云淡，无懈可击。

老曹如芒在背。更让人不能忍受的是，第二天，整个合唱队的人都开始冲他笑，他们一边扯着嗓子唱歌，一边嘻嘻哈哈、挤眉弄眼，尤其前排几个胖女人，互相咬着耳朵，笑得花枝乱颤。老曹刚想发话，一个四川女人倒先冲他嚷起来：

“曹工，你袜儿穿错了！”

是浓重的川东话，袜儿。老曹一时间没反应过来。众人哗的一声，窃笑变成了哄堂大笑，同时，数十双眼睛齐刷刷转向老曹脚底——老曹那天照例穿着队服，天热，裤脚软塌塌挽起半截，露出两条毛发稀疏的瘦脚杆，再往下看，是一双灰色牛筋底网眼运动鞋，脚踝处露出棉线袜口，一只纯白，另一只貌似纯白，但袜口处绣着粉紫色小花边。笑声一波一波荡过来，老曹低着头左瞧右看，自己也忍不住乐出了声。

是毛毛的袜子。老曹尴尬地摸摸后脑勺。早上他起得晚，吃过饭才想起泡了好几天的衣服还没洗，手忙脚乱中只好向儿子求援——老曹汗脚，衣服不换没事，鞋袜一点儿都不能含糊。曹寇还在睡懒觉，嘟嘟囔囔一脸不耐烦，从枕头底下摸出两只袜子扔给他爹，翻个身继续睡去了。可怜老曹瞅都没瞅，两下套上袜子，夺门而出。

事就是这么个事，给众人一阵哄笑就变了味儿。老曹一边讪笑，一边收回支棱在半空中的两只胳膊，弯腰抹下两条裤腿。众人就势解散，一窝蜂凑过来跟老曹逗趣。一个说，曹工好精致，绣花小袜，旁边还带个蝴蝶结，这是今年的新款吗？另一个说，老土，哪里是绣花，那是提花，提花比绣花上档次，穿着还舒服，对吧，老曹？

“你们这些人，一个个都说不到点子上，问题的关键在于，这是双女人的袜子——怎么回事嘛曹大哥，给大伙儿讲讲呗！”

是迟桂花。一身绛紫色衣裙的迟桂花站在老曹跟前，脸上似笑非笑，像个最无聊的看客——她可真不该这时候站出来。老曹脸上先是一热，又一阵冷，随即哗啦一声拽过旁边的椅子，大摇大摆坐下，扒下脚上的袜子，径直拎到迟桂花跟前：

“好，讲就讲，想听哪段——床上的还是地下的？”

老曹最知道迟桂花的要害，一句话就点了对方的哑穴。被问了个顶头呆的迟桂花，前一分钟还笑得光明磊落，后一分钟就霍然变了颜色。

“流氓。”

迟桂花盯着老曹，牙缝里吐出两个字，转身走了。

“床上的，当然是床上的咯！”一个绰号“老顽童”的安徽老头凑上来，手舞足蹈，掩不住一脸猥琐。老曹抹下另外一只袜子，照着老顽童劈头盖下去：

“床上——床你个锤子！唱歌不积极，用不着的倒蛮有心，说多少次了第二段男女声错开一拍、错开一拍，每回你都抢，跟女人你抢什么抢……集合！”

他们已经搬进了礼堂，老曹拿眼角余光瞥着走远的迟桂花，后者倒也没愤而离场，只在靠近右边通道的一扇落地窗前站着。落地窗已经没了窗帘，窗棂上锈迹斑斑，衬着迟桂花绛紫色的背影，像一幅用色不均的油画，破败又萧条。

接下来的排练，不但被老曹夹头夹脑训了一通的老顽童乱了阵脚，连迟桂花也开始频频出错。他们唱的是《保卫黄河》，歌曲中，两句铿锵激昂的“保卫家乡、保卫黄河、保卫华北、保卫全中国”错开一拍，首段女声先唱，句尾男女声合一，末段男声起头，句尾照样合一，紧促的短板，男女声一强一弱的起伏对照，更能突出抗日战争紧张有序的节奏，现在被两个心不在焉的人一搅和，整个队伍完全乱了套。排练进行到二十分钟，老顽童又一次抢拍，不待老曹呵斥，老顽童迈出队列，大咧咧先抽了自己一嘴巴：

“抢，跟女人你抢什么抢！”

人群一阵哄笑，老曹看见，连一直板着脸的迟桂花都乐了。

老顽童是个不怕热闹的主儿，抽完自己，原地转了一圈儿，一屁股坐在水泥地上：“拜托各位，黄河交给你们保卫，我不行，腿都麻了，这鬼地方连个坐的地儿都没有——哎我说老曹，你他妈的连个礼堂都保不住，还带大伙保卫黄河，这不扯吗？！”

队员再次自动解散。老曹把唯一的椅子让给一位老大姐，自己跟大伙一样，席地而坐，点上一根烟。礼堂已经拆得空空荡荡，原来的观众席只剩下一片铸铁凳腿，直愣愣戳出地面，长短不一，像秋后潦草的庄稼茬儿。合唱队的到来并没有给它带来生气，相反，三三两两席地而坐的队员，像一群无家可归的流浪汉，使礼堂看起来更加萧条。闷着头抽完一根烟，老曹从裤兜里摸出一张纸，递给还在发牢骚的老顽童：

“喏，这个，敢不敢签字？”

是一张反对拆除礼堂的请愿书，昨晚老曹戴着花镜，从曹寇电脑上一条一条百度下来的，之所以百度，不是因为不会写，是因为怕写不好。平生第一次，老曹对自己没了信心。曹寇见他爹一个晚上都埋头在电脑跟前，起初还挺欣慰：爸您这就对了，没事上上网，聊聊天，打打游戏，多好，干吗整天和谁都较着劲儿，跟得了退休综合征似的，您知道，退休生活不光是逗鸟，遛弯，哄孙子，打太极拳，跳广场舞，那都是没文化人干的事儿，您跟他们不一样，您有思想，有追求……哎，爸您干吗呢？！

曹寇歪着脑袋凑过来之前，老曹已经抄完最后一个字，一张纸横竖对折两下，揣进了衬衣口袋。曹寇气急败坏，不敢跟他爸短兵相接，只好啪一下关了电脑，嫌不解恨，又一把扯飞了网线，原地转一个圈，再踅摸东西泄愤时，他爸已经拍拍屁股，出去了。

老曹是第二天早上看见曹寇的请愿书的，一模一样的格式，一模一样的语气，一模一样的决心，不同的是，曹寇的请愿书里，强烈要求单位加快礼堂拆除进度，因为“大龄青年等着安居乐业，育龄青年等着生儿育女，退休的老人们，盼望着能有一个含饴弄孙、颐养天年的清净之所”。曹寇自小语文不好，尤其作文，一贯词不达意、语不对题，啰里吧嗦半天，离中心思想还十万八千里，倒是这篇请愿书，写得干净利落，一语中的。

请愿书放在餐桌上，摆明着挑衅，怕老曹看不见似的。老曹准备好早饭，左手端汤，右手执勺，没第三只手可用，一盆汤水索性咣一下墩在请愿书上。

曹寇嗷一声跳过来：“干吗你！”

“不干吗，吃饭。”

曹寇小心翼翼，挪开汤盆，收起他耗时一个晚上的精心之作，开始吃饭。吃饭也不闲着，不是弄响了勺子，就是碰倒了碗，半块馒头吃得千辛万苦，一副要被噎死的姿势。

“我记得，你早把工作给辞了。”老曹冷冷地，看着对面百爪挠心的儿子，“这破单位，又苦，又累，工资又低，又没地位——你请愿，你给谁请愿？你以什么身份请愿？你这个愿请下来，跟你有几毛钱关系？”

“我是家属。”正等着他爸发话的曹寇，一张嘴就显得迫不及待，“我替朋友请愿，替我老爸请愿，替我没出生的儿子请愿，我路见不平，拔刀请愿——我请着玩儿……”

“你爸没死，不用人替。”

见儿子翻着白眼，摆开一副扯皮姿势。老曹不再啰唆，推开碗筷，起身走人。老头历来说到做到。前一分钟还耍着无赖的曹寇，后一分钟马上就换了嘴脸：

好好好，爸，爸——这样，从明天开始，电脑归您，下棋聊天看新闻，您想干吗干吗。我再去万达健身房给您办张卡……还有，图书馆——市图书馆，我给您办借书证。昌盛大酒店，我给您办游泳卡，年卡，不计次数。电影院，咱办会员卡，VIP，哪个电影热闹咱看哪个……您怎么打发不了时间，您有多少时间，非得跟那破礼堂耗着？

“轮不着你安排我。”老曹瞥一眼儿子，“房子我不要，你趁早死了这条心”

老曹声调不高，扔过来的话却石破天惊。曹寇终于噎着了，吭哧吭哧一阵咳嗽，半碗汤水灌下去，才缓上一口气来，转头再看他爸，早换了鞋子，甩手出去了。

老曹的联名请愿书上，也是这么写的：为保护职工合法权益，丰富职工业余生活，呼吁公司取消礼堂拆除计划，对已经拆除的部分予以恢复重建，并根据现有情况，酌情增加相应文体及娱乐设施。为缓解公司住房压力，我愿主动放弃本次经济适用房分配名额，并保证在以后的住房调整中，同样放弃我所拥有的权利……

老顽童识字不多，结结巴巴念下来，到最后渐渐没了声息。请愿书在队员中间传阅着，老曹起身，揉揉坐得僵硬的两腿，走出人群。礼堂一层九百多平方米，他从舞台西侧开始，一寸一寸摸过去，像重回阔别已久的旧居——这旧居墙皮剥落，蛛网罗结，脚底下，坡行水泥地面坑洼不平，不少地方裸露着预埋的钢筋防滑条。过去二十多年里，他无数次出入这栋建筑，从没觉得它像今天这样空旷，他坐过这里的任何一个位置，也从没觉得它像今天这样荒凉。一路摩挲过去的老曹，像摩挲着自己的人生，二十岁，三十岁，四十岁，五十岁……他一生的荣光都在这儿。然后，他们一起老了。

请愿书传阅完毕，又回到老曹手里，有人嘟囔：自愿放弃调房权利——还用你自愿吗？礼堂不拆，剩下的地方只能盖一栋高层，猴年马月也轮不上咱。马上就有人接过话茬儿：这叫姿态，舍得舍得，有舍才能得，跟舍不得孩子套不着狼一个道理，对吧，老曹？

没人表态。连习惯哗众取宠的老顽童都闪到一边去了。

老曹扬扬手，从兜里摸出笔，咬掉笔帽，以手当桌，唰唰两下，在请愿书末尾签上自己名字，再一扬，展给众人："这是大事，不勉强，不胁迫，不怂恿，有赞成的，也先回家，跟老婆、孩子商量好，再回头找我，我随时恭候大家。"

空气里漂浮着细细的灰尘，有那么几分钟，连灰尘都不动了，直到一身绛紫色衣裙的迟桂花分开人群，站到老曹跟前：

"我同意。我签。"

/ 8 /

迟桂花寡居十年，独自住着家属院东南角一个六十平方米的两居室，闺女早在前几年出嫁，姑爷正是工会赵主席家的二公子，赵栋梁，跟曹寇一起光屁股玩大的小伙伴——关于迟桂花的情况，自从五年前两人分开，老曹知道的，就这么多。

那个六十平方米的小房子，老曹还是十年前去过。为了让客死异乡的老伴梁广顺回家，迟桂花坚持把十五平方米的客厅布置成了灵堂。作为梁广顺生前好友、去世前唯一在场的目击人，老曹臂缠黑纱，一边留意呆坐灵前的迟桂花，一边以老乡身份，招呼往来吊唁的工友。老梁的独生女丹丹已经完全被突如其来的事件袭倒，伏在灵前，除了痛哭还是痛哭，而迟桂花，布置灵堂时还算清醒，等香烛点燃，哀乐响起，老曹再看迟桂花，一双呆滞的眼睛白多黑少，整个人呈恍惚状态，连看人的眼神都不对劲了。

“老梁他……走之前，都跟你说了什么？”

从老曹抱着骨灰盒出现在迟桂花面前开始，周围人少的时候，迟桂花总会抓住老曹胳膊，反复追问同一个问题，像濒死的人抓着最后一点希望。

“说让你别太伤心，照顾好丹丹。”

这是一个善意的谎言。实际上，被一根从天而降的钢筋夺走性命的梁广顺，什么话都没来得及说，这也是多少年来，老曹始终不能原谅自己的原因。同样不能原谅的，还有自己的后知后觉——老梁的不测不是没有先兆，那几天，一向睡眠不错的梁广顺连续失眠，几个晚上熬下来，一张老脸蜡黄寡瘦，眼睛都失了神。出事那天早上，俯身洗脸的老梁还曾经哐啷一声掀翻了脸盆，慌慌张张跑过来，一把拽住正在吃饭的老曹：

“血，血！脸盆里，都是血！”

老曹嗤一声，抹掉梁广顺紧紧拽着他的一只手：“什么血，觉没睡好，眼花了吧！”顺手推过去一碗稀饭。老梁揉揉眼眶，嗫嚅一阵，接过老曹递过来的筷子，开始吃饭，结果一碗稀饭只喝了两口，又哐啷一声扔到地上：

“血，血！饭碗里，都是血！”

那天他们复测一座高架桥的支座垫石标高，去工地的路上有条小河，几块磨盘大的青石蹲踞河中，老曹踩着石头走过去，回头再看老梁，七扭八歪、趔趔趄趄跟在后面，一步没踏稳，整个人扑通一下，跌进水里。跌落水中的梁广顺并不急着起来，而是掬了一捧河水，抖抖索索凑到眼前，梦呓一般，呻吟着：

“血……这河里流的，都是血啊！”

仔细看去，老梁脸上已经没了惊恐之色，取而代之的，是一种近乎神秘的痴呆。

一根从天而降的钢筋，是所有怪异征兆的终结者。那天天气晴好，无风无雨，几十米高的柱式桥墩正在养护期，上面空无一人，谁也不知道那截不足八十厘米的钢筋，如何打着旋儿从高空跌落，像一枚呼啸的利刃，直接穿透梁广顺的安全帽，插入颅骨。八百米外，对讲机那头的老曹只听见一声闷响，短促而激烈，随后是哔哔剥剥一片杂音。山野寂静，蝴蝶乱飞，老曹愣怔一会儿，扔了对讲机，拔腿就跑。

整个早上都被血光困扰的梁广顺，临死前一滴血都没流。老曹俯下身，想从老梁一张一翕的嘴巴里听到只言片语，但是没有，死不瞑目的老梁两眼圆睁，双唇微张，一句话都没留下。几天以来的不详预兆尘埃落定，老曹抱着梁广顺，蒙了很久。

老梁的身后事，都是老曹帮迟桂花操持的。公司照章办事，一切参照工伤保险条例，开追悼会，发丧葬补助、死亡补助、亲属抚恤金，迟桂花一个家庭妇女，被那些条框弄得焦头烂额。老曹叫迟桂花不要抚恤金，要工作，抚恤金有限，一份固定的工作才是正经保障："那么多领导家属吃着空饷，咱要一份卖苦力的工作，不过分。"

事情拖拖拉拉办了一年，迟桂花被安排到老梁生前项目上。其中的关系，也是老曹疏通的。工地上女人少，迟桂花夹在一群粗声大气的男人中间，少不了被人觊觎，老曹总是出面护着，却不料日久生情，最终把女人护到了自己怀中。那是梁广顺去世的第四年，迟桂花日渐复苏的双眼开始春水荡漾，老曹却越来越像个罪人，踟蹰、躲避、沉默寡言，煎熬又绝望，终于在第二年早春，一纸报告递上去，由四季如春的云南，主动调到冰天雪地的内蒙古，走时，连招呼都没打一个。

十年后——不，具体说是五年后的迟桂花，简直脱了胎，又换了骨，从前不声不响的女人，现在像个女侠，出手就是快刀。相比之下，老曹觉得自己倒成了陪练，对方出什么招，他都得傻瓜一样接着。比如现在，迟桂花一把抽走他手里的纸和笔，唰唰两下签完名，又塞回来，足足有半分钟时间，老曹直眉瞪眼，回不过神来。

"我反正一个人，用不着跟谁商量。"迟桂花说，"再说，即便商量，跟年轻人也商量不通，代沟在那儿摆着呢。我闺女整天鼓捣我，妈你去游泳，你去健身，你去电影院、瑜伽馆……扳着指头数数，哪不是花钱的地儿！那些地方，有钱你就是上帝，没钱，就是狗屁。自家礼堂就不一样了，咱一砖一瓦垒起来的地方，只讲感情，不讲钱。所以说这事，往小了说，性质不一样，往大了说，意义不一样，对吧，曹大哥？"

"呃……对。是。没错。"

迟桂花嘴角带笑，脸上没有丝毫揶揄之色。老曹仍然心惊肉跳，一连用了三个肯定词。旁人不懂两人之间的事，只见迟桂花说得轻描淡写，又无比坚定，几个老头便面带愧色，搓搓手，拿过请愿书又看了一遍，其中两个，维修厂的老刘跟老赵，当即也签了名。

迟桂花把该说的都说了，炒崩豆一样，还炒了三遍，弄得老曹倒像来打酱油的，扎煞着两手，不知再说什么好："三思，三思。这事来不得冲动。"

又有几个人签了字。

请愿书在人群里转了一圈，又递回来，迟桂花仔细折好："大家都看到了，请愿这事，完全出于自愿，既然有反拆的，同样就有支持的，咱们这岁数，正是为儿女奔命的时候，不少人眼巴巴等着房子给儿子娶媳妇，同样也有不少人——比如我，眼巴巴盼着能有个活动场所，每天理直气壮地跳跳舞，唱唱歌，不扰民，不心虚，所以说，大家互相理解吧，不要事还没办成，流言先弄得满天飞。"

这几句话，基本上等于提前善后了。老曹又小傻了一会儿。

人群照样嗡嗡嘤嘤，一半赞成，一半不置可否，有说回去商量的，有说考虑一下。事情跟老曹预料得差不多，意外的是，迟桂花转过身来，把请愿书递给他时，又低声说了句："弄完签字，我拿去找老赵——这事得先找工会吧？"

她连这个都懂。老曹点头。

那天他们多排练了一会儿，后半场，老曹在人群里搜寻迟桂花的身影，时光仿佛一下子倒退了十年，老曹心里春光明媚，有什么东西直往外拱，一寸，又一寸。愉悦的心情一直持续到傍晚。散场后老曹去了趟菜市场，买回一条活鱼，二斤青虾，左手一条鱼、右手一袋虾的老曹刚进家门，就被卧室里曹寇的咆哮钉在了门口。

“……撒手——叫你撒手听见没有！”

“就不！”是毛毛的声音，又尖又脆，带着从来没有的泼辣劲儿，“——做贼心虚了吧？有本事别做啊，男子汉大丈夫敢做不敢当，算什么玩意你？”

“逞强是吧——你他妈的给我撒手！”

有椅子嘎一声被拖开，随后稀里哗啦，什么东西掉在了地上，伴着毛毛嗷一声尖叫。老曹扔了手提袋，两步冲进卧室，正好看见曹寇把电脑举过头顶，砰一声摔在地上，与此同时，桌上一只鱼缸也被碰翻，哗啦一声，水花飞溅，几只黑龙睛跳出来，地面上四下乱蹦，其中一只蹦到毛毛脚背上，被毛毛又一声尖叫，下意识地一脚踢飞。沾了水的地板又光又滑，毛毛站立不稳，扑通一下，整个人仰面朝天，跌坐在一堆玻璃碴儿中。

曹寇打了个愣怔，这一串连锁反应显然不在他的预料之内。一呆一愣之间，老曹看见，有血从毛毛裤子底下洇出来。

“上医院，赶紧，带她上医院！”

曹寇愣头青，被他爸一吼，才明白怎么回事。毛毛已经一身准孕妇打扮，短发素颜，T恤衫，平底鞋，高腰卡通背带裤。预备安心养胎的儿媳妇被老曹一声断喝，整个人也蒙了，先是死死捂住肚子，随即又松开手，抖抖索索去摸裤子上的血，手指还没触到大腿根，突然母狼一样长嗥一声，眼露凶光，抓住曹寇伸过来的胳膊，一嘴咬了下去。

“曹寇你个王八蛋，你不是人……”

曹寇一声不吭，攒巴攒巴几下把毛毛手脚按在一起，扛沙包一样把人扛上肩头。老曹跑出卧室，给曹寇拧开防盗门，又转身回屋，拿上银行卡，追下楼去打车。

出租车上，毛毛披头散发，继续咬牙切齿骂着曹寇：

“砸电脑就没事了？傻吧你！你砸的是显示器，就算真把电脑砸了，证据我早拷下来了……白纸黑字——你放开我！我不去医院，你让我死！我们娘俩死了，你正好去找梁丹丹，我让你们重温旧梦，我给你们腾地方……”

/ 9 /

十六岁的小少年曹爱国，喜欢上了低他一年级的女生梁丹丹。

作为一个老测量工人的后代，曹爱国很不幸地遇上了两个实力雄劲的对手：本院党委书记家的公子刘大鸣和工会主席家二公子赵栋梁。如果不论家世，曹爱国无疑是三个男孩当中最出色的。小曹爱国帅气，机灵，除了文化课成绩一般，学习之外那点事儿，粘知了、捉蚂蚱、掏鸟窝、拧柳笛，上山套野兔、下河摸泥鳅，拆了他妈的竹门帘扎风筝、卸了他爸的车链子做火枪……曹爱国无所不能。

相比之下，刘大鸣太胖，赵栋梁偏瘦，胖的笨，瘦的又太娘，还动不动伸个兰花指出来，弄人一身鸡皮疙瘩。但胖子和瘦子先天条件优渥，尤其赵栋梁，初中还没毕业，他爹就挖门盗洞找关系，给儿子铺好了一段锦绣前程。同一所技校毕业的三个男孩，赵栋梁直接进了机关，先在测试中心，半年后调到人力资源部，专管人事调动。而刘大鸣，就是保温杯里泡着西洋参的那位官二代，早跟着他老子调去了集团公司。

梁丹丹虽然也出身寒门小户，百无一用，但生得漂亮，跟她妈一样弯眉笑眼，嘴角一边一个酒窝。同样作为测量工人后代，梁丹丹一眼望断了曹爱国的一生，无非跟他爹一样，跋山涉水，风餐露宿。和曹爱国好了半年之后，梁丹丹毅然投入刘大鸣的怀抱，并且在刘大鸣跟他爹远走高飞之后，又一心一意等了半年。无奈刘大鸣见了外面的花花世界，对本地温柔乖巧的小家碧玉再也提不起兴趣，仨酒窝也不行。郎心似铁，梁丹丹攀高无望，马上退而求其次，由娘炮赵栋梁接了刘大鸣的班。

小曹爱国由此受了刺激，更名曹寇，以表心志。

年轻体壮的黄毛毛，摔了一跤之后并无大碍，不过屁股上扎了两块白玻璃，手腕轻微脱臼，为了避免伤及胎气，医生建议留院观察三天。转入病房的毛毛性情大变，做不到母凭子贵，便把母以子贱的委屈发挥到了极致。整整三天，观察室里，毛毛声嘶力竭，涕泪俱下，一遍又一遍复述着曹寇的感情史，顺便把梁丹丹骂得体无完肤：

“……又要荣华富贵，又放不下如意郎君，吃着碗里的，占着锅里的，巴不得全天底下男人都得围着她转，婊子，贱人……千人摸万人揣的烂货！”

曹寇怎么也想不到，从前夫唱妇随的媳妇，还没升级成母亲，就从依人的小鸟变成了河东母狮，尤其谈到孩子，根本不容商量：“这孩子我要定了。”毛毛冷冷地，看都不看曹寇一眼，“梁丹丹李丹丹，你爱找谁找谁去，孩子我自个儿养。”

不光毛毛，连毛毛娘也是这个口气，那位年过五十的更年期妇女，以前一直认为闺女跟了曹寇，是吃了天底下顶大一个亏，从知道毛毛怀孕那天起，态度却来了个一百八十度大转弯，不但支持闺女留下孩子，还对毛毛歇斯底里的态度有着异于常人的清醒：

“闹闹就行了。”她说，“真把他弄烦了，等于往小妖精那里推呢，到时候不好收场——日子还得接着过不是？这种事，吃亏的都是女人。”

话当然是背着老曹父子俩说的，却被拎了一罐鸡汤走进病房的老曹听了个正着。面对一脸颓相的亲家公，毛毛娘又恢复了以前的倨傲：

“曹寇呢？”

曹寇回家了。老曹在厨房忙活的时候，曹寇一直在卧室鼓捣电脑，老式的液晶显示器真是结实，老曹眼见着曾经把地板都砸出个坑的显示器，被曹寇这里摸摸，那里捅捅，接通电源，屏幕上闪了一会儿雪花，电脑正常启动。

“你送还是我送？”老曹站在门口，扬扬手里的饭盒。

“我不送。”

曹寇丝毫没有避讳他爹的意思，联网，开QQ，鼠标滴滴答答一阵响。老曹想起毛毛那句话：白纸黑字，你把电脑砸了也没用。真是没用，曹寇心浮气躁，手握鼠标一阵乱点，随后靠住椅子，喟然一声长叹，半分钟后觉得后脑勺一片冰凉，猛回头，才发现他爹仍然立在门口，沉着脸，盯着试图亡羊补牢的儿子。

外强中干的毛毛娘对电脑更是一窍不通："拷下来是什么意思？白纸黑字——拍成照片啦？藏起来啦？她能藏哪儿，家里就那么大地儿，回头我找找撕了。"

这是事发后两位亲家第一次正式谈话，在医院走廊里。毛毛回娘家那几天，什么都没跟她妈讲，老太太甚至不知道闺女怀孕的事。所以，关于曹寇跟梁丹丹之间的恩怨，毛毛娘跟老曹一样，都是从闺女声嘶力竭的叫骂声中拼凑起来的。当娘的显然比闺女冷静，人前的发难、问责一点儿不少，避开闺女，就是一副顾全大局的姿势。

老曹不知道怎么跟这位小学毕业、在商场卖了一辈子毛线的亲家解释，"拷"是怎么回事。从事发到现在，他像挨了一记闷棍，什么都不想问，也不想说。迟桂花拎着一篮水果出现在走廊那头时，两位亲家正相对无言。从迟桂花的表情举止上，毛毛娘迅速判断出来者身份，顿时横眉倒竖，环眼圆睁。

老曹眼疾手快，马上起身，拽了迟桂花就走："出去说。"

这是两人五年来第一次独处，在医院附近一个冷清的小茶馆，老曹要了一壶铁观音。窗外是雾霾天，街上人影混沌，像电影里的慢镜头。时光一退十年，迟桂花又恢复到从前节制隐忍的状态，温良安静，少言寡语。

"丹丹这孩子，我没管好。"迟桂花开门见山，直奔主题，丝毫没在他们之间的关系上停留。茶桌对面的老曹既轻松又失落。

梁丹丹和赵栋梁过得并不幸福。先是口角不断，继而拳脚往来，动辄翘个兰花指的赵栋梁娘气十足，打起女人来倒威武霸气。妞妞五岁，小两口的架吵了四年多。爱慕虚荣的梁丹丹心机并不深，别人讲究家丑不外扬，她不是，不但外扬，还专门找前任倾诉，结果就是两人旧情复燃。不同的是，曹寇半燃，一切顺水推舟，梁丹丹倒像只扑火的飞蛾，一门心思跟赵栋梁闹起了离婚，焚身化骨也要跟曹寇再续前缘。

“曹寇在逢场作戏。”迟桂花说，“当然，这事丹丹有错在先，所以，你替我跟毛毛娘俩道个歉，回头再劝劝曹寇。”

“逢场作戏？”

“曹寇丢不下毛毛，我看过他们的聊天记录——就是被毛毛发现的那些。丹丹这孩子傻，凡事顺着自个儿的思路走，不想前因，也不计后果，更不会看人家的眉高眼低，自个儿傻也就算了，还当天底下人都跟她一样傻瓜。”

“她傻？！”

老曹又一句追问，同时咽下了后面半句话。五年来第一次单独相处的激动暂时被压下去，老曹心里，一股怄火升腾上来，四下乱窜。迟桂花显然听懂了老曹的弦外音，沉默一会儿，把头转向了窗外，再转过来，一张脸就是十年后的版本了：

“你看过他们之间的对话吗？”

“没有。”老曹被迟桂花瞬间切换的表情扎了一下，后面的话不经思索就溜了出来，“——什么叫逢场作戏，逢场作戏有标准吗？”

这就有挑衅味道了，还沾着点儿父子统一战线的赖皮，老曹回过神来，恨不得抽自己俩嘴巴。迟桂花倒是一副见怪不惊的表情，嘴里咬着一根茶叶梗，也不吐，就那么一下一下磨着牙，看起来又轻慢又不屑。

“一个男人，既舍不得吐掉嘴里的，又不拒绝递到嘴边的，就叫逢场作戏。还冠冕堂皇地问标准——人这一辈子，有些事只能做不能说，比如你，因为被标准捆死了；还有些事，只能说不能做，比如我，因为永远在标准之外。轮到曹寇，如果非要一个硬性标准，含糊算不算？暧昧算不算？来者不拒算不算？始乱终弃算不算？拎起裤子不认人向来是婊子作风，怎么被你们爷俩父传子承的，还这么理直气壮？”

迟桂花的广场舞真没白跳，这一副坊间大妈的尖牙利齿，噎得老曹只有翻白眼的份儿。而女人自己，像稳坐莲台的观世音菩萨，手指一拈，旧账新账一起递过来。老曹红头涨脸，恼不得，怒不得，怨不得也恨不得，只想立时三刻找个地缝钻进去，避开眼前的审判。但是显然避不掉，迟桂花盯了老曹一会儿，终于幽幽吐出一句：

“五年前，为什么不辞而别？”

窗外的雾霾更重了，整个世界陷在一片白色沼泽里，像个戳不透、撕不开的谎言。面对迟桂花炽亮灼人的目光，老曹艰难地咽了口唾沫。

梁广顺被噩梦困扰的那几天，正是工地上“百日大战”的收尾阶段，那几天连降大雨，正在施工的互通式高架桥处于沉降地段，地质情况复杂，作为有着数十年经验的测量班负责人，老曹未雨绸缪的习惯深入骨髓，天一放晴，就把需要复测的几个控制点提上了日程。也不是没有让老梁休息的想法，但见老梁喝了一碗稀饭，又吃了两个馒头之后，脸色逐渐恢复正常，老曹就把已经到嘴边的话又咽了回去。

“要是让他休息一天就好了，是我害了他。”老曹伏住茶桌，涕泪横流，哭得像个孩子，“老梁是我兄弟，我跟你……不能啊！”

处于沉降区的桥墩支座果然有偏移，测量结果报上去，技术部门及时制定了纠偏方案。那年年底，老曹照例被评为先进生产者，披红挂花地站在奖台前，接受来自四面八方的注目礼时，老曹第一次心虚气短，两腿发抖，胸前的大红花刺眼夺目，像渗着血。

/ 10 /

合唱队的排练已经停了好几天，毛毛娘走后，老曹彻底沦为保姆，一日三餐变着花样递给曹寇，再由曹寇端给毛毛。从前诸事好商量的儿媳，当着老曹的面还好，背过身去甩给曹寇的，仍然是一张破罐子破摔的冷脸，有一回甚至把曹寇撵到客厅，沙发上蜷了两宿。曹寇委曲求全地在客厅里对付两天，不知用什么招数说服媳妇，又搬回卧室去了。

迟桂花那边很安静，相比曹寇，空有一副漂亮脸蛋的小美女梁丹丹还算听话，曹寇的手机被毛毛寸步不离揣了三天，也没接到丹丹一个电话，或者一条短信，而那台被曹寇砸了又修好的电脑，被毛毛一刀剪断网线，彻底歇菜了。

对于老曹的盘问，曹寇始终一副非暴力不合作的态度，像梁丹丹那样把聊天记录呈上来是不可能的，被老曹逼到旮旯时，曹寇不是像鸵鸟一样藏头露尾，就是一副死猪不怕开水烫的姿势，任凭他爹痛心疾首，或者暴跳如雷，我自岿然不动。只有一回，从外头喝得醉醺醺的曹寇被老曹堵在卫生间，脸红脖子粗地嚷了一句：

我喜欢她？做她的春秋大梦吧，老子打一辈子光棍都不要那种女人！

“她”指的自然是梁丹丹。迟桂花说得果然没错。

老曹立在门口，脊背发凉。即便不是亲耳听到儿子赌咒发誓的否认，单凭这几天曹寇的表现，老曹也能猜个差不多——被媳妇从医院一路骂回家的曹寇，几天来蓬头垢面、眼珠通红，焦头烂额时一拳砸在墙上，五个手指鲜血直流，也没还一句嘴，这在曹寇简直是前所未有的耐心。说起来，那毛毛也是个奇女子，平时粗心大意、马马虎虎，关键时刻寸步不让，真把曹寇收拾得求生不得、求死不能之时，又心疼起男人来，一溜小跑下楼，买来一堆碘酒药棉、红霉素软膏，拽过曹寇一通包扎。小两口重归于好。

再没人提不要孩子的事。像搞传销时被洗了脑，曹寇一旦投入角色，就变得无比热衷，不但跑出去买了一堆婴儿用品，还弄来两本菜谱，像模像样地钻进厨房，各种鼓捣。除此之外，便是怀揣请愿书，跟院里几个小青年早出晚归，各家游说签字。怕他爹看不到，回来照例往茶几上一摆。请愿书是以曹寇一个哥们儿的身份起草的，上面的签名已经有一百多户，皱皱巴巴附了好几张纸，并且，还有继续附下去的趋势。

相比之下，老曹这边萧条又冷清。除了上次迟桂花振臂一呼，有几个应和者之外，合唱队恢复排练好几天，再没第二个人提起这事。相反，维修厂已经签过字的老刘，有天却私下找到他，嗫嚅半天，原来是家人不同意，要把名字勾掉。老曹二话没说，当即从口袋里掏出笔，在老刘名字上打了个叉。划掉老刘，请愿书上还剩下十三个签名，按老曹的计划，下一步应该发动群众，像传销人员发展下线，一传十，十传百，等召集够人数，大家一起去工会请愿。但这几天迟桂花一直没露面，假也没请一个，老曹心神不宁，像丢了点什么，前思后想一下午，排练结束时，到底给迟桂花打了个电话。

“我妈病了。发烧，三十九度二，刚吃过药。”

接电话的是梁丹丹。听筒里，丹丹的声音又尖又细，像受了惊吓的小猫。老曹本来心虚胆怯，不知道迟桂花会拿怎样一种语气对付他，听了梁丹丹的话，反倒松了口气，觉得迟桂花这场病生得真是及时，像老天爷专门给他预备的一个台阶。

电话那头，梁丹丹欲言又止：“叔叔，曹寇他……好吗？”

“挺好。”

老曹心里，酸甜苦辣咸一块涌上来，直冲喉咙，赶紧放了电话。

排练结束后老曹去了趟超市，买回一箱象牙芒，一箱全套醪糟，两盒玫瑰饼，两盒裹糖糍粑。从前他们在云南时，工地靠近怒江少数民族聚居区，离最近的贡山县还有两个小时车程，每次老曹去县城办事，迟桂花都会从食堂跑出来，央求他带点东西：火腿、醪糟、蜂蜜、糍粑、豆末糖、酸角糕，带点芒果吧，大个的，象牙芒，对了，还要一盒玫瑰饼……迟桂花站在斑驳的树荫里，扳着指头，一样一样交代他。老曹故意拿出一副匆忙又不耐烦的表情。瞅瞅四下没人，迟桂花伸出手，忍着笑偷偷掐他一把。

时令不当季，玫瑰饼里装的是腌花玫瑰，糍粑也不正宗，看起来像北方的年糕。但这又怎么样，他还记得她的口味，五年来，一天都没忘过。从前他背负的角色太多，丈夫、父亲、劳模、哥们儿，道德、规矩、仁义、礼仪，迟桂花说得没错，他是一个被标准捆死的人，因为惶惑，只好逃避。现在好了，生活进入一种返璞归真的状态，捆在他身上的标准越来越少，他得做点儿自己想做的事了。迟桂花是谁？一个笑起来弯眉弯眼的女人，即使披盔挂甲，浑身上下也是由里往外透着善良，五年前他伤了她，现在，是该补偿的时候了。他有信心卸下她的铠甲。在家属院门口碰见赵主席时，老曹还沉浸在对未来的规划中，以至于老赵在他跟前停住了脚步，也没把他从憧憬中拽出来：

“不年不节的，干吗这是，中奖啦？”

工会主席赵成山，赵栋梁他爸，梁丹丹的老公爹，即使跟前站着一个三岁孩子，也总是一副官腔，高八调的嗓门，普济众生的眼神，仿佛他面对的不是靠力气吃饭的工人兄弟，而是一群永远需要救济的难民。说起来，赵成山跟老曹同一年入伍，新兵连三个月后，若不是老曹坚持弃文从工，把师政治部宣传科文书的名额拱手相让，那么现在，站在家属院大门口的，应该是老测量员赵工，而不是挺胸腆肚、志得意满的赵主席。

但赵成山显然忘了当年的事，这个文书出身、转业后在工会主席位置上一坐二十五年的安徽兵，任期内庸庸碌碌、无所作为，私底下，却成功利用主席身份，把两个儿子安排得妥妥当当，又趁发放救助款之便，顶了两个退休后告老还乡的工人名额，给儿子们分别弄了一套福利房。这种钻政策空子的交易，本来就是一个愿打，一个愿挨，十几年前在家属院传开时，并没有引起多大波动，十几年后，当房价如同坐了火箭般一天一个新高时，人们才醒悟过来：这个赵成山，还真是高瞻远瞩啊。

现在，高瞻远瞩的赵主席站在当年的老战友面前，反剪双手，满面笑容，一双鱼泡眼掠过老曹脑门，仿佛他面对的不是一个人，而是一大帮等着他发言的群众。

“怎么样，老曹，合唱队的事儿，应付得了吧？”

“嗯，还行。”

赵成山应该还不知道曹寇跟梁丹丹的事。老曹含糊一句，低头想走，被对方一把拽住：“哎，我说老曹，听说你在组织大伙联名请愿，反对拆除礼堂？”

迟桂花的担心果然没错，消息这么快就传了出去，并且，传得还挺准。

老曹略一沉吟，点头说：“是。”

“老哥，叫我说你什么好？！”赵成山难得地放下身段，虽然照样拿腔作势，声调到底降了下来，“你上班多久了？这么多年，房子盖了一茬又一茬，哪回有你的份？好不容易熬到退休，工龄也够了，职称也有了，地皮呢，就剩这一块了，别人念阿弥陀佛还来不及，你倒好，弄个弃权——反拆？现在新闻里钉子户还少吗？哪个反成功了，更何况你反的是公共财产，多少人眼巴巴盼着你弃权呢，你弃一个，后面顶上来一个……”

老曹摆摆手：“别人怎样我不管，我坚决反对。这院子还像样吗？见缝插针地盖楼，大伙是人，不是鸽子，是人就要活动，要娱乐，要休闲，而不是像鸽子一样有个笼子就够了。我是工人阶级，我对公有财产的处置有发言权。”

“处置？我说老曹，你搞搞清楚，这不叫处置，叫资产优化。”赵成山的官腔又摆出来，“就算是真处置，目前国家对这一块，也没有明确规定，董事会研究一下就行——董事会哎，你沾得上边儿吗？所以说啊，你这种行为叫什么，蜉蝣撼树，螳臂当车。要活动，要休闲，要娱乐？外边去啊，外头多少健身房不能去？什么服务没有？别傻了老哥，我知道你对礼堂有感情，可拆除是大趋势，不是哪几个人能改变的。”

“照这么说，你这一关都过不了？”老曹问。

“哎呦喂，哥哥，算我求你。”赵成山夸张地叫了一声，“别以为我整天闲得哼哼。工会是干吗的？又要服务育人，做好思想工作，又要给大伙维权，民主啊公开啊监督啊，一样不能少。平常呢，还得关心每一个职工的生儿育女、养老病死。打个比方，咱们单位的小伙子，娶不上媳妇你着急，娶上媳妇以后没房子，你还得替他着急，说白了，我就一婆婆，整天操不完的心——对了，老哥，你不急？你们家曹寇可是纠集了一帮人，也在搞什么请愿，要快点拆掉礼堂，你们爷俩咋回事，拿我涮着玩？”

“维权。”老曹说，“他维他的，我维我的。”

“行，行，行。你们厉害。”赵成山鸡啄米一样点着下巴，一副秀才遇见兵的姿势，边说边往后退，“你们爷俩，也算让我领教了，什么叫奇葩——奇葩啊！既然这样，咱就废话少说，你继续维你们的权，求拆的，反拆的，我呢，照单全收。至于谁能如愿，儿子还是老子，就不关我事了，自求多福吧！”

赵成山一步三摇头地走了。老曹立在原地，半小时之前的好心情荡然无存。老天爷也不作美，刚刚还是彩霞满天的好气象，转眼就乌云密布，风吹得墙角纸片乱飞。原有计划全部被打乱，老曹愣怔片刻，只好先行回家。

/ 11 /

雨淅淅沥沥下了一夜，打在楼下的空调罩上，铿然有声，像催人出征的战鼓，整整一个晚上，老曹数着鼓点，眼皮都没合一下。

毛毛最近胃口大变，平时饮食清淡的孕妇，这几天豆浆泡油条吃上了瘾，豆浆要热，加一勺白糖，油条搁里面泡到稀松软烂，入口即融。每天早上，老曹五点起床，只为抢那第一碗带着奶皮的热豆浆。昨晚一夜没睡，早起出去买饭时，早点摊前已经排起了长队，炸油条的河南小夫妻兼卖包子馄饨，忙得不可开交，有熟络的顾客等不及，就自己动手，舀上一块钱一份的豆浆，一边坐下来，耐心地等油条出锅。

小夫妻跟旁边的顾客吵起来时，老曹正在队伍里走神，一声熟悉的、带着海蛎子味道的女高音飘过来，才把他从心骛八极的状态里拽出来。

“真的是第二次，骗你是小狗！”

“拉倒吧，几个第二次了？”河南小媳妇一边煮馄饨，一边把铁笊篱在锅沿上敲得叮当响，“实话告诉你，我都注意你好几天了，总拿豆浆太热当借口，半碗半碗地盛，稍微不注意，一块钱你能喝四个半碗！本来嘛，一条街坊住着，半碗豆浆也不值几个钱，我一直装看不见，可你也得差不多啊，天天过来白喝我们家豆浆，当我们两口子傻瓜呀！这世道，见过不要脸的，可没见过给脸都不要的！”

“你说谁不要脸哪！”

海蛎子女人当啷一声推开碗，叉腰站起来，大有扑上去撕咬一番的劲头。老曹一个箭步跃出去，把女人拦腰截下：

“我出，这钱我出。”

隔着一张案板，老曹从兜里摸出一枚钢镚，扔到河南小媳妇手边。海蛎子女人愣怔一下，等看清来人，脸上居然换上一副娇嗔表情：

“哎，看你，问都不问清楚就掏钱。我真的只喝了她一碗豆浆，你这种老好人、冤大头，最好欺负……唉，算了算了，咱不跟她计较。”

女人穿一条花绸裤、白汗衫，后背印着大红楷体的“苏宁电器”四个字，像一块免费的活体广告牌。周围看热闹的人群一阵嘁嘁喳喳，目光齐刷刷射向老曹，有人掩着嘴直乐。老曹往旁边拽了拽女人，意思是借一步说话。女人没动，旁若无人地拎过脚边一只蛇皮袋，掏出两个圆溜溜的茄子和一捆尺把长的老豇豆，塞给老曹：

“拿着，我自己种的，铁路旁边，我开了块地。”

女人说话的神态像极了赵主席，目光掠过老曹脑门，直往后面的人群望过去，仿佛她面对的不是某个人，而是一群等着她表演的观众：“——往后要吃什么，就去我那儿摘，真正的绿色食品，健康环保……咦，看我干什么，拿着呀！”

女人咸湿的海蛎子腔里，又多了份黏糊糊的风尘味道。太刻意了。老曹摆摆手，转身想走，却忽然觉得人群里，一道寒光射过来，直穿骨髓。

是迟桂花，拎着一捆青菜站在不远处，安静地看着他。

这世界可真小，小到一个转身，她在这里喝豆浆，而你，就在对面。老曹脑子里，忽然冒出这么一句。菜场上依旧人来人往，天地间却忽然没了声音，所有人物都成了舞台上的布景，影影绰绰，真假难辨。老曹在那道寒光下踟蹰一会儿，转身回家了。

接下来的日子，老曹扎扎实实病了好几天。感冒，头痛，太阳穴怦怦直跳，像被一只戴了手套的拳头往死里擂。曹寇不得不负责起家里的一日三餐，屋里一片狼藉不说，厨房里，光盘子就打碎了好几个。倒是联名请愿那事，仍旧张罗得兴兴头头，有条不紊，原先薄纸一张的请愿书，后面已经附上了好几页。看在老曹病了的分儿上，曹寇终于不再拿这事刺激他爸，每天外出游说回来，请愿书往抽屉里一塞，人直接奔去厨房。

曹寇的计划正式实施时，老曹正躺在床上发烧，丝毫不知道院里一百五十多名年轻人，在曹寇的指挥下，已经排着队，浩浩荡荡出发了。这些人步履轻松，神色自如，不像请愿，倒像旅行社组织的集体出游。队伍在公司门口停下，派一名代表出面交涉，曹寇混迹其中，没有露面。代表自然是曹寇哥们儿，提前演练了好几天，各种突发情况都有准备。公司那边，赵成山简直求之不得，承诺尽快往上反应，要大家少安毋躁。

整个请愿过程文明而和谐，收场时，曹寇甚至组织大伙把地上的烟头捡起来，扔进了垃圾桶。春风得意的曹寇一路哼着小曲，到家才觉得有点儿心虚。他爹形容枯槁，面色焦黄，正靠在床头吭吭地抽烟。曹寇赶紧洗手更衣，倒水拿药。

老曹摆摆手："吃过了。"

即使卧病在床，老曹兜里，也始终揣着那只有十三个签名的请愿书。这两天发生的事太多，一桩桩一件件，都是索命的节奏，弄得他心有余力不足。比如迟桂花，合唱比赛迫在眉睫，突然宣布退出排练，理由是身体不好。消息是小干事转达的，老曹像吞了黄连的哑巴，一句话都讲不出——这个世界太小，小到人挨人，人挤人，圆不下他一个陈旧的梦；这个世界又太大，大到四目相对，息息相通，也还是咫尺天涯，你永远不知道她在想什么。

接到宣传部小干事电话时，老曹正拎了一堆云南小吃，走在去往迟桂花家的路上。时令已是深秋，天空冷晴，阳光刺眼，法国梧桐巴掌大的枯叶落了一地，四季轮回在今年显得格外触目惊心。老曹踩着满地落叶，出门前打好的腹稿被冷风一吹，忘得一干二净——忘了也得说，而且要当面说，就像有些事，晚了也要做，虽然结果渺不可测。

一路上矛盾又忐忑的心情再次把老曹带入恍惚状态，以至于小干事在电话里讲了半天，只有一句入了老曹的耳，像长风里破空而来的冷箭：

“……礼堂今天就要拆了，排练地点改回小花园。”

循规蹈矩二十多年的工会主席赵成山，在曹寇联名请愿的第二天，便把一份厚厚的请愿书递到了董事会。这真是一件不费力又能讨好的差事，既防患于未然，又转移了压力，捎带着，还能晒一把工会工作的繁忙琐碎、他如何亲力亲为。拆除礼堂的施工图纸早都审过了，之所以一直没开工，是因为还没选定施工队伍，既然民众如此迫不及待，选队伍也不是什么难事，领导们大笔一挥，礼堂拆除项目马上提上了日程。

是怎么样跑到礼堂的，老曹不记得了，只记得脚下一片窸窣脆响，耳边，大片枯黄的树叶纷纷飘落，半空中不舍地打着旋儿，像跟这个世界做最后的告别。家属院西南角，零零落落的人正从四面八方聚过来，像赶着参加一场重要的集会。礼堂已经被一圈彩钢板隔离起来，正门水泥台阶下，四台系着大红绸花的挖掘机一字排开，整装待命。不远处枝干虬结的老槐树上，一只高音喇叭正放着那首《铁道兵志在四方》：

背上了行装扛起了枪，
雄壮的队伍浩浩荡荡，
同志呀你要问我们哪里去，
我们要到祖国最需要的地方……

尽管跑得气喘吁吁，在这首无比熟悉的旋律中，老曹还是停顿了一下。二十多年前，同样是这首歌，伴随着噼里啪啦的鞭炮声，宣告着礼堂正式破土动工。他还记得，那是一个春寒料峭的日子，太阳从稀薄的云层里钻出来，像个混沌的蛋黄。工地上喜气洋洋，战友们像第一次拥有了土地的老农民，每一锹挖下去都是豪情万丈。整个春天，他们泥一把水一把，燕子筑巢一样垒着自己的家。人生当真是弹指一挥，转眼春去秋来，同样的旋律再次响起，却是一首终结曲，老去的和不该老去的，统统要被抹掉了。

围栏外站着三三两两看热闹的群众，没人注意老曹是如何穿过围栏进入工地的，就连拿着警棍的小保安，都在屏息凝气地等待那一声号令，丝毫没发现有人已经站到了礼堂台阶上，拼命地挥着手臂。老人的呼喊，先是被淹没在大喇叭高亢嘹亮的歌声里，随后，又淹没在噼里啪啦的鞭炮声中，几万头的鞭炮，响了足足有一个世纪那么漫长。

家属院里，如果有人还愿意回忆，一定会记得，新世纪第十个年头的深秋，一座老旧待拆的礼堂前，一个单薄瘦削的老人，曾经对这个世界绝望地怒吼过，他的声音很快消失在一片欢声雷动里，现代化的大型旋转式液压挖掘机，铁臂只那么轻轻一扬，便掩盖了一切喧嚣，吸引了所有视线，博得了满堂喝彩。

仍然是一根不足八十厘米的钢筋，携着砖头瓦块，像来自另一个世界的终止符，从礼堂顶层呼啸而落，直接戳中台阶上正在振臂疾呼的老人。

/ 12 /

世界突然安静下来，像回到了远古的洪荒时代，太阳重新变成一枚混沌的蛋黄，继而，是一团氤氲的红云，一片流淌着红色的河流。老曹看见，挖掘机雄劲的铁臂下，一位老人倒在了水泥台阶上，他的脚还在抽搐，手边散落着青色的芒果、椭圆的糍粑、小巧的玫瑰饼。有人在打电话，更多惊慌失措的人围着他，团团乱转。

人群忽然被分开，一个身材娇小的女人闯进来，扑在老人身上。她嘴里说的什么，老曹完全听不见，只看见她弯弯的眉眼，惊悸得变了形。女人拾起老人手边一枚芒果，又一袋糍粑，又一块玫瑰饼，随即统统扔掉，重新扑回老人身上，拍打着，摇撼着。但是马上，她被一个冲上来的年轻人推开。老曹看见，年轻人一下就把老人抱在了怀里，因为惊恐，他的五官像错了位，狰狞可怖，他一边摇晃着老人，一边腾出一只手，冲旁边的人大吼大叫。而他怀中的老人歪着头，两眼圆睁，双唇微张，身上干干净净，一滴血都没有。

他们不知道，那些血，都流在老人心里。

老曹看见，一条鲜血汇集成的河流，正汩汩地，在老人皮肤下涌动，像一波又一波的潮汐，咸腥湿润，带着挟裹一切的力量，拖他离开冰冷的地面。有风从天边吹来，遥远轻盈，像女人的手，温柔地滑过他的脸颊。老曹看见，台阶上的女人，正颤抖着双手，轻轻抚过老人的眉、眼、鼻、唇……一朵大红绸花，忽然从悬在人们头顶的铁臂上飘下来，慢悠悠地打着旋儿，落在老人胸前。

老人终于闭上了双眼，嘴角挂着一缕奇怪的笑容。

折耳根

回来又路过那条水渠，朱朱直接把裙子拎到大腿根，一纵身跳了过去。她胖，身手却不失敏捷，高跟鞋陷在松软的泥土里，身子稍稍后仰一会儿，就站得稳稳当当了——来的时候不是这样。来的时候，朱朱提着裙角，白晃晃地太阳底下多走了五分钟，绕到水渠上游一块竹跳板上，颤颤悠悠走过去，阖下眼睑时，能看见鼻尖儿上一层白毛汗。小美走在前头，回头看见朱朱庄重的走姿，扑哧一下笑出了声："你弄得我都紧张了。"

现在，小美跟在朱朱身后，一脸抱歉。朱朱本想跟她找两句话说，一转念，又觉得那抱歉掺着某种怜悯，有着说不出来的意义，便打消了这个念头——她也实在是灰心。

"他平时话也不多，"小美说，"其实人挺好，踏实，稳重，就是有点儿慢热。"

你们是大学生，一辈子不热也有底气，朱朱想。我呢，一个打工妹，烧火丫头，热得快，焚身化骨到最后也不过一堆灰烬。朱朱手里拽着一截裙角，这个姿势让她觉得又琐碎，又憋闷。裙子是相亲前一天黄鹂陪她到滨江商厦买的，裙摆逶迤直拖脚面，来时就这样拽了一路，小美说，这种款式的裙子，拖到脚面就是公主，裙摆一撩，十足一个贵夫人。朱朱照她的意思撩着裙角转了两圈，镜子里的姑娘肥硕胖大，像一座巍峨的山。

小路一弯一转，绕过一片翠竹林，前面现出一大块倾斜的湿地，中间生着几簇新鲜的折耳根，朱朱停下来打望一会儿，弯腰抹掉高跟鞋，撸下长筒袜，裙子提到膝盖处打个结，跟小美说等会儿，我去挖点儿野菜。

小美刚来公司报到那天，朱朱做过一盘凉拌折耳根，等她回身端第二道菜出来的时候，看见小美蹲在院子里的老樟树下，满脸呕得通红。“折耳根也叫鱼腥草，中药，凉血败毒，就是生得贱，拉拉杂杂哪儿都是，”掐着一大把折耳根回来，朱朱把一根青藤拦腰扯断，折耳根扎成两捆，“小时候我们放了学，书包一扔就出去挖野菜，一边挖一边唱歌，‘摘、摘、摘耳根，一摘摘到大河磡，捡到一块花头巾、花头巾……’”

“他们家在内蒙古，达茂旗。穷，冷，要多荒凉有多荒凉。”小美不接朱朱的话茬儿，“他爹妈都是农民，家里还一个傻妹妹——他没跟你摆谱。”

是啊，本来就是俩将就的事儿，互帮互助互扶贫，现在呢，人家不肯将就。朱朱心里冷笑一下。刚刚那个内蒙古小伙，马大海，从头到尾沉着一张疙瘩溜球的脸，像没化开的冻土，对，还是掺着粪水的冻土，单论长相，他们俩倒是半斤八两，谁都对得起谁。

“我外婆管它叫猪鼻拱，”朱朱坐在田埂上穿鞋，袜子塞进手袋里，“折耳根这东西，就像芫荽，或者猪大肠，越嚼到后头越有味儿。”

“你就是一棵折耳根，”往回走的路上，小美冷不丁冒出两个比喻，“马大海就是一截猪大肠，活该他待在一线做苦力。”

她们回去时，黄鹂已经把米饭蒸上了，择好洗净的青菜，一样一样码在筲箕里，灶台上一只砂锅炖着东西，咕嘟咕嘟冒出雾一样的白气。朱朱解开一捆折耳根泡在水池里，她还摘了点儿马苋菜，不多，刚好够烧一盆汤，也一并泡水里，滤掉沙子，拿一只大号筲箕淘洗两遍，一边儿搁着备用。

“感觉不错吧，”黄鹂在她脸上扫描两遍，找不出破绽，“那小伙子，挺好？”

“没戏。”朱朱把一掐野菜扔进汤锅，想起那张带着冰碴儿的疙瘩脸——他可不就是根猪大肠吗？又厚、又钝、又僵、又臭。那个人，他还长了个猪心、猪胆、猪肝、猪肺、猪脑壳。小美那个比喻真是精彩啊，她说她是一棵折耳根、鱼腥草、猪鼻拱，猪鼻拱是什么意思？外婆说，就是猪都不吃的东西。

后来闲下来时，朱朱经常一个人去那块湿地采折耳根，拿回来凉拌、热炒或者烧汤，有一次还把折耳根和泡山椒剁碎，拌上蘸水，做了一回地道的豆腐果，把几个老贵州吃得麻掉了半个腮帮。每逢这个时候，北方人都端着饭碗不上前，真正众口难调。

半年里，朱朱又相了两次亲，一个是菜场王阿婆介绍的鱼贩子，干瘪瘦小，白多黑少的一双鱼泡眼骨碌乱转，另一个是殡仪馆的化妆师。第一个她没看上，第二个没看上她。黄鹂对这件事兴趣不减，每次都兴兴头头张罗着替朱朱煮饭，回来拐弯抹角打听些细节。在朱朱看来，这种热心的参与和对结果的迫不及待，使她更像一个无聊的看客。

“他还真把自个儿当白领了？”跟化妆师相亲回来，黄鹂一个下午都跟在朱朱脚后头打转儿，“成天跟死人打交道，听着都瘆得慌。”

“他工资高，一月四五千呢，”朱朱说，“七年的合同工，跟正式职工也差不多——他舅是那儿的馆长。”

“钱多怎么了，”黄鹂说，“白天摸一天死人，晚上回家摸老婆，恶不恶心人哪。”

钱多怎么了，这个你不比谁都明白？朱朱低头剥一瓣大蒜，淡绿色的胎衣一破，一股子辣味直冲脑门，眼泪被慢慢逼了出来。黄鹂来自湘西一个农村，靠着七拐八拐的关系进的这个公司，进来后不久便迅速傍上了后勤主管，工作由伙房调成了前厅接待，薪水也跟着涨了一大块。她每天早起把各个办公室打扫一遍，白天收收传真，发发文件，其他时间都腻在后勤主管房间里，一年里做掉了三个孩子。黄鹂说，他不喜欢戴套，说不够亲密。

通常的场合，黄鹂总是一副白领丽人模样，擦幻彩唇膏，用CD香水，小鹿皮手袋里永远装着眉笔和粉饼，随时随地旁若无人地补妆，但是朱朱知道，那一身名牌西服下面是地摊上淘来的乳罩和裤衩，手上灼灼闪光的是水钻戒指，后勤主管不但不给她未来，也不给她丰富的金钱。黄鹂是个披着画皮的赝品情人，处处透着寒碜和紧促，掖都掖不住。

婊子要做，牌坊也要立，朱朱嘭地用刀背拍碎一粒蒜瓣，不无讽刺地想：难道我们这些人，天生就是做婊子的命？

朱朱的相亲事业结束在那个冬天，对象还是小美给介绍的，一个安徽籍大学生。拿小美的话说，这种四海为家的建筑单位，什么都缺，就是不缺光棍大学生。安徽籍小伙看起来优柔寡断，人也显得比马大海有涵养，分手时一直把她们送到岔路口，还说，欢迎你们下次来玩儿。回来的路上，朱朱把味着这句话，心软得像一坨发了酵的面团，噗一下，一会儿就冒个泡出来。两天后，朱朱撇开小美，一个人去找安徽大学生。朱朱给他带了副毛线手套，是她花两个晚上织成的。安徽大学生正在工地上指挥一辆吊车，看见朱朱以后有点儿惊讶，两个人顺着还没压实的软土路基走了一会儿，他话不多，但是也不冷淡。最后朱朱说："去你宿舍坐一会儿吧，脚都走酸了。"

她想，他的宿舍一定乱得像个猪窝，单身男人的生活，不用想都知道有多潦倒。她得像个女主人那样，床单被罩都给他拆下来洗干净，有时间的话，再给他做一顿可口的饭菜。他们前后脚走进一栋青砖瓦楼，安徽大学生在一间偏房前敲了敲门，再掏出钥匙一拧一旋，门推开，一张疙瘩溜球的马脸迎面闪出来。

"哦，你在。"安徽人微微有些发窘，"介绍一下，这是朱朱，这是我同事马大海。"

"你好。"朱朱牵嘴一笑，她的脑袋又开始冒泡，咕嘟咕嘟，像开了锅的滚水一样。

朱朱是那种大骨架的女人，宽肩厚背、粗腿肥臀，一张胖脸粗糙暗淡，坑坑麻麻，要是平常素净装扮，她看起来也并不是特别过分，但是她居然化那样的妆。马大海第一次见到朱朱，就被她脸上不负责任的妆容弄得啼笑皆非。那天，他看见的朱朱描着眉，眼皮青绿，口唇鲜艳，睫毛膏涂多了，下眼睑糊成一条油墨。短袖，曳地长裙，腰身一波三折，细高跟鞋岌岌可危，她局促不安地跟在小美后面，目光躲闪，像一只摇摇晃晃的企鹅。

一个品位不高的姑娘，马大海想，一个底气不甚足的打工妹，老大闺中、待嫁而沽，这种狼多肉少的施工环境，这样的见面，与其说是相亲，不如说是交易，显然，她们今天想促成一桩不平等的交易。

马大海刚去总公司报到时就听人说过，他们这帮毕业生一共一百零八人，九个女生，就是说，在肥水不流外人田的前提下，十一个小伙子才均着一个女人。而实际情况是，一个星期的培训结束后，十四个虎视眈眈的男生簇拥着一个女孩，从长春到北京，又转车昆明，在一个叫曲靖的小城下了车，不等到工地，女孩已经被一个叫王化生的湖南小伙基本搞定了。

那女孩就是小美。

在朱朱之前，马大海还见过三个姑娘，如果说婚姻是一场交易，他将要付出的是地位、身份、职业、才华甚至金钱，马大海想——我总得有所收获吧，从郎才女貌的角度来讲，小美领来的这第四个姑娘，对他是一种莫大的嘲讽，尤其是半年之后，他在同室安徽小伙身后又一次看见那胖女孩，讽刺的感觉又添进了一丝滑稽。

“进来坐，进来坐。”马大海宽宏大量地邀请着朱朱，都有点儿虚张声势了。

一年四季，朱朱背着一只大篾背篼往返在食堂和菜市场之间，上午下午各一趟。公司大部分职工都驻在一线各个施工队，这里只有三十几个管理人员，除了粮油酱醋，三十多人一天的蔬菜蛋肉、干鲜调料，都靠朱朱每天一背篼一背篼、肩挑手提地运回来。

抄近道的话，从食堂到菜市场，中间要穿过一片小竹林、两个崖坎、三条水沟，爬坎之前，朱朱通常倚着背篼歇上一会儿，再一鼓作气，穿沟越岭地走回去。老宋——就是那个后勤主管，跟在朱朱后头，爬坎时伸手托她一把，其他时间，他都低着头抽烟，总也不大说话。

没事的时候，朱朱算过一笔账，按照公司规定每人每天八块钱的标准，三十五人一天的伙食费是两百八十块，早起馒头、稀饭、咸菜、面条，人均不到一块钱，中午和晚上四张桌各四菜一汤，两荤两素，整个食堂一天开支在两百块左右，赶上哪天有客人来，招待费上还能做点儿手脚，收入减支出剩下的就是利润，这是一个相当不错的肥差。当然，老宋敛财的手段还不止这些。然而当初，叫黄鹂动心的并不是每天百儿八十块钱的油水，黄鹂嘴馋，每逢招待客人洗水果，歪瓜裂枣顺手就能被她填嘴巴里，瓜子糖块也要瞅机会抓上一把。有一次，送走一个福建客人，老宋把剩下的一个榴莲端回自己屋子，黄鹂没见过那东西，磨蹭搭讪几句，笑嘻嘻跟进去了，不多一会儿，老宋的身影在窗边一闪，半挽的花布窗帘放了下来。

“不过是一只榴莲的价，”朱朱在水池边剥豌豆，一边留心着屋里两个人的动静。墙头上一只叫春的猫在哀号，高一声低一声，扰得她心烦，扬手一把碎米豌豆抛过去，“叫，让你叫……”朱朱直起腰，对着那只惊惶逃窜的野猫，轻轻啐了一口。

黄鹂调到前厅以后，朱朱比原来忙了许多，有时候做完食堂的一应杂事，她还要帮黄鹂做些碎活儿，打扫庭院、抹桌子擦地、接接电话什么的，到后来，这些活计渐渐变成她每天工作内容的一部分，理所应当似的，偶尔黄鹂还会反问她一句：“朱朱，今天怎么没拖地？”或者是，“朱朱，下次拖把拧干点儿，你看这走廊，哪哪儿都是水。”

老宋使唤她更理直气壮一些，“朱，下午把会议室后边那间空房收拾出来。”

他喊她“朱”，或者没准儿就是“猪”，而不是朱朱，或者小朱。面对这个过分阴郁的老男人，这样的称呼总使朱朱脑门突地一热，同时血往脸上涌，却不知该怎么应答。他喊得那么冷淡，眼皮都不抬一下，她没法儿跟他嬉笑，也没法儿跟他恼。

会议室后边的房间蛛网罗结，朱朱花了一个中午才打扫出来，刚把破纱窗扯掉，来不及换上新的，老宋又来喊她：“朱，晚上加两个菜，新来个技术员，下午到。”老宋丢下两只酱板鸭、半筐活鲫鱼，狗一样在屋子里逡巡一圈儿，啪一下揿亮头顶的灯泡，仰脖看看，又啪一下关掉，“地上撣点儿水，窗帘摘下来洗洗，纱窗晚上再换，你过来跟我抬办公桌。”

新来的技术员长得像麻秆儿，扫帚眉，眯缝眼，龅牙，大嘴。朱朱往上端最后一道菜时，他已经被大伙儿灌得差不多，整个人斜腰塌胯歪在椅子上，一只胳膊肘撑住桌子，看起来像是随时要倒下去：“我们老家，沧州，知道不？武、武术之乡……”

朱朱侧过身，把一盆麻辣鲫鱼放在技术员跟前，顺手推了一把玻璃转盘，她挺怕这醉鬼一不小心失了嘴，被鱼骨头卡死。

他们吃到很晚。收拾好碗筷后，朱朱去修纱窗，推开半掩的门，新来的技术员正趴在床头呕得一塌糊涂，见她进来，抬头瞥了一眼，撑不住，又俯下身去。朱朱把剪刀钉锤搁在门边儿，到厨房打了瓶开水，捏了一小撮盐，回来四处找不见杯子，又放下暖瓶，回宿舍拿来自己的水杯，兑了半下温水。

“来，喝水。”朱朱半蹲在床边，费劲地把他的头扳过来，“盐水，解酒。”

年轻的技术员趴在床上，瘫手瘫脚，像一只庞大的螳螂。朱朱一只手端住杯子，腾出另外一只手把床脚的被褥抻开，一种类似动物的膻味儿从被窝里散发出来，温吞，油腻。朱朱迟疑一小会儿，三两下扯掉床单跟被罩，裹着枕巾扔到床底下。

在院子里洗衣服时，黄鹂捧着一把糖炒栗子来找朱朱：“哎，来吃，”黄鹂站在树荫里喊朱朱，“老宋刚买的，还热着呢。”

朱朱把刚洗好的床单拧干，搭在晾衣绳上，拍打着细小的皱褶，弄平，站远一点儿看，床单上仍然一个隐约的“大”字，油渍跟汗渍沤出来的，对折着。

“谁的床单，这么脏，”黄鹂说，“人模子都印上边儿了。”

“新来那技术员，叫什么来着……我还不知道呢，”朱朱甩甩手，就着围裙擦干。

黄鹂拖着长调哦了一声，“他呀，叫黄平——哎，你知道不，”黄鹂忽然来了兴致，往朱朱跟前一凑，栗子也顾不上剥，“据说这人原来跟一个老寡妇混在一起，两人爱得要死要活，一个非她不娶，另一个非他不嫁。他们那儿的同事轮番劝他，骂他，全不顶用，跟鬼迷了心窍似的，后来，还是他们领导当机立断，一纸调令把他给弄咱们这儿来了。”

“那他们，就这么断了？”朱朱问。

“一时半会儿还断不了吧，要不昨晚上也不会那么往死里喝。”

“没准儿人家两个动真格的呢，”朱朱说，“他们领导管得宽，棒打鸳鸯的事儿也干。”

“真的假的谁知道呢，”黄鹂尖溜溜的小脸上浮出一绺虚浅的笑，“又据说，这个黄平本来在那边管后勤，平常从财务支了现金回来，保险柜里一锁，钥匙就交给老寡妇保管。他们说，因为这个，上头才给他换的岗。”

“那老宋的钥匙还不是你揣着。”朱朱说。

“这怎么能一样呢，”黄鹂顿顿声，噗一声吐掉一块栗子皮，“那寡妇又老又丑，还带着两个孩子，都能当他妈了，她有哪一条能拿得出手？这种单位的男人找女人，你又不是不知道，要么图才，像王化生跟小美；要么，就图色。”

像你跟老宋？朱朱想。她吃着了一颗霉栗子，皱起眉，呸一声将褐色的果肉吐在手心里。

“喏，烂的。”朱朱摊开手，说。

给黄平送床单被罩之前，朱朱洗了个澡，往身上喷了点儿香水，又对着镜子画了一会儿。

朱朱有一张圆盘大脸，随她妈，坑坑麻麻，填多少粉也补不平。小时候家里婆媳关系紧张，她奶奶得空就跟人数落一阵儿，“别人家妹子都是瓜子脸，”她说，“我们家朱朱倒好，恁大一颗西瓜籽，还给生倒了。”

这个比喻真是刻薄。朱朱想。她用棉棒沾着爽肤水，往腮上一点一点涂开，拍匀，等皮肤把水分吸收得差不多，再抹上乳液、底霜、粉饼、眼影、腮红、唇彩，穿衣镜前左右旋个半圆，抱起叠好的床单被罩，娉婷着出了门。

脸盘像西瓜籽，东西是夜市上淘来的便宜货，但是，朱朱想——拾掇全了，还怕比不上一个年老色衰的寡妇?

黄平的工作开展得不顺利。他本人也不用心，一副破罐子破摔的潦倒样儿。他早上从来不正点起床，等别人都吃罢饭，朱朱归置好厨房，背起背篼准备出去买菜时，他才蓬着头，一手捏着碗筷，一手揉着通红的眼睛，从走廊转角处慢腾腾踅过来。朱朱赶紧放下背篼，匆忙给他煮一碗面条，再急手忙脚地出门。有一回老宋在外头催得紧，朱朱来不及管他就走了，回来时看见黄平坐在厨房门口，一碗面条僵成了面坨。

“我找不着盐巴。”黄平说。那表情，像个无辜的婴孩。

送床单那天晚上，朱朱在黄平屋里坐了很久，她发现，这个被众人飞短流长的小伙子，内心其实无比单纯，境况稍一复杂，他就惊慌失措，眨巴着两只红眼睛，兔子一样惴惴不安。朱朱把被子装进去，叫黄平抻住被罩两角，一使劲儿就扽了他一个踉跄。

“你纸糊的呀。”朱朱瞋他一眼。

浆过的被子横坠在两人中间，黄平立在床头边，样子有点儿呆，“小时候，我妈也这样洗被子，”他说，“太阳底下晒干了，有一股米香味儿。”

“你床单脏出了个人模子，”朱朱忍俊不禁地扑哧一笑，“浆一下才好洗。”

对面墙上有一张不大的镜子，朱朱在镜子里瞥见了自己，满眼的风情万种，头顶的日光灯照下来，一张涂过脂粉的脸映得雪白，连手腕都格外白，像一截藕。

灯下看美人，朱朱想——那老寡妇，能是个多美的女人呢?

隔上一个礼拜左右，估摸着黄平的床单脏了，朱朱就自作主张地给他换下来，捎带着，还有扔在床头的脏衣服。黄平很瘦，床单被罩却油腻污脏，得用肥皂粉泡上半天。通常，朱朱早起泡上床单，中午拾掇完碗筷开始搓洗，天气好的话，下午四五点就能晾干，晚上叠好给他送过去。他们有时候说会儿话，话说完了，黄平就埋头在电脑跟前画图，朱朱坐在床边看书。她的腕边耳后都抹了香水，书页掀动、举手转头之间，总有暗香浮动。那香味让人意乱情迷。朱朱看不进书，满耳都是黄平点鼠标的声音，嗒嗒嗒，嗒嗒嗒。有一回抽到书架里一本相册，朱朱指着里边一个女人，漫不经心地问：“是你姐姐吗?”

她故意那么问。并且为自己的口气得意了一小会儿。

显然不是他姐姐。那女人挺漂亮，却掩饰不住地老了，笑起来，眼角有深深的纹。女人从身后抱住黄平，眼神却斜瞟过来，妩媚地望着朱朱。或者是，她倚在黄平怀里，或者，她偎在黄平耳边。还有一张，黄平握着她的手，递到嘴边，而她的眼，依然从某个角度斜过来，含着笑，瞟着朱朱，那眼神有一种温柔但洞悉一切的力量。

“我原来的女朋友。”黄平点着鼠标，没回头。

朱朱是第一个不靠关系在这个公司打工的人。在朱朱之前煮饭的姑娘叫宋歌，因为勾上了物资部主管，半年后传到了主管夫人那儿。原配夫人闻讯，马上从冰天雪地的长春飞到曲靖，夜里十二点敲开大门，把一对狗男女堵在了床上。

“你不晓得那女人有多泼，”黄鹂不止一次跟朱朱描绘过那个原配，“她把自个儿锁在屋里，一会儿哭一会儿笑，骂完这个骂那个，还把床单撕成一条一条，用打火机点着，老宋踹开门，才把火扑灭。嗯，你说，怎么会有那么泼的女人呢？”

朱朱见过那女人。很长一段时间里，那位原配夫人一直住在这儿，寸步不离地看着她家男人，包括他吃饭、睡觉、上厕所、接电话。有好几次，原配夫人还跑到朱朱房间，掩在窗帘后边，朝着对面一栋楼房张望。“他们说那个小贱人没走，”她神经兮兮地跟朱朱说，“就藏在对面那栋楼房里。打这个角度看，刚刚好。”

从进公司那天起，朱朱就是丑女的代表，物资主管的原配夫人对她挺放心，“那老女人说，要是再找个狐狸精回来，她就跟老宋没完。”黄鹂说，“找个丑的又怎么样，未必他家老公就不会跑出去偷腥——嘁！”

用不着物资主管出去偷腥，原配夫人前脚走，宋歌后脚就住了进来，她不再煮饭，一天三顿跟着男人在食堂吃，有一回指着一道水煮鱼跟朱朱说："豆芽老了。这种东西，开水烫一下就行，"又拿筷子戳戳盆底，"哪儿能弄这么老，看看，都煮得没魂儿了。"

旁边有人起哄，说是啊，朱朱，你得跟你宋歌姐姐学着点儿。

在黄平屋里的每一个晚上，到最后，没滋没味儿地一个人翻书时，朱朱总能想起这句话。学什么呢？两个多月里，黄平始终像块木头，对她的浓勾淡抹无动于衷。每天晚上他们都大开着房门。有一回，朱朱嫌冷，找借口把门稍稍掩上了一点儿，只留一条巴掌宽的缝，五分钟后黄平上厕所，片刻推门回来，朱朱眼看着他洗手，擦手，挂毛巾，削薄的胶合板木门在他身后晃荡两下，碰了碰门框，又不争气地荡开了。

总不能硬往人家怀里扑吧，朱朱想——她们都是怎么开的头儿呢？

半个月后，马大海从一线调了上来，协助黄平的工作。房间照例是朱朱打扫的，背着行李的马大海兴冲冲推开门时，朱朱正踩着窗台擦玻璃，两人谁都没防备，把对方吓了一跳。

"你好。"马大海扭住门把手，往后退了一步。

朱朱怔了一下，半分钟后从窗台上跳下来，手里抹布朝脸盆里一扔，掉头就走。到门口又折回身，摸着腰间稀里哗啦的一大串钥匙，解下来一小串儿，"大的三把是门钥匙，黄铜的是铁皮柜钥匙，剩下六把小的，"朱朱隔着床砰一下给马大海扔办公桌上，“办公桌三个抽屉，每个两把，你自个儿对吧。”

九月底，朱朱回了一趟家。收拾东西的空儿，黄鹂一挑门帘走了进来：“带什么好东西回去？”黄鹂探过头，瞅了瞅朱朱搁在床头的双肩包。朱朱回身，哗啦一下抖开背包，里边滚出一大堆零碎，化妆品，首饰盒，口香糖，卫生巾，手套，口罩，丝巾，几件换洗衣服。

“你什么时候回来？”黄鹂岔开话头。

“两三天。我回去看弟弟，”朱朱说，“他去广东两年多，头一次回来。”

看着黄鹂迈出门槛，朱朱从床底下拿出一条腊肉，塞在背包夹层里。

朱朱和她妈长得一点儿都不像，她妈个儿矮，身体单薄，性格懦弱，说话无端就带着哭腔。“你去看看毛毛，”她说，“他从昨晚回来就躺床上发呆，问啥都不吭声。”

朱朱推门进去时，毛毛正侧身冲墙壁躺着，听见门响也没回头。朱朱在床头坐下，盯着他，也没说话。过了挺长时间，毛毛转过身，慢腾腾坐起来，又沉默了一会儿，叫了一声“姐”。他忽然一下子变得特别委屈，眉毛拧紧，喉结上下滑动一阵儿，“姐，姐。”

朱朱疑惑地看他，不问，也不动。毛毛转身从被子底下摸出一个信封，一张一张往外抽着钞票——绿色的钞票，上边印着曲里拐弯的字母。

朱朱的头，嗡地一响。

朱朱见过这种钞票。在深圳打工时，一个湖南小妹回家，大巴车上被人骗了，两万块血汗钱换回来的，就这种钞票，据说是美元。“不是美元，人家说这是菲币，”湖南小妹抽抽搭搭地说，“顶不值钱的钱——我怎么这么笨呢。”

朱朱回家也随身带着钱，她舍不得花那几十块的汇费。但她从来不把钱放手包里，都是缝在裤衩上。温软油腻的一沓钞票，她一年的血汗，隔着薄薄的一层棉布，贴着身体最隐秘的地方，有种隐秘的快乐。

朱朱见过各种各样的骗局，易拉罐，三张牌，调包计，有一回在珠海火车站买水果，一张百元票拿出去，对方递过来一叠对折的零钞，她当下就明白了怎么回事，没敢接过来，只拿眼死盯住对方，“麻烦您帮我把它展开。”她说，“我腾不开手。”

卖水果的小伙斜叼着烟卷，眯缝着眼看了朱朱一会儿。朱朱听见了自己上牙碰下牙的声音，细微的，哆哆哆。足足过了三分钟，小伙从腰包里掏出四张十块钱，连同原来那一叠零钞，啪一声拍在柜台上。做这一切的时候，他的眼始终没离开朱朱的脸。

朱朱在他的注视下抓起钞票，塞进裤兜，又用小指勾起那袋水果，离开了。

有一段时间，湖南小妹中了魔怔一样，逢人就叨叨她那几万块钱。有一回，朱朱心情不好，大声接过她的话头，“对，你单知道美元比人民币值钱，就是不知道还有比人民币不值钱的钱，你真傻，真的，”朱朱不耐烦地挥挥手，“行了行了，别叨叨你那点烂事儿了。谁叫你想占便宜来着？这种事讲出来很丢人的。”

可是现在，朱朱却不敢吼，甚至不敢大声出气。她小心翼翼地问毛毛：“你换了多少钱？”

“两万。”

有一团痰一样的东西涌上来，堵住嗓子眼儿，朱朱拍拍毛毛肩膀：“走，吃饭去。”

饭桌上，毛毛让朱朱给他找个工作，说他不想去广东了。“你们公司不要保安吗？”不等朱朱张嘴，她妈就把话头接了过去，“你俩在一起，也好有个照顾。”

“我还不晓得叫谁照顾呢，”朱朱啪一声撂下筷子，噎了她妈一句。

宋歌是老宋的侄女，黄鹂他爸是公司老总的战友，保安是设备部主管的小舅子，测量班两个小伙，一个是计财部主管的弟弟，一个是试验部主管的外甥，就连工地上看炸药库的老头儿，据说也是老总曲里拐弯的一个亲戚，整个公司的人际关系像一个水泄不通的铁箍，除了朱朱，任何人背后都能捯个人物出来。

朱朱看了她妈一眼，推开饭碗：“我吃好了。”

两天后，朱朱回去，黄鹂正蹲在水池边淘米。见朱朱进来，黄鹂拿围裙揩干两只手，随后就跟了进来。朱朱收拾房间的时候，黄鹂就坐在床头，不错眼珠地看朱朱。

“没人给我介绍对象，真的。”朱朱从背包里拿出两个柚子，递给黄鹂。

黄鹂吃柚子的方法很特别，不像别人，一个柚子剥上半天，先是皮，后是瓤，筋筋络络撕扯完，才坐下来慢条斯理地开吃。黄鹂吃柚子，先拿水果刀把柚子横竖一切几瓣，直接吮掉里边的果汁，果肉渣滓统统吐一边儿扔掉。

朱朱觉得她特别像一只又凌厉又尖锐的小兽。

周末那天，朱朱照例去黄平屋里拿脏衣服。马大海的房间在黄平隔壁，朱朱抱着一盆床单从马大海窗前走过时，刚好撞见他推门出来。

“有没有衣服要洗？”朱朱停住脚，问他。

“没有没有，”马大海微微有点儿窘，“谢谢你。”

朱朱笑了笑。

马大海和黄平是两种截然相反的性格。黄平吊儿郎当，心无城府，邋里邋遢。马大海则言谈谨慎，踌躇满志，中规中矩，除了生过痤疮的一张黑脸稍显狰狞，这人浑身上下都透着一股强悍。自从上回跟马大海摔完钥匙，朱朱一直都在后悔。我干吗要那么小气？她想，我这里越当回事，他那儿，岂不是越得意？

事情和她料想的一样，每次朱朱隔着窗户招呼马大海，他都会搁下笔推门出来，说，“不用不用，谢谢你。”

马大海脸上挂着古怪的笑，一直看着朱朱走远。

在黄平跟前，朱朱一直觉得自己像一张弓，柔韧，饱满，有攻击力，直到那个晚上。那天，朱朱照例去给黄平送衣服，她很不见外地把他的衣柜打开，毛衣毛裤都翻出来，打算第二天拿到太阳下晒。那时候差不多十点半了，黄平叫她别翻了。

“你回去休息吧，”黄平说，“我也要休息了。”

朱朱停下手，抬起头。

“以后的衣服，还是……还是我自己洗吧。”黄平一犹豫，说话就结结巴巴的，“你每天又要做饭，又要打扫卫生，怪累的。”

“没事儿，我不怕累。”

“那也不……不用了，叫人家看见，不好。”

“人家是谁？”朱朱似笑非笑地盯住他。

黄平脸上慢慢浮起一层红晕，并且渐渐洇开。他的头发有点自来卷儿，稍一低头，一绺头发就耷拉下来，遮住半个眉毛。

朱朱继续保持着那个姿势。

“小美说要介绍个女朋友给我，”黄平吭吭哧哧地说，“说是她大学同学。”

一连好几天，开饭时，朱朱都在人群里寻找小美的身影，她一边给人打饭，一边隔着很多人盯住她。小美一直不瞅她，她不是跟旁边人说话，就是扭过头看墙上的电视。有一回，朱朱给她盛汤，下手重了，汤匙碰着了饭盒盖儿，咣啷一声掉在地上，小美连眼皮都没抬一下。

“你跟小美闹别扭了？”有一天晚上黄鹂问她，“怎么感觉你俩，不大对劲儿。”

“没有。我跟她别扭干吗？”

“就是啊——”黄鹂没心没肺地说，“人家那么热心地给你介绍对象。”

“嗯，是够热心。”朱朱咬着嘴唇，笑了一会儿。

“给你讲个故事吧。”朱朱说，“小时候我爸在青海打工，总给我们带牛肉干回来。那时候我们家有一条狗，我经常拿牛肉干逗它，那条狗就抱着我的腿，一次一次蹦起来。结果还是够不着，急得它呀，拿爪子直刨地，一边儿刨，一边儿还呜呜地叫。”

黄鹂挑挑眉毛，表示没懂。

“逗死我了——”朱朱一副乐不可支的样子，并且当真笑出了眼泪。

两天以后，黄平跟王化生住到了一起，电脑也搬了过去。黄平白天跟王化生同进同出，晚上同榻同睡。他自己的房间，一把锁给锁上了。

曲靖的冬天不冷，多数人穿一条绒线裤就能过冬。黄鹂只穿一条裙子，里面配肉色长袜，短筒靴，她最近又烫了头发，染成栗色，海藻一样披着。

“你不冷？”朱朱捏捏黄鹂的手背，“美丽冻人啊。”

“人家杨柳还穿丝袜呢，”黄鹂说，“就你一身肉，还比谁都怕冷。”

公司最大的老总姓钱，杨柳是钱总包养的女人，朱朱伸头往活动室看了看，里边灯火通明，几个女人在哗啦哗啦搓麻将。杨柳也是黄鹂这样的头发，或者说，黄鹂是照着杨柳的样式烫的。宋歌是短发，假小子一样。另外两个是来探亲的家属，技术部王总和罗总的夫人。

“怎么你没跟他们玩儿？”朱朱问。

“不想玩。”黄鹂嗤一声轻笑，“那两个老女人，看谁都不顺眼。”

“我觉着王总爱人还行，挺亲切的。”

“苟小琴就不行，处处高人一等似的，成天指桑骂槐，”黄鹂又往那边瞧了瞧，“可是见了杨柳还不是一样巴结。她要真有本事，就敲打敲打人家。”

苟小琴就是罗总爱人。这个令人发怵的姓，朱朱喊一次就犯一次愁。黄鹂在人前喊她“苟姐”，背地里则是“那苟”。黄鹂的小指甲养得很长，上面描了细碎的水晶花，朱朱看着她翘着兰花指择豆角，啪啪啪，一根一根掐头去尾，又快又狠。

婊子也分三六九等？朱朱一笑：“不跟你说了，我去厨房看看。”

厨房的钢精锅里煮着醪糟汤圆，钱总是广东人，有吃夜宵的习惯。朱朱把汤圆盛到一只青花瓷碗里，往钱总屋里端的时候，看见小美从屋里出来，手里拿着一条毛巾。

“要不要汤圆？”朱朱停下来，笑着问小美，“加了醪糟的。”

天气挺冷，青花瓷碗上有乳白色的水气绕上来，像一股白烟。醪糟是老宋专门叫人从大竹寄过来的，正宗的东柳醪糟，出锅后朱朱尝过一小碗，又甜又醇，一会儿就有点儿醺醺然。

“不要不要，谢谢你哦。”

小美说话的语气很像马大海，她的神色也和马大海毫无二致，目光闪烁，游离不定。朱朱又想起了那个比喻：你就是一棵折耳根，他是一截猪大肠。随着黄平的退缩，朱朱连折耳根都没得做了，进化成萝卜或者白菜的希望一个一个破灭以后，朱朱觉得自己变成了公众眼皮底下一个没得手的贼。而她周围的人，统统退化成了猪大肠。

朱朱又想起了她小时候养的那条狗。她是不会真给它牛肉干的。她比谁都清楚。

钱总的屋子是里外套间，外面办公，里边住人。每天晚上，差不多十点的样子，朱朱单独做一份小灶，糖水鸡蛋或者醪糟汤圆，要不就包几个小馄饨，连汤带水给他端过去。不算老家的原配夫人，钱总还有三个女人，最小的十七岁，最老的四十多岁，中间那个也是最得宠的，就是杨柳。朱朱觉得这个名字特别贴切，杨柳走路婀娜多姿，柔若无骨，说话也莺声燕语，任谁看了都能酥掉一身骨头。老女人喜欢吃馄饨，小女人喜欢喝奶茶，杨柳在减肥，每天晚上只要一杯蜂蜜水。三个女人走马灯似的轮换，朱朱的夜宵也得变戏法似的跟着换。

朱朱敲门进去时，钱总正在卧室看电视，音量开得小，门虚掩着。朱朱把托盘放在外面的茶几上，摆好两只汤匙。

“端进来吧，”钱总在屋里说。

朱朱推门进去，钱总正好从床上下来，身上穿着睡衣睡裤。“还真是有点儿饿了，”他趿上拖鞋，伸手在烟灰缸里揿灭一只烟头，“晚上陪设计院那帮家伙喝酒，一点儿饭都没吃。”

屋里烟雾缭绕，朱朱把托盘放在茶几上，转身到窗边，把窗户拉开一条缝。

钱总伸了个懒腰，捏捏手指，在沙发上坐下来。

“你陪我吃点儿。”他说。

“我不饿。”朱朱有点儿不好意思，想出去，又觉得不合适。

“怕胖？那就陪我坐会儿。”

朱朱在旁边的沙发上坐下来，扭头看着不断变换的电视画面。窗外是黑黢黢的夜，冷风从窗缝钻进来，吹得她连打几个冷战。朱朱转回头时，发现钱总正审视地看着她。他的眼角已经有皱纹了，但眼睛依然黑亮。胖胖的脸，明亮的额头，一副志得意满的倦怠。

朱朱的心扑腾扑腾跳了几下。

钱总一点儿也不回避朱朱的尴尬："胖点儿好，我就喜欢胖的。"他呵呵一笑，勺子一颤，一个汤圆掉到茶几上，滚了几下，落到他脚面上，又掉在地上。

朱朱从纸盒里抽出几张面巾纸，递给钱总。

接过纸巾的同时，钱总攥住了朱朱的一只手。他的手像熊掌一样厚实，又温热又潮湿，朱朱往回抽了几次，抽不出来，反倒被他轻轻一拽，拉到了怀里。不待朱朱做出反应，一张喷着热气的嘴巴凑上来，"我说过我就喜欢胖的，胖点儿摸着舒服。"

另外一只熊掌随即绕过来，直接摸上了朱朱的胸。朱朱的头轰一下。她像被钉子钉住了一样，钱总嘴里吐出的烟味、酒味、醪糟的甜味，牙齿的腥味，全被她一点儿不剩地吸进了肺里，迅速蔓延起来。她在他身后的镜子里看见了自己，脸红得像一块布。

朱朱热得要命，浑身没有一点儿力气。

捏住朱朱胸脯的那只手继续抠摸着，迅速从领口探进去。

浑身上下，黄鹂最羡慕的就是朱朱的胸脯，嘴上却仍旧刻薄。洗澡时，黄鹂经常冷不防摸朱朱一把，再哗啦一下尖叫着跳开，"哪里像个妹坨嘛——"她用湖南话嘎嘎地笑，"简直就像生过娃娃的大嫂。"黄鹂还说杨柳的胸是隆过的，"那么高，那么圆，那么硬，里边可能是人肉吗？肯定是硅胶。反正人家生过孩子，填啥都不在乎了。"

黄鹂不敢填硅胶，她只能买几块海绵把胸脯垫起来。朱朱不用填硅胶，她身上的肉足够把胸脯填满。尽管这样，朱朱还是觉得黄鹂的眼神像两把钩子，现在，这两把钩子又到了钱总手上，它们在不屈不挠地撕扯她，又放肆又执着，而她，只是软绵绵地挡了一小下，与其说是拒绝，不如说是迎合。不远处，活动室传来哗啦哗啦的麻将声，伴随着吱嘎一下拖椅子的声音，有人笑起来，声音尖脆，接着是说话声、咳嗽声、推门声、脚步声，哗一下，嘈杂的声音潮水一样涌出来。钱总的手已经摸到了朱朱的两腿间，朱朱看见他微微皱了一下眉毛，几秒钟后，他松开她，抽回了手。

朱朱甚至注意到，钱总松开她以后，还拍了拍手，仿佛上面有不干净的东西。

杨柳进来时，朱朱正低头收拾茶几，钱总在看报纸。朱朱用一张纸巾捏起地板上的汤圆，搁到托盘里，又用抹布擦干净桌面。窗台上有一堆瓜子壳和苹果皮，也被她也收到托盘里。做完这一切，朱朱转身退了出去，临走把门轻轻一碰。

月底那几天天气特别好，朱朱帮黄鹂把会议室的沙发套子拆下来洗了，又把自个儿的被褥拿出去晒上。晾衣竿上挂满了床单被罩，她又扯了一根绳子，一头系着大樟树，另外一头系在窗户外的防护栏上。做完这一切，朱朱看见水房一个塑料盆里泡着几件衣服，就顺手给搓了，从自己屋里拿了衣架挂上——平常也是这样，碰上别人没空，举手之劳的活计，朱朱不声不响就给做了。黄鹂说她是天生的劳碌命。

晚饭后，朱朱看见苟小琴蹲在水池边，咔咔搓着她下午洗过的衣服。看见朱朱走过来，苟小琴换了个姿势，背冲着朱朱，继续深仇大恨一般搓着。

朱朱在水池里冲了冲拖把。

“洗老爷们儿的衣服有瘾怎么着？”苟小琴站起来，哗一盆水泼过来，“见过不要脸的，可没见过这么不要脸的。”

“你说谁，你——”朱朱耳朵嗡一下，血往上涌。

“说那当婊子犯贱的、耍心眼使手腕的、伺候人没够的烂货，”苟小琴猫下腰拿起一件衣服，回手啪一下甩给朱朱一个衣架。她脸上有一颗黄豆大的黑痣，长在嘴角，朱朱看见，那颗痣上还有两根长长的汗毛，随着她的动作一颤，又一颤。

“别人家老爷们儿的裤衩，要你洗？也不瞅瞅自个儿干净不干净。”苟小琴接着骂。她是东北人，不论哪种场合，管男人一律叫“爷们儿”，黄鹂每听见一次，背地里就跟朱朱刻薄她一回，“傻老娘们儿，有啥好得意的，要不是照着她舅在上头当官，罗总能要她？”

朱朱提着拖把，浑身颤抖，眼泪啪啪地往下掉。

王化生抱着一摞资料推门出来，犹豫一下，转身又回去了。朱朱泪眼迷蒙，扭头往各个屋子看。黄鹂和杨柳散步去了，宋歌的门紧闭着，小美的脸在窗帘后边一闪，不见了。朱朱觉得脚下的地像一块海绵，不停地往下陷，陷，陷。过了大概两分钟，黄平推门走了出来。

“走，咱们回屋。”黄平沉着脸，径直把朱朱拽回了房间。

黄鹂说老宋一到春天就发情。她又怀了孕，整个人憔悴了一大截，连嘴唇都是青白的。陪她做完流产回来，朱朱进厨房炖上一只鸡，又灌了一只暖水袋塞给她。“那不成牲口了，”朱朱说，“我奶奶说，牲口到春天都发情。”

黄鹂掐了她一把。

“我要是你，就把孩子生下来，”朱朱拨开她，“管他三七二十一，生下来再说。男人啊，你总得抓住他点儿把柄，他巴不得你跟他耗呢，你总归是耗不过他。”

“弄个细伢子多烦哪，”黄鹂说，“我没那个耐心。”

这种自欺欺人的话，朱朱懒得接茬儿。她帮黄鹂把床头几件衣服叠好，又把地扫了一遍，垃圾倒掉。老宋出差去了北京，黄鹂没心情打理房间，满屋子乱七八糟的。“罗总爱人不吃枸杞，”朱朱说，“那鸡汤，我得先给她盛一碗出来。你躺着，有事就喊我。”

“矫情不？嘁！”黄鹂冷笑，“不就怀了个孩子吗？不吃这不吃那，她是不是觉得全天底下女人就她长了个子宫，别人都没有？”

别人也有，可不敢生孩子。朱朱觉得黄鹂的愤恨非常滑稽。苟小琴结婚三年都怀不上孩子，偏偏在黄鹂做流产的前两天感觉胸闷，到医院检查身体，医生说怀上了。怀了孕的苟小琴得意无比，偏要弄成病哀哀的样子，逢人便捂着胸口：人家怀孕都恶心，我怎么不恶心，恁胸闷呢？不恶心的苟小琴照样胃口刁钻，仿佛不挑不剔就不是孕妇似的。她先是不吃葱蒜，炒菜爆锅底的葱花蒜末都不行，接着不吃海带虾皮，嫌腥气，后来又不吃红油芝麻，肉自然也是一口不沾的。每天炒菜，朱朱都要先弄一份清炒，再开始炒大锅菜。烧汤也是，放紫菜虾皮之前先给苟小琴盛一份出来，搁一边儿晾得不凉不热，再给她端进去。

最近，苟小琴又开始不吃木耳、蘑菇、枸杞和莲子这些炖汤的配料。

砂锅里飘出香味儿时，黄平从门外闪进来。他唏嘘着掀开锅盖，拿筷子捞了一块鸡肉，吸溜着搁嘴里，又四处踅摸着，看还有什么东西能填下肚。朱朱走过来，拿笊篱啪一下打开黄平的手。黄平转身，色迷迷地掐了朱朱一把屁股。

“要死啊你。”朱朱往门口瞟一眼，赶紧往外推黄平。

黄平涎着脸往朱朱身上蹭，被朱朱下狠劲拧了一把，牙缝里倒吸一口凉气：“真使劲啊。”

朱朱闪到一边，捂着嘴吃吃地笑。

对于朱朱的不计前嫌，苟小琴稍微有点儿惭愧，这种半掩半藏的惭愧表现在她身上，就是忽冷忽热的拿捏。喝完鸡汤，苟小琴拿纸巾擦擦嘴，把碗推到一边儿，站起来。她像一个大腹便便的孕妇一样，一只手托着腰，另一只手抚在肚子上。

“口味有点儿重，”苟小琴说，“要是再淡点儿就好了。”

“那下回我少放点儿盐，”朱朱开始收拾碗筷，“其实就是你怀孕了，胃口不好，这汤，一点儿都不比平常咸。”

苟小琴爱听这话。她已经穿上了孕妇装，努力挺着不显山不露水的肚子。

很长一段时间里，朱朱一直幻想着跟苟小琴正面交锋，你枪我剑地对骂一场，或者什么都不说，照着那张红嘴白牙的脸劈头盖上一巴掌。这个念头经常弄得她热血沸腾，黑暗里咬得牙齿咯咯作响。而实际情况是，半个月后，罗总拎着一盒燕窝走进了厨房，叫朱朱掺着鱼蓉给苟小琴熬点粥，“燕窝用温水发，”他说，“鱼蓉弄烂点儿，小火熬。”

朱朱说没问题。

苟小琴的胃口就是从那天开始娇贵起来的。有一段时间，厨房的灶上总炖着一只砂锅，沙参土鸡，燕窝银耳，酸萝卜老鸭汤，罗总变着花儿地往回拎，朱朱就不重样地给苟小琴做。怀了孕的苟小琴仿佛功臣，平常在罗总面前低眉顺眼，如今动辄摔摔打打，有一回一言不合，朱朱眼见着苟小琴把一碗汤砰一下搁桌子上，罗总赶紧过来，赔上笑脸。

倒是对于朱朱的不卑不亢，苟小琴总是拿捏不准火候。

收拾好碗筷，朱朱打算离开时，苟小琴像忽然想起什么似的问她：“对了，你跟黄平——他在追求你？”

她说“他在追求你”，而不是“你在勾引他”。谢天谢地，朱朱讽刺地想。她一时间弄不懂苟小琴的目的，就转回头，模棱两可地笑了一下。

“也没别的事儿，”苟小琴变得有点儿漫不经心，“昨天老罗接到个文件，说上头给了个预算员进修名额，黄平不是正好做这个吗？要是想去的话，我就跟老罗说一下。”

朱朱说，那谢谢您了。

“不用不用，一句话的事儿。”苟小琴一边摆手，一边打了个哈欠，“困了。你看我，现在是吃饱了就想睡，睡醒了就会吃，没救了简直。”

黄平埋怨朱朱不该透露他们的关系。“那苟是黄鼠狼给鸡拜年，”他说，“她会跟你邀功请赏？要是这样，当初为啥还要挤对你？”

“她心里有愧。”朱朱把头枕到黄平肩上，“我就是不给苟小琴面子，也得给罗总一个面子。再说你去进修一下也不是坏事啊，多少人挤破了头还争不到呢。”还有一句话到了嘴边儿，朱朱又把它咽了回去——将来咱们结婚了，跟苟小琴低头不见抬头见，那苟多精明啊，她这是闻着味儿了，往回找面子呢。

“哪有你想的那么简单，”黄平说，“我们主管要调走，副主管顺理成章地接班上去，这个进修名额，说白了就是给预备晋升副主管的人准备的，一个作势的台阶。”

“那凭什么就不能是你？”

“我哪儿成，马大海在那儿虎视眈眈盯着呢。”黄平的一双手开始在朱朱身上乱摸，“再说我也不喜欢当官儿，当官多累呀。我就喜欢两亩地一头牛，老婆孩子热炕头。”

黄平说，他的书都是稀里糊涂读下来的，“初中没读完，我妈就给我找了个媳妇，叫我回去结婚，”他嘿嘿一笑，“我们校长觉得可惜，跑去做我妈的工作，这才凑合着读到高中。高中三年，人家姑娘说不等了，我妈又心急火燎地催我回去——”

“你妈真逗。”朱朱从黄平怀里支起半个身子，伸手揿灭了台灯。

“高考志愿也是瞎填的，本来报的机械专业，入学后被调到了土木系。好不容易熬到毕业吧，说好了去设计院，派遣书一下来，才知道设计院的名额叫人给顶了。就这么阴差阳错的，来这儿了。”

“那现在，你妈妈她，还催吗？”朱朱问。

“催。”

“跟谁？跟——她？”

“人家彻底不等了，”黄平说，“我前脚去读大学，她后脚就嫁人了。”

他偷换了概念。

黑暗像一块铁，慢慢凝固下来。朱朱很长时间没吭声。黄平感觉到了朱朱的异样，也不说话，一双手穿山越岭，绕到背后解开朱朱的乳罩，又摸到下边，褪掉她的裤衩。

“你来的时候，没人看见吧？”

“没有。”朱朱说。

“哦。”黄平含混地应了一声，翻身爬到朱朱身上。

朱朱闭上眼睛。

和苟小琴吵架的那个晚上，黄平像个救美的英雄。朱朱伏在床头痛哭流涕，他就坐在旁边一遍一遍地安慰。哭到后来，朱朱有点儿心不在焉，她想起了早上新换的乳罩——带子都松了，为什么没穿那件粉色小花边的？还有裤衩，都是她妈赶场时从地摊上买的，谁家姑娘穿这种松松垮垮的大裤衩？她们都穿绣花的，要不就是蕾丝的。朱朱的心里像塞进了一把茅草，嗓子哽咽着，眼里再也挤不出泪来，就把脸整个埋在枕头上。

劝了一会儿，黄平叹口气，伸手把朱朱搂在怀里。

没事的时候，朱朱总爱回想那天的几个细节：黄平的手从她肩上滑下来，既没有注意到她的旧乳罩，也没有留心她的大裤衩，他呼吸急促，牙缝里咻咻吸着冷气，直接把她扑倒在床上，几下就扒光了她的衣服。他压住她的姿势很像一只螳螂，长手长脚，手忙脚乱。朱朱往外推了几下，这种欲拒还迎的态度又暧昧又刺激，又带有某种鼓励。黄平激动难耐，朱朱又一挣扎，他身体的某个部位轰然倒塌，一泄如注。

后来他们还是成功了，完事后，朱朱哭了一小会儿。

是真哭。整个过程不到十分钟，像暗合了某种隐喻，一寸一寸，水到渠成，她如愿以偿地投进了他的怀抱。

可是他们好像又没成功。有几分钟，朱朱看着这个奋力在自己身上耕耘的男人。他那么瘦，皮包着骨头，跟她比起来，像蚍蜉和大树。要是认命，她应该能找到一棵更强壮的树，这棵树膀大腰圆，吃起饭来狼吞虎咽，走起路来脚下生风，上得床来，呼噜打得震天响。她可能会给他生两个孩子，然后跟着他，一天天一月月一年年、一厘一分一毛地算计完下半辈子，像她妈一样。朱朱不知道那算不算幸福。

或者说，她想都没想过，就直接把它否定了。

从朱朱身上翻下来没一会儿，黄平就睡着了。他睡得很轻。朱朱等黄平睡沉了以后才掉过头来，面冲着墙壁。她妈说她睡觉的时候打呼噜，像个男人。

装订完最后一摞资料，头顶的灯泡啪地一闪，黑掉了。借着窗外透进来的白月光，朱朱和马大海对视一眼，心领神会地一笑。

“终于弄完了，”马大海吐掉一根烟头，“再他妈这么下去，我他妈的要第一个崩溃。”

“干吗弄得自己跟个流氓似的。”朱朱说，“还粗口。”

“骨子里有流氓的成分，”马大海在黑暗里笑了一下，“没发现吧？”

朱朱说没有，“我去拿灯泡。”

他们在做一份投资计划书。日子算得挺紧张，罗总从各个部门调了好几个人来。朱朱白天做饭，晚上帮着打打字，查查资料。时间紧任务重，几天下来，人人熬得都跟鬼似的。

朱朱吃苦耐劳的品质在这几天得以充分彰显，往往熬到后半夜，别人都撑不住的时候，她还要去厨房给大伙儿做一份夜宵，叫他们填饱了肚子再去睡。有一天下雨，朱朱熬了一锅姜汁可乐端上来，技术部一个小伙子正在闹感冒，喝完发了一句感慨：

“要我说，找老婆就找朱朱姐这样的——脸蛋好有什么用啊，也不顶饭吃。”

就是说，背地里，他们曾经讨论过她的脸蛋问题。趁着低头收拾东西的空儿，朱朱瞥了黄平一眼。黄平正在看小美。小美在看马大海。马大海的目光，隔了好几个人，落在朱朱身上。

朱朱下意识地挺了挺后背，转过身。

那天加班到很晚，闹感冒那小伙终于撑不住，提前回去了。走了一个人，整个工作像断了一根链条，都没法继续了。马大海急得跳脚，他是这个投资计划的临时负责人。

“要不我试试？”朱朱说，“你教我，看行不行。”

是个挺简单的活儿，就是工作量有点儿大，需要反复计算，反复查定额。朱朱做得很仔细，久了，脖子就有点儿僵。马大海坐在她旁边，不时停下手里的活儿，帮她一把。

“怎么你没继续读书？”马大海问朱朱。

“小时候家里穷，读不起。”

谎话顺嘴就溜了出来，朱朱面不改色——电视里都是这种情节，外出打工的女孩，漂亮，纯洁，勤劳质朴，因为穷困失学，被迫飘零，然后，某个场合，偶遇生命里的真命天子，灰姑娘完美蜕变——其实在她这儿根本不是那么回事。小时候她妈挺指望她能出人头地，光个宗，耀个祖，堵住她奶奶的嘴巴，那样的话，就是叫她砸锅卖铁她都乐意。是朱朱自己死活都不愿意读书，尤其到了初中，新添了英语课，朱朱记不住那些曲里拐弯的单词，就逃课，早起背着书包出门，找个地儿把书包藏起来，野地里跟一帮小孩儿玩到天黑，再掐着点儿装模作样回家。她的整个初中就是这么念下来的。

所以说生活是最好的老师。朱朱想，像她这么冥顽不化的人，几下就给收服了，不但收服了，还改造得顺顺当当，没毛没刺——除了依旧不漂亮。

“有点儿可惜。”马大海说，“你很聪明。”

最后一天装订资料，一班人马溃不成军，七倒八歪挤在墙角的两张折叠床上睡觉。朱朱和马大海坚持做到了最后。装订机不好使，白棉线穿过去又勾回来，要用手勒紧，再挽结打扣。做得多了，朱朱的右手食指磨出了一个血泡，勒几下就得停下来歇一会儿，食指伸到嘴里吮一吮。后来累了，马大海建议歇一歇，自己回屋里冲了两杯咖啡，一杯递给朱朱。

“其实，你要是不化妆，挺好看的。”喝着咖啡，马大海突然冒出来这么一句。

朱朱吓了一跳，赶紧拿手捋了捋头发。她这两天没化妆，不但没化妆，连洗脸都是胡乱抹一把了事，太忙了。

“以后要少化妆，”马大海接着说，“化妆是不自信的表现。”

“不是吧，”朱朱说，“化妆是对别人的尊重。”

“再高明的化妆，也只是在皮相上做功夫，”马大海说，“好的化妆，是化出来的妆容跟主人相配，能自然地表现一个人的身份和气质。次的化妆，是把一个人突显出来，让她醒目、哗众。拙劣的化妆，是把一个人化成另外一个人，没有特征，没有个性，泯然众人。其实化妆的最高境界应该是无妆，一位文学家说过，三流的化妆是脸上的妆，二流的化妆是精神的妆，一流的化妆是生命的妆。”

“明白了，”朱朱说，“我化的是三流的妆。”

“你那不是化妆，是乔装——”

朱朱被咖啡呛了一下，捂着胸口直咳嗽。

马大海接着说：“你那不是对别人的尊重，而是对别人的侵略。”

没法儿往下说了。朱朱借口拿线团，转身走到墙角的铁皮柜前，背冲着马大海。要是足够亲昵，她可以掐马大海一把，或者擂他一拳，叫他住嘴，可是他们还没熟到那个地步。朱朱尽量叫自己不动声色，可是做不到，脸还是慢慢红了。马大海饶有兴致地看着朱朱的背影，似笑非笑，见她久久不转身，也不再说什么。结果到最后，朱朱从库房拿了灯泡回来，帮马大海换好之后，他把那个话题又切换了回来，并且非常彻底：

“你们打算怎么办，”马大海扭过头，冲黄平努努嘴，“——就这么着了？”

像是吃错了药，马大海的话，一句比一句切题刻骨。朱朱瞥一眼折叠床上横七竖八的睡相，差点跳过去捂他的嘴——马大海是谁？一个嘴上不声不响、肚里紧锣密鼓的人，平常都是谨小慎微、中规中矩，偶尔与谁不恭，就是大不敬了。像今天这样口无遮拦，等于破了天荒。朱朱的心怦怦跳着，全身血液都往头上涌，一波一波撞击着耳膜——他是怎么知道的？他知道了多少？他为什么频频提起这个话题？这个一年前将她拒之千里的男人，今天一反常态，仿佛故意要揭开一角面目给她看。他说过，他骨子里有流氓的成分，他想干什么？

朱朱往折叠床上看了看。黄平睡得很沉，嘴角一丝涎水拖到了耳朵边。

“凉拌。煎炸。爆炒。”朱朱给了马大海一个最没新意的敷衍，“不行的话，剥皮扒骨拿小火熬——我可是烹饪高手。”

马大海笑笑，吹了个短促的口哨。

那个投资计划书做得不错，开标时排了个第一名。黄平说这还不算最后的胜利，还有很多幕后环节需要打通，不过，那都是上头的事儿了。钱总那天挺高兴，嘱咐食堂晚上不要开火，大家到外边去吃，庆祝一下。朱朱把择好的菜拿保鲜膜一样一样包起来，搁进冰箱里。她给自己煮了包方便面，打算晚上就这么对付过去。

正吃面时，马大海闯了进来。

“怎么你没去？”朱朱问她。

"我正想问你呢，"马大海看了看朱朱手里的碗，"怎么你没去？"

"我觉得我可以不去。"

"我觉得你不能不去。"

朱朱抿着嘴笑了。马大海夺过朱朱手里的碗，搁在灶台上："走走走。"

"那我再——乔个装？"朱朱咬着嘴唇，望着马大海，忍俊不禁。

有一些东西在融化，像冰雪，坍塌、浸润、漫延、潺潺、涓涓、哗哗。朱朱化了个淡妆，抿掉唇线外一丝口红，对着镜子打量自己——春天可真是个容易发情的季节，她居然会和马大海打趣调笑，说到底，她还是有点儿喜欢他的奸佞乖张，她懂得欣赏他身上那种善的、通透的、缜密的、锐利的、来无影去无踪的诡谲。

某种程度上，她和马大海倒是天生一对。

那天晚上还有个小舞会，男多女少的情况下，朱朱推脱不掉，连跳了好几场，马大海过来邀请她时，朱朱都有点儿气喘吁吁了。

他们又跳了两场，朱朱始终提着呼吸，腰上被马大海握住的那块肉又厚又重，都麻木了。黄鹂和杨柳在茶几边说话，小美和王化生在舞池里转圈儿，苟小琴靠着沙发吃干果，她已经过了妊娠反应期，胃口倍儿棒，吃嘛嘛香。每个人好像都漫不经心，每个人又好像都生了一双后视眼，长长短短的目光从各个角度环觑过来，齐刷刷望着朱朱和马大海。朱朱脑子里像飞进了一只小虫，东撞西撞，找不着出口。

“有没有人跟你说，和人跳舞的时候走神儿，也是对人家的不尊重？”马大海手上使着劲儿，错着步子，带着朱朱往角落里滑。

朱朱红着脸，勾下头，望着脚面。

勾下头也不行，她的后脑勺上也有一双眼睛，照样能看见周围形形色色的脸孔和表情——钱总手里握着一杯红酒，罗总在苟小琴旁边打盹儿，王化生抱着小美转上了瘾。黄平喝多了，缠着服务员动手动脚。

让朱朱留在家里是黄平的主意。黄平说，两个有了身体接触的人，再怎么伪装都会叫人看出蛛丝马迹，朱朱你还是别去了。这句话基本上等于表明了态度。就是说，黄平可以接受一个拖儿带女但是容貌俏丽的寡妇，却不能容忍一个勤劳俭朴但是身材走样的胖子，尤其是在大庭广众之下。朱朱想。灰姑娘变成金凤凰的前提是什么？橄榄枝、南瓜车、水晶鞋，会说话的野斑鸠，长翅膀的小仙女，这一切统统不重要，重要的是，灰姑娘本身得倾城倾国。

朱朱低下头，说：“我知道。”

灯光压得挺暗，随着朱朱飘忽不定的眼神，马大海也扭头瞅了黄平几眼，后者正杵着椅子，莫名其妙地怪笑。

“你觉得——”马大海收回目光，连眉头都跟着皱了一下，“你觉得你们俩相安无事，世界就太平了？”

他到底把这个话题又绕了回来。

朱朱一阵无所适从，脚底下一步迈错，步步都乱了。

“你知道黄平怎么调这里来的吧，”马大海说，“你以为周围的人都是聋子、瞎子，被你们蒙在鼓里？你以为，你身边带笑的面孔都是天使，当真会祝福你们喜结良缘、白头偕老——别傻了，黄平是被人拆过来的。”马大海俯在朱朱耳边，他说得又快又急，“始乱终弃你懂不懂？这个单位的男人八成都是狼，始乱的时候没人管，终弃的时候个个都伸手帮忙，不弃都不行——你怎么还上赶着？！”

朱朱被马大海擎着一只胳膊，整个人像只牵线木偶。

“美色和金钱一样是实打实的东西，”马大海的嘴巴还在一张一翕，“你玩得起吗？你看看周围，哪一场爱情不是游戏，哪一桩婚姻不是交易，空手套白狼的活计很危险的，你有那个资本吗？你有那个手腕吗？你怎么就认准了这棵树，非要在这儿吊死呢？！”

马大海肯定是个特别拿自己当回事儿的人，朱朱想。这一番推心置腹，又善良，又尖锐，又犀利，又局外——对，他首先摆正了自己的位置，他是个骄傲的局外人，从头到尾都是，自作多情的始终是她自己，包括一刻钟之前，自己不是还在他怀里耳热心跳、想入非非吗？他唯一没想到的是，这番话，从谁嘴巴里出来都合适，唯独不能由他讲出来。

朱朱脸上红一阵儿，白一阵儿，半边脸颊渐渐发麻，最后连舌根都麻掉了。

朱朱深吸一口气，拼尽全身力气，拿脚后跟狠狠跺了马大海一脚，转身就跑。

苟小琴像一条伺机而动的蛇。这个女人的市侩在于，周围的人在她眼里只有两类，一类是她瞧得起的，一类是她瞧不起的，朱朱即将跻身前者，黄平的事就被她当人情顺手送了。

表格都填好了。罗总说，填表只是走个过场，报到总公司登个记，到时候会有统一的通知发下来，什么时间报到另行通知。黄平跟朱朱说这些的时候波澜不惊——他们谁都不想再提起这件事的由来，有受宠若惊的嫌疑。本来么，提个项目科室副职不过是罗总一句话的事，说白了也就是苟小琴一句枕边风的事，既用不着考察，也用不着公示。苟小琴愿意把浑身上下都挂满后天的优越，朱朱就愿意成全她。

这是两个女人之间的较量，结果两全其美。

那时候已经是夏天了，一进七月，学生陆续放假，女人带着孩子来探亲，住房就显得紧张起来。老宋叫朱朱腾空了两间库房，支上几张上下铺，男孩女孩各一间。朱朱的房间也安排进了一个小女孩，叫莎莎。莎莎三岁，喊朱朱“娘娘”，四川话“阿姨”的意思。

黄平再来，就不大方便了。

朱朱过去也不方便。莎莎三岁，生活还不能完全自理，睡觉前朱朱要喊她撒一次尿，半夜还得叫醒一次。小姑娘养得娇，半夜那次尿尿，眼睛都不睁开，迷迷糊糊倒回床上，一双小胖手径直摸上朱朱的肚皮，哼哼唧唧抓来挠去，非要够着胸脯才罢休。摸不到就不肯睡。朱朱刚开始时觉得怪怪的，后来也就由她去了。

有一天午饭时，莎莎淘气，被她妈打了一巴掌，朱朱赶紧抢着抱过来：“跟孩子较什么劲儿啊？”她腾出一只手，拿着莎莎的小盘子、小碗，到隔壁房间喂她，“走走走，跟娘娘去吃。”

小姑娘得意地冲她妈一努嘴，扒着眼角吐出半根舌头，做个大大的鬼脸。

喂完饭回来，莎莎吊着朱朱脖子不肯下来：“娘娘亲一下。”

朱朱笑着偏过头，往莎莎腮帮上叭地亲了一口。

“要亲嘴巴。”小姑娘不干，又蹬腿又甩脚，“要亲嘴巴嘛，像亲小黄叔叔那样。”

落地的童声清稚尖脆，乱哄哄响了一个中午的电视偏偏在那会儿出现了一个短暂的安静。几秒钟的真空，朱朱仿佛被人掴了一个嘴巴。莎莎妈妈把莎莎接过去，歉意地冲朱朱笑笑，一张脸像烫了皮的苦瓜：“小娃儿莫乱讲，要遭打屁股哦。”

那一桌坐的都是女人。一桌子女人仿佛什么都没听见，也什么都没看见。黄鹂咬着筷子。宋歌在专心致志啃一只鸡爪。小美一边吃饭，一边扭头瞅墙上的电视。杨柳则饶有兴致地看苟小琴吃一个剁椒鱼头：嗯，这个要多吃，据说含有特别多的DHA。

苟小琴连鱼眼睛都不放过，拿筷子捅出来，夹起，搁嘴里咯嘣咯嘣嚼着。

朱朱毛骨悚然。

两个月前，朱朱把避孕药换成了维生素。

电影里的女人都这么干。怀个孩子，生下来，先把男人拴住再说，虽然拴住的可能仅仅是个形式，可有形式总比没有好。何况以朱朱的现状，暂时还没法儿触到实质。

也不是没谈过以后的打算。黄平不是个薄情寡义的人，这是朱朱孤注一掷的底线。如果说同样都是捕获了一只猎物，黄鹂捕到了一只狼，而朱朱捉到的是一只羊，前者，谁吃了谁都是没准的事，后者则不同，对于朱朱来说，威逼兼色诱，辅以其他种种，驯化一只野羊并不是件困难的事儿，更何况这只羊天性混沌，还曾经有过被驯服的历史。问题的关键在于，这一切都需要假以时日。现在，小孩莎莎一句石破天惊的话，把所有的人都给点醒了。

朱朱觉得自己像被飓风掀到浪尖上的一条小船,她的眼前又浮起那只被捅掉眼睛的鱼头，咯吱咯吱，吱咯吱咯，一下一下，耐心地被人家磨着牙。

黄平却说没事。

好几天没挨着朱朱，黄平像一只性急的猴，手脚并用，嘴巴轻轻叼住朱朱的耳垂："能有什么事？大伙儿都知道了又怎么样，不省得偷偷摸摸了吗？"

"你以为事情有这么简单？"

"还需要多复杂？"黄平熟门熟道，拿脚趾轻轻勾掉朱朱的裤衩，"大伙儿不都这样吗？州官放火，百姓点灯，各得其所，天下太平啊。"

朱朱眯起眼盯了黄平一会儿，腾一下起身把他掀到一边儿。

有一回，朱朱跟杨柳聊天，其实也不是聊天，是站在一边儿等杨柳把一碗银耳汤喝完，不知怎么就说到了这个话题。杨柳说钱总正打算跟老婆离婚："说离了婚就娶我，其实我和老公感情好着呢，我们还有个三岁的儿子，特别可爱。"

朱朱委实不知道下一句该接什么，就在一边儿老老实实听着。

"我呢，就是觉得这些男人太苦了。"杨柳接着说，"多苦啊，成年在外头流浪。钱赚得多又怎么样？有家不能回，老婆、孩子都不在身边，光棍儿一样。”

朱朱点点头。那天，她始终没弄明白杨柳到底想表达什么，被黄平这么一说，倒一下子醒悟了。嫖。既然双方一拍即合，人在天高地远处，没道理不嫖得心安理得。

那么自己呢。黄鹂说钱总给杨柳在昆明买了套叠拼别墅，又说她老公知道这码事，不过是见了钞票装聋作哑。对，用黄平的话说，叫各得其所。这么一说，黄平还真算不上嫖客。老宋也算不上。那么她和黄鹂呢，算什么，慰安妇？

“怎么啦？怎么啦？”黄平支起半个身子。他一激动嗓音就有点儿尖，小眼睛眨巴得飞快，肋上排骨一根一根凸显出来。

朱朱套好衣服，换个姿势，拿钉子一样怨毒的眼神剜着黄平。

没用的，黄平不是马大海，那个人才叫机灵通透，又沉着又稳当，一枝一蔓都跟朱朱丝丝入扣。黄平不行，如果说马大海是一株枝干虬结的大树，黄平顶多是一根囫囵的棒槌，以他的立场和思维，以及思维的延伸部分，一万年都合不上朱朱的节拍。

朱朱重新脱掉衣服，慢慢躺下。

“没什么。”她说，“我在想，咱们什么时候结婚？”

变化是意料中的事，像蹑手蹑脚的猫。朱朱甚至觉得，它其实一直潜伏在某个角落，敛声息气，严阵以待，一俟时机成熟，它便迫不及待跳了出来。先是黄平进修的事。本来板上钉钉的事突然之间来了个逆转，黄平说，那进修名额上头没批下来。黄平说这话的时候照样波澜不惊，甚至打了个长长的哈欠。

“为什么？”朱朱问。

“说是专业不对口。”

“那谁对口？”

“马大海。”

自从舞会上甩了马大海之后，朱朱就再没和他说过一句话。这里边有一点儿恼羞，一点儿挑衅，一点儿较量，如果马大海愿意更多地联想一下，还有一点儿伤心和负气。可是这么多天以来，朱朱像一个找不着对手的战士。马大海恢复了如常的姿势，甚至比以前更规矩更谨慎，也更沉默。上午的时候，朱朱看见马大海在水池边刷一只旅行包，想必他早知道了这个消息。朱朱从他身边经过，哗一下往下水道里泼了一桶潲水，马大海连头都没抬。

苟小琴的肚子已经很大了，那两天摇来晃去，摆好姿势等着朱朱去问她。朱朱照例给苟小琴煲好汤端过去，对于黄平的事，只字不提。

倒是黄鹂，最初两天三八得厉害，跟着朱朱进进出出，问长问短。

“童言无忌对吧。”黄鹂一边嗑瓜子儿，一边察言观色，“还是你行，不声不响就把人搞定了。你别说，黄平除了矮点儿、瘦点儿，其他方面还都没得挑。”黄鹂像刚刚发现朱朱的道行，啧啧不已，“最主要的是，这人是可以拿来结婚的。”

和苟小琴相仿，男人在黄鹂眼里只有两类，可以结婚的和不能结婚的。朱朱不想接这么露骨的话茬儿，好几回都借故岔开了话题。后来连续好几天，黄鹂突然不来了。有一回，朱朱喊她帮忙择菜，喊了几声不见答应，便去找她，敲过门一挑门帘，正说话的黄鹂和老宋戛然而止，同时定定地望着朱朱，诧异得像见了鬼。

肯定有什么地方不对劲儿了，朱朱想。

两天后，钱总召集大伙儿开一个会，关于安全质量方面的，会议末了，大家收拾东西的时候，钱总忽然想起什么似的补充了一句：

“嗯，对了，黄平同志可能要调丽江去，早起上头给我打过电话，文件随后就下。”

朱朱正在收拾会场，一只茶杯没捏住，啪一下掉在地上，摔得稀烂。

他们果然出手了，朱朱想。怪不得猪大肠说，这个单位的男人八成都是狼，始乱的时候没人管，终弃的时候个个都伸手帮忙，不弃都不行。朱朱往周围看了一下，这么大的动静，居然没有惊动一个人，大伙儿面色平平，谁都没往她这儿多瞅一眼。黄平本人也面不改色，旁边一个同事拍了拍他的肩膀，他抬头冲他笑了笑——一切都像一个本末倒置的阴谋，有开始，有高潮，有跌宕，有尾声，现在，它该落幕了。

朱朱被一角碎瓷片划破了手指，血慢慢流出来。

调令下得很快，丽江那边要黄平三天后报到。这期间黄平和朱朱谈过一次，他叫朱朱先留这儿，等他过去后，看有没有合适的位置安排她。

“不去不行吗？”朱朱问。

以前他也这么安排那个寡妇吗？朱朱想——痛痛快快，利利索索，安安静静，没有一点儿小微词、小抗争？他和那个小寡妇怎么分别的？抱头痛哭？依依不舍？谆谆哀嘱？她怎么没跟他走呢？曲靖到丽江没有直达火车，倒车的话要一天一夜，黄平过去后，也会为自己酩酊大醉一场吗？醉酒以后，谁又会去给他端茶倒水？

“在哪儿不都一样吗？”黄平说，“你以为这里就是家？”

“至少，我的家在这儿。”

“早晚不都得走吗？我们这种人，走哪儿，哪儿就是家。”

这句话含义就多了，可挖可掘，可圈可点。朱朱瞅了黄平一眼，什么都没说。

原来闲聊时，黄平跟朱朱提起过一个叫崔晓磊的同事，那时候他们在贵州，崔晓磊跟贵阳一个女孩情投意合，恋爱谈了挺长时间。因为女孩父母一直不同意，两个年轻人干脆拿生米做熟饭，结果不但做熟了饭，还做出了孩子。最后为了在哪儿安家的问题，矛盾直线升级。女孩的意思是叫崔晓磊辞职，在贵阳找份工作，崔晓磊不干，当时撂下的就是这句话：我们这种人，走哪儿，哪儿就是家。

老宋也讲过这句话。酒桌上，一帮男人讲荤段子，老宋已经喝得差不多了，搂着黄鹂傻笑，嘴里含混不清：“呃，我们这种人，走哪儿，哪儿就是家，嘿嘿。”

他们的家在东北，叫长春的一个城市，朱朱知道。挺大的一个国企，前两年政策宽松，头脑活络点儿的职工都把乡下的老婆、孩子弄了过去，有的还给安排了工作，当然不是什么好工作——在下面的三产，服装厂冰棍厂什么的，但也不坏，工资不高不低，刚够糊口。没了后顾之忧，男人拿回来的钱就是赚下的。也有那不活络的，老婆、孩子还在乡下，但也不种地了。一到暑假，五花八门的女人来探亲，不管多热的天儿，空气里总有一种动物发情的腥膻味儿。有一回，黄平跟朱朱开玩笑，说你别小瞧了这些女人，其实个个身手不凡啊，差不多每个女人身后，都有一段不光彩的发家史。

黄平那天喝了点儿小酒，朱朱一直当他在说醉话，现在看来，这个貌似简单的人，其实一点儿都不简单。

朱朱不会叫黄平辞职，辞了职，她还嫁他干吗？

三天后，朱朱自己去辞了工。

只是跟老宋打了个招呼，以朱朱的身份，实在没必要到钱总跟前去讲。老宋没表示过多的惊讶，只淡淡地问，做得好好的，辞什么工？黄鹂的反应就比较激烈，大概感觉到了某种兔死狐悲的威胁，眼圈儿都红了。

“重色轻友，”黄鹂说，“你到那边做什么？有合适的工作吗？”

“走一步看一步，”朱朱说，“在哪儿不都一样吗？”

“你走了，我就没伴儿了。”

黄鹂擦了香水，一举手一投足，香气袭人。朱朱胃里猛地涌起一股酸水，赶紧拿手捂住嘴巴，转头跑出来。

“怎么了你，没事吧？”黄鹂追出来。

“没事。”朱朱掐着喉咙跑回屋子，拿起杯子喝了一大口凉水。不一会儿又都哗哗吐了出来。

“真没事？”黄鹂围着朱朱转了两圈，“你不会是——有了吧。”

“瞎说，你以为谁都跟你似的。”朱朱又喝了一大口凉水。

一颗心咚地落下来，像一枚秤砣，又沉又稳，砸得朱朱有点儿晕。歇了几分钟，朱朱开始动手收拾东西。“要不你就帮我收拾东西，”朱朱跟黄鹂说，“要不，你就回屋去，别在这碍事儿。”她轻轻推着黄鹂，有点儿无赖似的跟她撒娇，“——拜托啊，这屋子这么小，我又这么胖，转不开身啦。”

朱朱的东西不多，一个小皮箱，一个双肩包，一只手提袋。黄平进来时，朱朱正坐在一张破藤椅上发呆，像老电影里的一段旧时光，又安静又美好。下午五点多的太阳从窗口斜射进来，照在朱朱身上，竟然有一种肃穆的光晕。黄平被一股无形的力量震慑了一下，然后，慢慢地，他看见了床板上并排的三只提包。

“你来了。”朱朱转过头，粲然一笑。

黄平眨巴着一双小眼睛，声音结结巴巴：“你、你、你要——干什么？”

请问你找谁

胭脂和罗宇的重逢颇有戏剧性，在酒店的电梯间，胭脂一边低头整理手里的文件，一边往外走，像电影里的情节一样，门一开，胭脂跟正往电梯里走的罗宇撞了个满怀。

文件撒了一地。胭脂俯身收拾到一半，才感觉对面的男人一动没动。随后，胭脂看见了两条不对称的长腿，一条笔直，一条自膝盖处极度扭曲，呈外八字状撇着，膝盖以下的裤管空空荡荡，裤脚处伸出一只细弱的踝骨，下面是一只大脚，白色袜子，棕色皮鞋。胭脂仰着头一寸一寸望上去，短暂的疑惑随之一寸一寸明朗。

“陈胭脂？”

“哎？罗宇——”

连名带姓地喊罗宇，是胭脂的习惯。罗宇只有两个字，他还有个哥哥，叫罗宁，以前她喊罗宁也是直呼其名，那个羞涩的男人——二十年前的大男孩。他们有一个精明能干的母亲，叫李翠兰，胭脂每次看见罗宁哥俩，首先想到的就是他们的母亲。李翠兰有一个气场，像一枚磁铁产生的磁场，仿佛若有若无，其实无处不在——人不在，魂也在；魂不在，气势还在。

当然，既然是磁铁，就不可避免地分成了两极，胭脂和她是同极。

“你好，胭脂。”和胭脂握手时，罗宇稍微往前倾了一下，就是这一俯身，让胭脂的心微微抽搐了一下。这人那么高，即使瘸了一条腿，不得不塌着半边肩膀，他看起来仍然算得上玉树临风。二十年前玉树临风的小伙如今明显苍老了许多，罗宇胖了，目光浑浊，牙齿熏黄，曾经的尖下颌变成了方的，脖子上还堆了两道褶，唯一没变的就是前额的一绺头发，微微卷曲，搭到眉骨上，弯出一个很好看的弧度。

见胭脂的目光往四下看，罗宇说：“我妈妈她，在楼下。”

胭脂无声地一笑，做个手势：“你别动，我自己收拾。”

罗宇立在那儿，看胭脂一张一张捡起地上的纸：“你在这儿上班？”

“对。”胭脂说，“怎么你来之前也不打个招呼，房间定了吗？”

“我妈妈在大厅，她遇见了熟人。”罗宇答非所问地盯着胭脂，“你不是在贵阳吗？我记得你学的是测量，怎么到酒店来了？”

电梯上下一个来回，到他们这层又停下了，门一开，涌出一帮红男绿女。胭脂伸手揿住按钮，示意罗宇进去：“——话长，待会儿再说。”

在一楼大厅，胭脂见到了李翠兰。李翠兰正背对着他们，和大堂经理说话：“——哪有时间出来玩儿？孙子才这么大点儿，他妈就上班了，职业女性嘛，要强，你又不是不知道。剩下我一个人，伺候完老的伺候小的。要说我这人也犯贱，孩子能离手了，媳妇要接回去，我又舍不下了，天生的劳碌命呀……哪里还年轻啊，你真会讲话，你看我这皱纹，这儿，还有这儿……”

胭脂站在李翠兰身后，笑盈盈地喊：“李阿姨。”

离开农村已经有二十四年时间，二十四年里，胭脂早就脱胎换骨，某些方面，她甚至比这个城市里的白领还要白，唯独喊李翠兰这一句“阿姨”，永远的颤颤巍巍，羞于出口。胭脂的老家没有这种称呼，冀东平原那个小山村里，孩子们依着辈分，管已婚女性叫大妈，或者是二大妈、三大妈，年龄小的则叫婶子，以此类推，二婶子、三婶子。胭脂第一次见到李翠兰是在二十多年前，和二姐站在罗教授家偌大的客厅里，胭脂嗫嚅着从嗓子眼儿里咕噜出一句问候：“婶子好。”

“叫阿姨。”二姐在旁边不动声色地捅了胭脂一下。

李翠兰闻声转过身来。

“哎呀，胭脂。”李翠兰一把逮住胭脂一只手，“怎么是你，你不是在贵阳吗？哎哟，胖了……咱们多少年没见了，十年？不不，十二年，那年我去昆明，咱们在贵阳见过——看看，多么快呀。孩子呢，有十七八了吧？你什么时候调回来的？”

李翠兰的手有点儿冷，湿答答，黏糊糊，胭脂忍着没抽出来，“房间定了吗？”

“还没有。”

“开个双套间，记我名下。”胭脂转头跟大堂经理说，“——你们认识？”

“我们老乡啊，”大堂经理笑着说，“阿拉都是上海人。”

服务员已经麻利地填好了单子，双手递给李翠兰。

安顿罗宇他们住下以后，胭脂简单说了说自己的现状，其间的迂回曲折一概略掉，只说自己是这个酒店的常务副总，“酒店经营状况一直不好，附属产业，靠着集团公司的照顾，开个会办个酒席什么的，收点儿会务费酒水费，空有其表，其实都是虚名。”

“这样也好。”李翠兰说，“上头扶持一点儿，自己再赚一点儿，没有压力。”

“我妈在给你传授经验，”罗宇插嘴说，“教授夫人，照样‘毁’人不倦。”

李翠兰伸出手，嗔怪地揉了揉罗宇的脑袋。

罗宇的下颌稍微有点儿突出，嘴唇往外努着，地包天，但是并不难看，反倒给他整个面孔增添了一丝童稚。胭脂扭头冲罗宇一笑。

胭脂读大学时，李翠兰在她们学校招待所上班。教授夫人李翠兰天生擅长交际，又在那么一个迎来送往的地方，据说网罗了不少关系。胭脂那年高考发挥失常，二姐费了一番周折，通过李翠兰的关系才把胭脂弄进那个大学。开学那天也是二姐送她去的，罗教授家偌大的客厅里，李翠兰笑吟吟地端上一壶碧螺春，直夸胭脂运气好：“我不是说过了吗、只要压线，我保证能把你档案提过来。”

胭脂拘谨地坐在那儿，“谢谢阿姨。”

胭脂那天第一次见到罗宇。来之前二姐跟她叮嘱过，罗教授家有两个儿子，老大罗宁像他爸，身板单薄，脾气懦弱，性格绵软。老二罗宇像他妈，模样生得好，脑子转得快，嘴巴跟得更快。罗宇读大三时出了车祸，左腿膝盖以下粉碎性骨折，髋关节股骨头坏死，这几年全国各地转着圈儿地治下来，钱花了不少，效果却一点儿都没有。

“当着人家的面儿，说话一定要小心。”二姐说。

二十多年后，罗宇仿佛被岁月磨钝了，很长一段时间里，除了跟李翠兰调侃那一句，他几乎没怎么说话。李翠兰一个人说得热热闹闹，她是来送罗宇报道的。

“他们原来那个单位太差劲，工资发不下来不说，养老金还得自己掏钱垫上，”李翠兰说，“这次罗宇能调过来，还是托老罗战友的关系，要说起来，现在这个社会，也只有同学跟战友情还靠得住，平常那些酒肉朋友，关键时候一个都指望不上了。”

李翠兰从来不跟人忌谈她的关系网，胭脂微笑着听着。

“说好了做话务员吗？”胭脂问，“职称怎么办，还能跟着往上评吗？”

“这个还没定，先调过来再说。”李翠兰望了罗宇一眼，“以后你们就是同事了。”

罗宇冲胭脂笑了笑。

有个问题一直悬着，胭脂不说，李翠兰也不问。李翠兰的涵养就像衣服上的水钻，总在恰到好处的时候闪露光芒，不耀眼，但也不容易被忽视。最后胭脂轻轻提了一句：

“那，这事儿我让王志兴给问问。”

话说到这里才算入了正轨，李翠兰的诧异有一半是真的，“哟，那不是又要麻烦你了。你们家小王现在在哪儿？我记得，前几年他好像在云南？”

“回来了，他现在分管在建工程。”

问题仿佛迎刃而解。胭脂听见李翠兰轻吁了一口气，“升了？怪不得哪，这就好办多了，”李翠兰拉住胭脂的手，“我说什么来着胭脂，老罗这帮学生里边，还是你最有眼光。”

罗宇往这边望过来，胭脂轻轻别过脸去。

晚上胭脂请李翠兰在酒店吃饭，问王志兴能不能过来。

“哪个师母，大学的？”王志兴说，“——从长沙过来，哦，那是够远的。可是我去不了啊胭脂，晚上我得请土地局那帮人吃饭，早约好的。你替我跟师母道个歉，回头一定补上。”

他又叫李翠兰接了下电话。

扣上手机，李翠兰笑着跟胭脂说：“多细心的孩子呀，怕我误会。”

整个晚上，李翠兰反客为主，一边和胭脂叙旧，一边拈着手里的筷子给胭脂夹菜，喏，胭脂你吃这个，杏仁鸡丁，哦，还有这个蟹粉豆腐，味道相当不错。

罗宇埋怨李翠兰：“妈，人家自己又不是不会夹。”

“有什么呀，胭脂又不是外人。”李翠兰说。

胭脂笑笑，把李翠兰夹到她碗里的东西一样一样吃下去。

九点半，胭脂回到家，王志兴正在客厅陪客人。

是个挺拘谨的小伙，规规矩矩坐在沙发上，一副初出茅庐的生涩劲儿。胭脂冲小伙子点点头，小伙礼貌地站起来，喊声“阿姨”，一双手搓了搓，交叉扣住，再松开，又扣住，又松开，仿佛那两只手是平白多出来的一个物件，往哪儿放都不合适。

胭脂绕过茶几，给小伙子续上热水。

“小刘，去年毕业的学员——”王志兴靠在沙发上，把小伙子介绍给胭脂，“女朋友怀孕了，催着结婚，想跟单位要一套小平方米的。”

“我们一个同学上月就分了一套。”小伙子端得中规中矩，一张嘴就露了稚气。

“我们同学还有住处级楼的呢，”王志兴嗤鼻一笑，“人和人能一样吗？”

“你那个同学是不是职务高些，或者有什么特殊贡献，”胭脂说，“有时候上头照顾职工的实际困难，也会酌情考虑的。”

“和我一样。”小伙子有点儿执迷不悟，“——不，还不如我呢。”

王志兴看看胭脂，神情复杂地笑了笑。胭脂起身去了卫生间。

从卫生间出来，胭脂看见王志兴立在玄关，和小伙子推搡一篮水果，“好好好，你的心意我领了。家里水果还多，吃不了会烂掉的。”王志兴撕掉水果篮上一层保鲜膜，象征性地捏出几枚美国黑布林，转身搁在鞋柜上，“下次不许这样了，年轻人，不兴这个。”

胭脂靠着卫生间的门框，无声地看着。

“你应该再掰下半串香蕉，”等王志兴关上防盗门，胭脂说，“那样，就更像那么回事了。”

“毛头小伙。”王志兴转过脸，“——你什么意思？”

“要是有可能，就伸手帮人家一把。”胭脂说，“哪怕先弄个单身宿舍。大家都从年轻时候过来的，谁也不是一落地就老奸巨猾。”

“说得轻巧，你当单身宿舍是你们家盘子里的菜，想给谁夹一筷子就给谁夹一筷子？”王志兴慢腾腾坐回沙发上，“未婚先孕都能拿到桌面上来讲，现在的年轻人，嘿。”

“桌面上和桌底下有什么区别？”胭脂说，“你才不年轻多久。”

“桌底下比桌面上含蓄，”王志兴叼上一支烟，“成心跟我唱反调——打火机呢？”

王志兴已经开始发福，原来挺拔精干的身材变得结实魁梧。像所有小有成就的男人一样，王志兴的一个月，二十八天都在外面应酬，酒肉穿肠的结果，不但弄出了个将军肚，还捎带了一个脂肪肝，医生说那八成是酒精肝。这是个志得意满的男人。胭脂背抵门框，抱起双臂，一动不动地盯着王志兴看了一会儿。

这个世界上，只有胭脂一个人了解王志兴的全部隐疾，就像知道他风光无限的肚子里有一颗坏掉的肝脏一样，胭脂知道王志兴所有曾经的忧患、纠结、挣扎、期冀、得意、沮丧、疏狂、失落、不甘、无奈，哦，对了，还有桌面上的那个——含蓄。

原地立了一会儿，胭脂啪一下关掉壁灯，转身进了卧室。

倒在床上，胭脂听见王志兴在客厅一阵翻腾，噼里啪啦，动作挺大。随后，脚步声往厨房那边去了，啪一声，煤气灶被打着，哗一下，厨房窗户被推开。

胭脂用被子蒙住头。

桌底下比桌面上含蓄。哈。黑暗里，胭脂又一声冷笑——你自己都咽不下含蓄的亏，凭什么要别人接着含？

二十年前的王志兴也是毛头小伙，同样因为弄大了女朋友的肚子，急着要间房子安顿下来。他们那次拎的是一大串香蕉和一箱美国提子，两人商量很久的结果，怕东西贵重了人家不收，又怕礼物轻薄了人家瞧不起。那才真叫硬着头皮求人，王志兴抬手敲门那一刻，胭脂简直想找个地缝钻进去。可是不行，王志兴说，胭脂你必须得出场，肚子稍微挺一点，对，你只管在旁边坐着，什么都不要说，一切由我来说。王志兴的口才真是好，半个小时的造访不卑不亢——他甚至压根儿没提房子两个字，他和房管科的那个领导谈时局、谈天气、谈由于时局和天气而受影响的国内建筑市场。王志兴跟胭脂说过，初次拜访只能认个门口，一切都得开篇以后见机行事。

王志兴的计划按部就班地进行，胭脂配合得很好，话不多，但有礼有节，尽管有一点点难堪，也不是不能忍受。事情真正急转直下发生在他们起身告辞的时候，进门时，王志兴把礼物放在了玄关处，待一边告辞一边走到玄关换鞋时，一个晚上都没怎么说话的女主人上前来，一边礼貌地送客，一边拎起香蕉提子，统统塞回王志兴手里。

“来就来嘛，干吗这么客气。”

就是说，人家不给他们开篇的机会。

一箱水果推搡了几个回合，王志兴渐感不妙。女主人礼节周到，态度客气，神情坚定而落落大方，王志兴千推百算，就是没料到对方会有这样一招，情急之下也只能涨红了脸，和女主人一起，打太极一样，把一箱水果不屈不挠地推来搡去。最后，女人接过箱子，撕开包装，掐下一小串儿提子，又掰下几根香蕉，再把箱子塞回给王志兴。

“心意我们领了，”她说，“年轻人，可不兴这个。”

几个月后，胭脂在单身宿舍生下了妞妞。单身宿舍的前身是职工医院，筒子楼，公用厕所和洗漱间，楼道里乌漆麻黑，各家门口都支着碗橱柜和煤气灶，一到做饭时间，锅碗瓢盆一齐响，煞是热闹。他们在那里住了五年。

王志兴再也没跟胭脂提过这件事，这事就像从来没发生过一样，从他的记忆里硬生生抠掉了。十几年后，王志兴的官做得越来越顺，房子也越换越大，他甚至在南郊置了一套别墅。拿到别墅钥匙那天晚上，王志兴拽着胭脂，嘟嘟囔囔，哭一阵儿又笑一阵儿：“砸……妈的……拿钱砸啊，一摞人民币砸过去，我就不信他能不要。”

他喝高了，口齿不清。胭脂一边从王志兴手里抢酒杯，一边问他：你说什么？

“咱们……送什么水果？”王志兴抱着胭脂，哭得稀里哗啦，“我真是头猪啊……”

王志兴以小人之心度量别人，发迹以后，自己倒做了两回真君子，毫不含糊地推了几个红包，并且嘱咐胭脂，下次不要让这种人进门。胭脂拿开挡住脸的报纸，诧异地露个疑问表情，表示不解。

“君子爱财，取之有道。”王志兴嘿嘿一笑。

胭脂咬住嘴角，饶有兴趣地盯着王志兴看了一会儿，重新拿报纸挡住脸。

盗亦有道，在这个充满潜规则的社会里，每个人都有自己的小算盘要打，那么你又如何肯定自己的一摞人民币不在人家的规则之外？胭脂望望旁边看电视的妞妞，把到了嘴边的话又咽了回去，至少此时此刻，当着孩子的面儿，她不想跟他说这个。

罗宇的到来，让这个单位不出意外地多了一个小闲话。

每天，罗宇幅度很大地拐下宿舍楼，骑上一辆三轮车，晃晃悠悠穿过家属院去上班。要是不仔细看，他蹬三轮的姿势简直正常得很，漏过树杈的阳光跳跃在他身上，斑斑点点都充满活力，配上一张面如满月的白脸，他就是一个正常人。

正常人那一段路，从单身宿舍到酒店，只有短短七八分钟时间。罗宇在路人怪异的眼光中正常地蹬完这段路，到酒店门口，扳手刹停车，从正常的三轮车上骗腿下来，又变成残疾人。酒店和公司办公楼是两栋独立的高层，一栋朝南，一栋朝东，为了通行方便，两栋楼的三层和四层之间打了通道，接线室在三楼东侧，一个褊狭并略显阴暗的小房间。通常情况下，罗宇把三轮车锁在酒店停车场一侧的铁栏上，略微休整，拿包，拍拍衣服，再一瘸一歪拐进酒店门口。

有一回，胭脂问他为什么要骑三轮而不是自行车："不怕成为家属院一道风景？"

"因为安全。"罗宇微眯双眼，嘴角带着点儿自嘲的笑，"——对于一个残疾人来说，多美好的形式才能抵挡安全的实惠？"

小闲话在酒店以各种形式出现，王小跳的好奇就是其中之一。只要胭脂办公室的门稍稍敞开一条缝，王小跳就能抓空进来，跟胭脂见缝插针扯上几句："唉，那个新来的罗……什么，好可惜哎。"王小跳脸上的表情有点儿夸张，"什么叫天妒英才？

什么叫壮志难酬？就跟‘红颜薄运’一个道理——你心比天高是吧，没关系别着急，老天爷自会发给你一副烂牌，看你怎么办。”

“红颜薄运”是王小跳给自己的专用词，她不说薄命，薄命等于夭折在大好青春的节骨眼儿上，“薄运“就不一样了，“红颜薄运”又别有一番惹人怜爱的味道，拔拔高，简直跟怀才不遇一个级别了。

“她们说，他是读大二那年跟女朋友去看电影，让一辆大货车给撞的。”王小跳说，“本来女孩在里面，看见货车失控，女孩冲到他前边，拼命推了他一把，结果当场毙命。听起来怪感人的，多像琼瑶小说呀——你们学校的事儿哎，你居然一点儿都不知道？他爸爸应该教过你们吧。”

“他爸不会残忍到拿这事到课堂上津津乐道吧？”

“传闻总听过的呀。据说这男人不瘸之前，风流倜傥，女朋友走马灯似的换，”王小跳不看胭脂眉眼高低，仍旧发她的感慨，“说起来，那女孩倒也是个情痴。”

“外面传说她是个情痴，”读大学时，罗宇也给胭脂讲过这事，“——描摹和向往美好是不是人类的天性？就像喜欢同情弱者一样。其实我跟她什么关系都没有，她妈跟我妈是同事，她跟她妈来我们家玩，大人聊天，我俩玩腻了，就跑出去看电影。车子冲过来时她也没推我，她本来就在外侧。”

“可以理解，”胭脂说，“相比于故事，人们更加热衷于传奇。”

才刚刚是五月末的天气，王小跳就穿了件豆绿团花无袖旗袍，裸着两只白胳膊，因为站得近，胭脂能看见那胳膊上小米粒一样的鸡皮疙瘩和胳肢窝下脱了边儿的一截黑线头。旗袍是“木真了”的牌子，手工边，盘花扣，胸前一朵白牡丹。在穿着方面，王小跳绝对是“宁吃鲜桃一口，不要烂杏一筐”那类，因为拮据，把鲜桃穿成烂杏、烂梨，甚至烂葡萄都是经常的事，只有鲜桃心理不打折扣。

胭脂打断王小跳的八卦：“你那事儿，我跟王志兴说了。他说建房手续还没批下来呢，基建部暂时也不需要人，就算真批下来，人员配置也得开会研究，他恐怕说了不算。”

“调我这么个小人物也要研究？”王小跳摆出一副嬉皮姿势。

胭脂来酒店报到的第一天就认识了王小跳。那天王小跳在胖经理办公室打扫卫生，老板桌后面的胖子经理拿着胭脂的调令，黑着脸一声不吭看了足足五分钟，王小跳拿块抹布，围着桌子前前后后弯弯绕绕也擦了五分钟。胭脂立在那儿，先是一副卑谦表情，慢慢地，就换上了沉默，后来又换上矜持。五分钟后，胖子经理拿起笔，往调令页眉上签了几个字，推给胭脂：“拿去财务室。”

胭脂道声谢谢，转身往外走。

王小跳随即跳出来，在财务室门口喊住胭脂：“姐姐是不是姓陈呀？”

胭脂立定，友好地望向王小跳。

“那就对了。”王小跳往前走两步，亲亲热热地拉住胭脂的手，“我听国立说起过你，你们同一年毕业的吧，还是校友，国立说他在学校就认识你哦。”

“刘国立？”

“是啊，我是她爱人，我叫王丽萍。”王小跳敏捷地环顾四周，往胭脂跟前又迈进一步，压低嗓门，“——咱们经理跟谁都那样，姐姐你不要往心里去啊。”

胭脂微笑：“嗯，没事儿。”

王小跳没下过一线。这种情况不多。像他们这种流动施工单位，从学校毕业的学生娃，头上要是没有爷娘老子庇护着，一般都先下到一线锻炼几年。王小跳和胭脂一样无依无靠，胭脂发配贵州时，中专毕业的王小跳却奇迹一般在夹缝里留了下来，从酒店仓库保管员开始，一点一点往上熬。对于这个例外，王小跳的解释是当初主管人事的领导另有安排。这话就有余味了，跟王小跳要好的一个小姐妹拿她打趣过：什么安排，是不是看上你了，想把你介绍给谁家公子，结果未遂?

“哎，真被你说对了。”王小跳大大方方承认，“据说是想把我介绍给他家外甥，因为觉得我这个小姑娘嘛，模样还算清秀，又聪明，性格又好。”

至于为什么没嫁那家外甥，王小跳戛然止住，不说了。

相处久了，胭脂觉得王小跳很像一条水蛭，她主动吸附上来，跟每一个人都热情无比，黏且腻，推不脱又挡不去。这种适当精明、适当糊涂、适当娇憨、适当犀利、适当自恋、适当场合又能把身段放得很低的嬉皮性格，搁在一个女人身上，收放自如，相当有韧性，就像起跑之前的热身。

和王小跳在一起，胭脂有种不能抽身的感觉。

外边有人敲门。王小跳恰到好处地告退，一转身看见拐着腿的罗宇立在门口，嗨一声打个招呼，回头冲胭脂故作意味深长地眨了眨眼睛。

罗宇坐下后第一句话便是："诸多感谢——"

接线室设在酒店三楼，负责的却是整个公司及下属单位的话务，工资奖金由公司发放，比酒店要高出许多。这几个不需要动脑只需要动手、现在连手都很少动的岗位，一直都是高层家属争抢的目标。罗宇没提过谁给他调的工作，胭脂也没问过，然而从安排的妥帖与细致程度上，胭脂能估量出这个人的位置和力度。罗宇报到后，胭脂让王志兴给他特批了一间单身宿舍，又把酒店闲置的一部空调拨了过去。

"谢什么。你和我还这么客气？"

因为走了一下神，那个"我"字被胭脂拉得有点儿长，又有点儿重。罗宇的目光跟过来，在胭脂脸上温柔地停顿了一下。胭脂起身去找水杯。

"我——还可以不客气吗？"罗宇微笑，目光追着胭脂。

"当然可以。"胭脂回头，"阿姨在学校对我照顾那么多，你在这里见外，我会生气的——你喝什么，咖啡还是茶？"

"咖啡吧。"

罗宇的目光仍然跟着胭脂游走。不同的是，先前的温柔戛然而止，罗宇脸上的笑容迅速换上了另外一种内容。他看起来有点儿释然，有点儿客气，有点儿空洞，还有点儿漫不经心。他的一只手搁在办公桌上，食指关节轻扣着桌面，笃笃笃，笃笃笃。

他急于把自己弄成一个局外人。胭脂想。

他们又说了一会儿话。新沏的咖啡很香，虽然是速溶的，仍然有浓郁醇厚的香味氤氲开来。罗宇拿过胭脂手边一个水晶相框，相框里，妞妞咧着大嘴笑得正欢，阳光从她左侧肩膀上斜射过来，在耳边形成一个光晕。妞妞的睫毛卷得像一把扇子。

“我女儿。”胭脂说，“你的呢，多大了，男孩女孩？”

“我？”罗宇幽默了一把，“——我还没找到孩子他妈呢。”

这是他们第一次近距离地谈这么具体的问题，面对面，眼对眼，鼻息混着鼻息，突然而又局促。胭脂喉咙一阵发紧，捏着水杯的手变得僵硬笨拙。气氛变得有点儿微妙。正琢磨下句话怎么开口时，外面有人敲门，胭脂在里面应了一声。财务室的小会计拿着一张单子进来：这个，是转账固定资产过去还是按月收折旧费？

“收折旧吧，”胭脂说，“转固定资产——这空调没几个残值了吧？”

“差不多提完了，”小会计说，“那就转折旧吧。”

单子上的空调应该就是拨给话务室的那台。望着小会计离开的背影，罗宇貌似不经意地转了话题，“懂得还挺多——我简直忘了你是学测量的。”

“我也忘了。”胭脂说，“前几年，我一直以为我是学家政的，扫地抹桌铺床叠被，你信不信我一分钟可以叠三床被子，铺四个床单？每年内务考核我都是第一名。”

“我信。你改行，不觉得可惜吗？”

“有什么可惜的，孩子小那阵儿，巴不得改行呢，只要守着孩子，回来干吗都行，可那时候，”胭脂笑笑说，“改行都轮不着我。”

妞妞六岁之前一直寄养在乡下奶奶家，到读小学的年龄，胭脂牙一咬心一横，到酒店做了个普通服务员，从前的职称职务全部免除，每月拿一份普通工人的薪水。胖经理不满意，每周例会都要拿话敲打胭脂：我这里不是测量站，凭什么养这么多工程师？

“这种单位，真不人道。”罗宇说。

“说白了就是上头没人罩着，”胭脂说，“公司上下，哪里不是几个萝卜一个坑，坑里栽的，不是张总的七大姑，就是李总的八姨妹。关系不够硬罢了。”

“嗯，还有王总的小舅子。”

胭脂愣了几秒，旋即明白过来：呵，你不是小舅子。

“哦哦，我是大舅哥，呵呵。”

讲完这句一点儿也不搞笑的笑话，罗宇先呵呵笑起来。胭脂也跟着笑。她尽量让自己笑得时间长一点儿，到后来，她的上嘴唇粘在了牙床上，不得不拿手抹下来。

他太急于撇清自己了。借着喝咖啡的动作，胭脂从杯子沿上斜觑罗宇——他太急着把自己从刚才微小的失态中救出来，反倒使这个蹩脚的笑话，愈发像个欲盖弥彰的谎言，让笑话里的三个人，都显得不那么干净。胭脂心里生出一点儿小怨憎，她想起了李翠兰。罗宇这一颗七窍玲珑心，百分百都遗传自李翠兰吧，又晶莹又剔透，又敏锐，又警觉。罗宇是残疾的李翠兰，因为残疾，更要时刻汗毛抖擞，重温旧爱都要跳段探戈，一试三探。一个小恶的念头浮上来，在胭脂脑里蠢蠢而动，继而抽枝展叶。

借着收梢的笑意，胭脂轻轻扬起脸，给罗宇递过去意味深长的一瞥。

和胭脂谈恋爱时，王志兴问过她的感情史，胭脂交给王志兴的，是一份白卷。胭脂没谈过恋爱，她的爱情在情窦初开那会儿就被掐了尖，人生从此另写篇章，一笔一画都按部就班。王志兴三十八岁成为这个公司最年轻的副总，胭脂跟着平步青云。妞妞被送去英国读书后，胭脂真正清闲下来。盘点自己的生活，竟真如二姐所愿，每一环都扣到了实处。如果不是跟罗宇重逢，胭脂都打算就此终老了。

谁让你又来扰我，在这个今昔颠倒的年纪里？

胭脂轻轻扬起眉。

王小跳处在王丽萍阶段时，胭脂还在贵州大山里，每天翻山越岭地测量放线。同年毕业的八个校友全部被分配到全国各地，刚开始还有联系，年底回来会有人张罗聚一聚，组织者就是王小跳的老公，刘国立。

严格说，刘国立和胭脂算不上校友，那所半军事化院校里，胭脂她们是大学部，刘国立属于中专部，不过毕业后被同一辆大巴车拉过来，总有些甘苦与共的味道。刘国立和胭脂一起去的贵州，因为写得一笔好字，半年后被上头看重，破格从一线提拔上来，专门负责职称评审那一块。等到胭脂评职称时，刘国立仿佛已经参透了人际关系，拿校友不当回事了。面对胭脂的一摞评审资料，刘国立连眼皮都不抬一下：“复印三份。”

胭脂很窘。如果他们不是同一年毕业，如果他们不是校友，如果他们不曾坐在同一张桌子上交错觥筹、称兄道弟，她都不会这么窘迫。

接过刘国立甩来的资料，胭脂低声下气地问：“那，咱们这儿有复印机吗？”

“没有。”

王丽萍进化到王小跳阶段时，刘国立已经从人事部门调到了宣传部——好像是因为得罪了什么人，王志兴跟胭脂念叨过，胭脂根本没往耳朵里听。刘国立搞人事时，王志兴还一文不名，厚着脸皮硬凑上去跟刘国立套近乎。刘国立被打入冷宫后，王志兴已经改头换面、扬眉吐气。两人身份完全颠倒，王志兴倒也一如既往，照旧跟刘国立称兄道弟，没事时在一起喝酒、骂娘、发牢骚。倒是刘国立，时而矜持时而卑谦，半年时间都在调整表情。胭脂冷眼旁观，越发感叹纯情知识分子在俗世的悲哀。

纯情知识分子是胭脂给刘国立下的定义。胭脂清楚，刘国立对昔日校友冷淡，仿佛参透了人际关系，其实压根没弄懂。弄懂的是他老婆王小跳。刘国立本人敏感、倨傲、清高，偶尔忧国忧民，按理说，这是跟王小跳完全格格不入的两种性格，居然也做了夫妻。爱情和婚姻，有时候真是件挺滑稽的事儿，胭脂想。

王小跳调动的事，就砸在刘国立手上。

那时候建房手续已经批复下来，基建部开始招兵买马，胭脂完全不知道。胭脂历来消息闭塞，尽管这消息内容算得上千人瞩目，消息的主导者又是天天睡在她身边的王志兴，仍然不妨碍她兀自混沌。王志兴这些日子忙得两脚朝天，每天晚上醉醺醺回到家，胭脂已经睡了，早起胭脂吃过早饭去上班，王志兴还在梦里。胭脂和王志兴像两只生了锈的齿轮，只有咬合不紧时，才嘎一声搅下链条。

消息照例是从王小跳那儿听来的。对于胭脂的后知后觉，王小跳表示大大的不解。

“他工作上的事儿我很少问。”胭脂说。

“这方面你就不如刘姐了，枕边风你懂不懂，”王小跳啧两下嘴巴，话锋一转，“不过还是王大哥沉得住气，你不问，他也不说。我们家刘国立就不行，狗肚子里盛不了二两香油，啥事儿都得跟我念叨念叨。”

刘姐就是当下的董事长夫人，酒店戏称第一夫人的刘丽娜。像先天不济的女人总要把自己不凡的一面证明给大家看一样，在一帮从学历到身份地位都在自己之上的女人中间，王小跳逮个机会就想展示自己一下。王小跳不丑，甚至可以说挺漂亮，王小跳也不笨，相反还挺机灵，所以王小跳不是先天不济，而是后天不济。王小跳顶不济的地方就是嫁了刘国立，人家老公都是步步高升，老婆跟着乌鸦变凤凰，唯独刘国立越混越惨。

越惨，王小跳就越要挣出一副甜蜜样子给人看。

“这么说，刘国立写的那篇稿子，事先你是知道的？”胭脂问。

王小跳像挨了一刀子，眼看着一点一点蔫下去：“我哪知道。这个闷葫芦，姐姐你说他是不是念书念呆了，凡事不过脑子？”

一个月前，王志兴和刘国立去了趟贵州，处理一个亏损项目。那工程是一段地方铁路，项目经理相当有来头，是局长本家一个弟弟。王志兴同时带了一个审计组，亏损原因几下就找了出来：高价分包，高价购料，高价机械租赁，光一台小松PC300挖掘机一年的租赁费就有七十多万，并且一租两年，租金价格足够买两台新机械。王志兴侧面了解了一下，小松PC300的合同是跟一个韩姓司机签的，而真正的主人，其实就是项目经理本人。工作结束，审计组负责出具内审报告，汇总材料是刘国立的事，谁也没想到，这个被大家冠以才子称号的宣传干事，在汇总材料的同时，又写了一篇指点江山、激昂文字的《黔西南散记》，发在局内部刊物上，文章且记且叙，夹叙夹议，不但把整件事情完整代入又和盘托出，还在结尾愤怒地质问：谁是伸在小松背后的那只黑手？

文章发在局报副刊上，像早有预谋——副刊投稿一般是不用宣传部审查的，王志兴看到这篇文章时，报纸已经天女散花般发至各公司机关、驻办、项目、段、工、班。白纸黑字，大势不可挽，王志兴被刘国立釜底抽薪这一招完全打蒙，第一反应就是有人蓄意要害他。待喊刘国立过来追问细节，又被刘国立一副无辜模样气得半死。

刘国立说："我又没指名道姓，里面全是甲乙丙丁，谁爱对号入座谁就对去呗。"

接下来，刘国立又给王志兴上了一课，从当下建筑市场的暗箱操作说到反腐倡廉，说到国企改制，国有资产流失，说到改革开放三十年时，王志兴挥挥手，叫他走了。一周后，刘国立被下放四川一个半死不活的引水项目，干他的土木老本行，胭脂叫王志兴保他一下，王志兴气急败坏地冲胭脂吼：我保他，谁保我？！

胭脂没问王志兴怎么把自己摘出来的，他有这个本事，但是王小跳进基建部一事，王志兴从此彻底撒手不管，不但不管，他还不要听到任何跟刘国立有关的字眼儿。

但是王小跳太想进基建部了。

如果说人生是一部梯子，胭脂想，王志兴和王小跳就是两个爬梯范本，从学校赤手空拳出来，到这个关系叠错、险象环生的单位，不但毫无惧色，反倒跃跃欲试，环顾四周，看稳脚下，平衡力量，一步一顿。在这个以男性为主导力量的单位，相比王小跳，王志兴爬得敏捷利落，左右逢源。而王小跳爬到最后，则把自己变成了一株爬山虎，全身心的意志和欲念都是她伸出的触须，探寻，攀缘，攫取，摇曳，每一寸可落之处都是她的外力。单从性格上看，王志兴和王小跳才是天生一对。

看着王小跳像泄了气的皮球一样蔫下去，胭脂有点儿于心不忍："你也别急，好在那个引水工程快完了，到时候随大流安排新项目，再做打算。"

"那没准儿还要王大哥帮忙哦。"

爬山虎的触须见缝插针。胭脂没接王小跳的话。刘国立的事给了胭脂一个绝好的借口，胭脂直接拒绝了王小跳求王志兴帮忙进基建部的事。胭脂说，老王自己还摘不清呢，你那事儿，他真的是爱莫能助啊。

霜降还不到，李翠兰就给罗宇寄了一大包棉衣，立冬那天，又千里迢迢从长沙飞过来。她给罗宇带了件超厚的羽绒服。那几天新楼开始破土动工，王志兴心情大好，坚持在胭脂她们酒店给李翠兰摆了一桌接风宴。王志兴说：胭脂的老师就是我的老师，胭脂的师母就是我的师母，师母到我的地盘上来，我就是忙死也得表一下心意啊。

他说“我的地盘”。胭脂瞅了王志兴一眼，撂下筷子。

王志兴没看胭脂，他先给自己倒了三大杯白酒。王志兴说，上次师母来的时候，我正忙得乱七八糟，招待不周，还请师母原谅，我自罚三杯。李翠兰挡不住，赶紧给王志兴夹了一大筷子菜，“吃点儿菜，吃点儿菜，”李翠兰说，“喝这么急，对身体不好的呀。”

李翠兰见过王志兴一次。那年胭脂在贵州，李翠兰夫妇去昆明看世博会，途中路过贵阳，在胭脂那里耽搁了两天。胭脂陪李翠兰转了贵阳周边的几个景点。王志兴那两天一直守在工地上，李翠兰要走时他才匆匆赶回来露了一面。胭脂给李翠兰介绍王志兴时有点儿窘，那时候是八月，王志兴光脚穿着一双胶鞋，裤腿挽着，头上戴一顶草帽。

李翠兰笑着打量了王志兴好几眼：“多好的孩子呀，多朴实。”

李翠兰都五十多岁了，笑起来还像个小姑娘，咯咯咯咯，银铃一样，又娇俏又清脆。笑声扎进胭脂耳朵里，像瓷片刮在铁皮上，一声一声硌着耳膜。胭脂那年三十岁，举止仍然带着二十岁的任性和幼稚，整整两天时间同吃、同乐、同玩，李翠兰只字不提罗宇，胭脂也只字不问。相反，胭脂倒是问了问罗宁的近况。李翠兰说罗宁结婚了。

“媳妇是我们教务处主任弟媳妇的表妹的婆家外甥女。”李翠兰说，“脾气好着哪。两个人感情也好，形影不离的。”

胭脂理了理李翠兰嘴里一串婆姨关系，还不算复杂。那个裙带末端的女孩，应该真有一副好脾气吧，胭脂想，不然如何应对这样一个婆婆。或者说，李翠兰的阴柔并济只针对自己一个人，转过头去，也会有泯然于众婆婆的另一面？

她为什么不能做我的长辈呢？胭脂想，为什么她坚持做我的同性？

送李翠兰走那天，胭脂去商场买了个绅士狗的漆皮女包，李翠兰客气几句就收下了。望着那张红嘴白牙、浅笑盈盈的老脸，胭脂一阵感叹，同样是礼让和推辞，搁李翠兰身上，为什么就显得张弛适度、收放自如，还别有一番韵致呢？

十二年后，王志兴的老练和李翠兰的玲珑倒算棋逢对手，或者说，李翠兰小看了十二年前趿拉着一双破胶鞋的年轻人。酒桌上，王志兴谈笑风生，一场接风宴到最后喝出了商务宴的味道，并且很自然地把李翠兰喝成了乙方。尤其是说到即将开工的几栋家属楼时，李翠兰打听内幕的口吻，使她看起来更像一个垂涎的商客。

“阿姨您不能跟他谈这些。”胭脂说，“为了这几栋楼，他都快魔怔了。”

“可以理解。关系这么多职工切身利益的事，压力大啊。”李翠兰承上启下，轻飘飘就把胭脂挡到了一边，“我听说，光手续就跑了一年多，那得多烦琐呀。”

“烦琐不要紧，”王志兴说，“问题的关键在于，烦琐了一年多，手续也没批下来，变更土地性质难弄得很哪，尤其现在，房地产业这么敏感。”

“那不是也要开工了？”

“弄的办公楼手续呀，”王志兴一得意，就有点儿搂不住嘴，“本来就是工业用地，建办公楼无可厚非吧。等主体起来，验交手续一办，咱们再咔咔把走廊一堵，该修厨房修厨房，该隔卫生间隔卫生间，然后啊，您就睛等着分房吧。”

“那行吗、这是谁想出来的主意呀，脑子真灵光。”

“我的主意，工作会上都通过了。”王志兴说，“怎么不行？上头把眼睛睁开，你就不行。把眼睛闭上，你不行也行。成事在天，谋事在人啊，我的师母。”

李翠兰连哦了好几声，说还是小王你有力度，要不都夸你年轻有为呢。她又跟王志兴碰了一下杯：那，分房方案也该出台了吧？

周围突然安静下来。胭脂短短吁出一口气——这就是了，李翠兰前铺后垫，左拿右捏，不就为了引出这个话题吗？从这个节点开始，她就可以把话题无比自然地转向罗宇了——昔日师恩浩荡，今天师母携残子拜到你门下，恰逢你正春风得意，挥斥方遒，江山都指点得头头是道，那么，除了叫你架个天梯去摘月亮，师母师子提什么要求能算过分？“姜还是老的辣”这句话没错的，就算王志兴有一千个借口可以推托，李翠兰该做的前戏一点儿也没少做——推也要你推得不够安生。

胭脂看了一眼王志兴，后者正咯吱咯吱啃一截黄瓜。

“在征集意见。”王志兴说，“麻烦着呢，具体方案恐怕要等到年后了。”

“那么——”李翠兰往前探了探身，声音陡然低了两度，“像我们罗宇这样的，不管从哪个角度出台的方案，都不会有一丁点儿的优势吧？”

一切终于入了正轨，循序渐进，水到渠成。胭脂吁出剩下那半口气。李翠兰真是一道耐看的风景，这种无比滥俗的事做起来也得心应手，脸也不红，心也不跳，细瞧之下，居然还有一股旁若无人、长驱直入的气势。要有多少年的修炼才能达到这样收放自如的境地？李翠兰的世界里，永远能够左右逢源吧？没有谁不是她的配角，没有谁不是她的道具，没有什么，到最后不成为她的装备，包括自己，包括王志兴，包括罗宇。

胭脂看了看李翠兰旁边的罗宇，正好迎上罗宇的目光。

整个晚上，除了礼貌的寒暄布菜，胭脂和罗宇基本上没说过几句话。李翠兰眼底有根针，忽隐忽现，闪烁不定，即使跟王志兴聊得热火朝天，一转脸，她的眼里仍能飞出一凛寒光，轻巧中带着凌厉，内敛中透着冷冽。胭脂在这道寒光下端坐如钟，跟罗宇目光碰撞那一刹，恰是李翠兰眼里锋芒不在之时——她正全身心等着王志兴的下文。

胭脂跟罗宇对视了一会儿。几秒钟的时间，罗宇的脸慢慢由白变红。

“妈，您这不是明知故问吗？”罗宇掉转了目光。

“怎么是明知故问。”李翠兰说，“分房这种事，里边勾当多着呢。打个比方，要是倾向管理层，那么打分标准里，职务分就会高些；要是倾向离退休人员，那么打分标准里，工龄分就会高些；要是倾向你们这种没职没务又没权没势、没爷娘老子罩着的穷学生，那么打分标准里，职称分就会高些——前两者也就算了——你好歹也是机械专业的大学本科吧，要是栽在职称上，你窝心不窝心？”

“那您这是干吗？”罗宇说，“早知道，早点儿窝心？”

"早知道了，就要早点想办法呀。"李翠兰端起手边一杯热茶，慢悠悠喝了一口，笑着把脸转向王志兴，"你说是吧，小王？"

这简直有一唱一和的味道了。罗宇飞快往胭脂这边看了一眼。

王志兴好像没听见李翠兰的话。他在专心吃黄瓜，蘸着面前一碟大酱，咔嚓咔嚓，咯吱咯吱，像一头胃口极好的驴。胭脂觉得，他吃得都有点儿虚张声势了。

"以后，我的事儿不用您管。"罗宇的目光扫过王志兴，"您让王总和胭脂怎么想，娘俩在这里借题发挥、一唱一和地大做文章？还是察言观色、旁敲侧击地唱苦情大戏？您这不是给人家出难题吗？"罗宇放下汤匙，动作重了，当啷一声，为了缓和气氛，他又顺手拿了起来，问李翠兰："妈您要不要汤？"

李翠兰说不要。

李翠兰脸上的笑还没消退，错愕已经浮上来，那笑容里就带上了哭相。胭脂眼皮突地一跳。抬眼望罗宇，看见他先前通红的脸色越来越白。

这话，是一点儿余地都不想留了。胭脂心里一动。

王志兴不好再装聋作哑，打着哈哈说，罗宇你怎么能这样跟阿姨说话呢，她也是为了你好啊，不当家不知柴米贵，不养儿不知父母忧嘛……王志兴脸上一副啼笑皆非的表情，趁人不备，还冲胭脂戏谑地挑了挑眉毛。他大概也没想到，李翠兰一步步设下的套，会被罗宇掀个底朝天，还掀得这么幼稚，这么决绝，这么彻底。

胭脂也很想接上几句话，比如顺着王志兴的口气，委婉又亲昵地责备罗宇一番，或者转头给李翠兰找个台阶，缓和下气氛，然而张了几下嘴，却一个字也没吐出来。

李翠兰真是生了个不同凡响的儿子，胭脂想，这种事搁王志兴身上，往回退三十年都做不出来。不但做不出来，王志兴还不能理解。王志兴眼里，罗宇这种人真是傻瓜、笨蛋、二百五，书生一个，废物一枚。胭脂头一次发现，相比罗宇的莽直，王志兴身上有种混不吝的流氓气质，遇仙成道，遇恶成魔，遇见刘国立和罗宇这样的书生，他就是变形金刚，忽而温文，忽而张狂，忽而低调——比如现在。

现在，王志兴无比轻松，他把吃了一半的黄瓜搁在一边，局外人一样数落罗宇一番，然后转过头去安慰李翠兰。王志兴说，阿姨您千万甭跟罗宇较真儿，孩子嘛，口没遮拦，别看罗宇才比我小两岁，可不是还没成家吗？没成家就是个孩子，对吧……

到底，王志兴也没接李翠兰先前的话茬儿。

罗宇正襟危坐，眼观鼻，鼻观口，不说话，也不再看任何人。

李翠兰回长沙之前，罗宇回请胭脂夫妻吃饭。王志兴不在，胭脂一个人赴约。

地点选在一个稍偏僻的小巷里，名字取得亲切，叫“老妈厨房”，主打湘菜。李翠兰说，罗宇这是在给她拍马屁，还拍在了马腿上——不晓得你老娘是上海人吗？

“打小他就这样，一句话把你气死，下一句话啊，又能把你哄成活神仙。”李翠兰说，“养他一个，比别人家养十个孩子都费心。”

大概怕李翠兰引出上次的话题，罗宇把菜单递过去，故意往一边岔：“妈，给我点个梅菜扣肉，我要吃肉。”说完，罗宇望了胭脂一眼。

胭脂笑笑。

一顿饭倒也吃得波澜不惊。

读大学时，每隔两三个星期，胭脂都会去李翠兰家做个客，二姐说，关系都是走出来的，你来我往才能越走越近。胭脂大致明白二姐的意思——二姐想让她留在长沙，像她们这种部属院校，毕业了铁定要下工程局，那种单位弄不好的话，半辈子都会流浪在天南海北，逢山开路遇水填桥，年轻时无所谓，一旦安下家来，苦不堪言。按照二姐的计划，胭脂毕业后不下工程局，她会继续利用李翠兰的关系把胭脂留在长沙。20世纪80年代末，留在省城长沙是很多毕业生梦寐以求的事。

差不多每个月末，李翠兰也会喊胭脂去她家吃饭，这样交叉的邀请与拜访，胭脂差不多每个周末都要去李翠兰家。受邀请的不止胭脂一个人，通常是一大桌和胭脂差不多大小的学生，各个系的，有男有女，应该都是李翠兰弄进来的，有一回还有一个加拿大外教。黄发碧眼的老外出现在罗家客厅里，把胭脂吓了一跳。在厨房帮着洗菜时，胭脂想，对外语一窍不通的李翠兰，是怎么跟老外搭上关系的?

那顿饭吃得挺热闹，李翠兰照样谈笑风生。老外微笑着坐在她们中间，她不会使筷子，拿着叉子，这里戳戳，那里戳戳。一桌货不真价不实的大学生，谁都不敢上前跟老外过招，唯有罗宇。但是罗宇的口语也很差，并且带着浓重的长沙味儿。胭脂一边听，一边忍不住想笑。

“喏，吃这个，梅菜扣肉，”李翠兰挥着筷子，没敢给老外夹菜，“罗宇，给莉莎老师翻译一下啊，看这梅菜多好，里边还有笋干呢。”

罗宇噎住了：“pork with…with vegetable？——妈，你考我啊。”

胭脂扑哧一下笑出了声。

罗宇转向她：“你知道吗？你跟她说。”

“不知道。”胭脂老老实实地说。

“vegetable？”老外疑惑地戳起一撮梅干菜：“你们，vegetable，黑色？”

“绿色的，It's green。”

老外瞅瞅着罗宇，又看看叉子上挑着的梅菜，耸耸肩膀。

吃过饭，罗宇拉着胭脂去书房，翻出一本大英汉词典：“pork with preserved vegetable，梅菜扣肉，preserved——腌，腌制的。”

“我知道。”胭脂说。

“知道？知道为什么不说。”

“我怕她接着往下问，比如，梅干菜怎么做的，为什么腌了之后就变成黑色的之类。哦对了，梅干菜是怎么做的？我们北方没有这种菜。”

“谁晓得。”罗宇说，“只有上海人才喜欢这么虚张声势，哦哟，你瞧这梅菜多好，里边还有笋干呢，好像从梅干菜里吃出的不是笋干，而是一颗珍珠一样。你看过霍达的《穆斯林的葬礼》没有？那里边描写上海人才叫逗。”

“看过。”

“——哦哟，侬来哉，阿拉屋里厢为了迎接侬这位贵客，夜里三点钟就到市场上排队买小菜！勿要客气，勿要客气哟！你看，比较来说，我妈妈还算朴实吧？”

胭脂忍不住笑出了声。

李翠兰收拾完桌子，揩着手走进来：“说什么哪，你们？这么热闹。”

“说她们班一个女生夜里梦游，身上缠满白布，木乃伊一样去敲隔壁宿舍的门，”罗宇拄着拐杖站起来，僵直着敲了敲李翠兰的肩，“请——问——有——人——吗？”

“哦哟，好恐怖，”李翠兰笑着打掉罗宇的手，“那还不把人吓死呀。”

“你怎么编那么吓人的故事，”李翠兰走后，胭脂说，“我晚上不敢出去了。”

“糊弄糊弄她，”罗宇说，“其实是我们学校的事儿，一个失恋的女同学，先是得了抑郁症，不吃不喝不说话，到后来开始半夜梦游。再后来，就自杀了。”

胭脂轻轻啊了一声。

“其实有什么想不开的，”罗宇垂下头，自嘲地笑了一下，“好死不如赖活着，像我这样的人还活着呢，呵，且活着呢。”

那是他们第一次谈到他的腿，胭脂有点手足无措，她不知道是该安慰罗宇，还是该和他一起调侃。她在农村长大，简单稚拙，嘴巴总比脑子慢一拍，还在嗫嚅的空儿，就看见罗宇的泪，吧嗒吧嗒掉下来。

胭脂吓了一跳。

认识罗宇两年多，胭脂见到的罗宇，总是一副阳光灿烂的笑脸。有时候她拿轮椅推他出去晒太阳，一路上罗宇都会跟人打招呼：叔叔阿姨好，爷爷奶奶好。遇见不识趣的，也会盯着他两条瘸腿问长问短，罗宇像胶皮人一样，笑眯眯，乐呵呵，戳不痛，问不痒，仿佛那两条腿生在对方身上，跟他毫无关系。所以，罗宇突然的决堤，把胭脂吓了一跳。

来不及细想，胭脂张开双臂，一下子抱住了罗宇。

在那之前，胭脂没谈过恋爱，甚至连爱情小说都没读过，然而在罗宇怀里，她无师自通地拿鼻尖蹭了蹭罗宇的脸颊，她还伏在他耳边，小声说："别哭，还有我呢。"

胭脂的声音，充满了柔情和爱怜。

墙上的电视忽然放起了二十年前的一首老歌：拨着大雾默默地在觅我的去路/但愿路上幸运遇着是你的脚步/我要再见你只想将心声透露……李翠兰又开始给胭脂布菜，喏，胭脂你吃这个，蜜汁火腿。

"Barbecued ham in honey，"罗宇跟胭脂举了举酒杯，橘黄色的灯光下，他的脸看起来有些虚浮，像从深海里冒出来的影子，"——看我这话务员怎么样，有电话打进来的时候，我一般先拿英语问一遍，再拿汉语问一遍，what can I do for you，请问你找谁？"

罗宇仰头，把一杯红酒全部倒进喉咙。

王小跳临下班来找胭脂："下周三刘姐过生日。"

刘丽娜的生日是农历八月初一，这地方有句老话叫"初一的娘娘十五的官”，是说农历初一生的女人和农历十五的男人非富即贵，刘丽娜跟胭脂一样不是本地人，却挺受用这句话，她喜欢听人拿这话做文章。

“你是说咱们送什么礼物？”胭脂问王小跳。

“我们几个商量了一下，打算买个Gucci的包，我们部门姐妹七个人，加上餐饮部的小刘，加上隔壁赵姐，加上姐姐你，一共十个人，每人凑五百块，酒水另算。姐姐你看怎么样。”

胭脂说没问题。

赵姐是党委书记夫人赵翠花，在胭脂隔壁办公室。胭脂调来酒店后，发现每年刘丽娜的生日王小跳都要出面组织一下，差不多都是这几个人。王小跳很自然地把胭脂划进了她们圈子。胭脂顺其自然，一是碍于刘丽娜的面子，二是觉得自己性格沉闷，需要一个王小跳这样的人跳来跳去，拉近和大家的距离。比如和刘丽娜的距离。

在过生日这件事上，胭脂真真切切体会到了什么叫无巧不成书，刘丽娜生日后一个礼拜，也就是农历八月初八，是赵翠花的生日，赵翠花生日后一个礼拜，八月十五中秋节，是胭脂生日，三位夫人的生日在八月份一字排开，像蓄意跟王小跳作对。每年，王小跳兴兴头头给刘丽娜过生日时，胭脂总要难堪得心悸一下。

王小跳只张罗刘丽娜的生日。

这么明显的厚此薄彼，王小跳不应该意识不到，意识到以后依然有薄有厚，那性质就不一样了。胭脂做人含蓄，难堪一阵儿就过去了。赵翠花就一定得刻薄几句：“马屁拍得这么显山露水，她也不怕哪天让人挑了理儿。”

就是说，她赵翠花是挑了理儿的。

胭脂不挑。王小跳要是不张罗，胭脂和赵翠花就得出面张罗，王小跳身先士卒，胭脂就免去了许多麻烦。并且，胭脂相信王小跳是因为没钱才跳过了她和赵翠花的生日。王小跳和刘国立都在清汤寡水的职位，拿王小跳来说，三年前领的还是技术工的薪水，三年后的今天即使评了中职，薪水也不过涨了几百块，在酒店，奖金流贴一概没有。机关大院人情多，像王小跳这么活跃的角色，每月红白事随的份子钱都是一笔不小的开支，依王小跳比上不足，比下一定要有余的性格，这境况着实是种煎熬。

所以王小跳会组织大家随份子，聚少成多，五千块的Gucci应该能入刘丽娜的眼，却被赵翠花讽了又刺：“要是我，拍得起就拍，拍不起就买二斤苹果，也算自己的一份心意，这么总拽着大家算怎么回事？你不问，人家还能假装不知道，你这么一问，谁还好意思躲过去，说，我知道了，但我就是不去？”

胭脂知道赵翠花其实是在“指桑说槐”。

两个月前，刘丽娜在农村的老爸来这里看病，职工医院李院长给联系的市中心医院，刘丽娜叮嘱说，要找特护病房，请最好的大夫。王小跳知道消息后照例招呼大家去探望，那次她们买的是一支长白山野参和一盒藏北虫草，另外又每人凑了五百块钱，包在一个大红包里。胭脂问老人得的什么病，王小跳说：前列腺增生。

胭脂正喝水，没忍住笑，一口水差点喷在电脑上。

胭脂随大家凑了份子，给了红包，但是没去医院。她给刘丽娜打了个电话，说自己有点儿忙，祝老人身体早日康复。电话里有杂音，滋滋啦啦的电流声给胭脂腾出很大一片幻想空间：王小跳到医院了吗？她们会在那儿待多久？病房里没坐的地方吧，她们是一字排开还是围成一圈？她们将怎样慰问老头增生的前列腺？那个从东北来的老农、刘丽娜她爸、陈董的老泰山，会不会被这阵势吓倒？还是司空见惯、处怪不惊？

赵翠花也没去医院。和胭脂一样，赵翠花也凑了份子随了红包，但是脸色极难看。半个月前，赵翠花她妈刚出院。老太太住院期间，胭脂代表王志兴去探望过，刘丽娜托胭脂捎了点儿礼物。王小跳没去。王小跳的喽啰们也没去。

王小跳的命运，总是这么充满戏剧性。

挑理归挑理，真到刘丽娜面前，赵翠花的脸马上笑成了一朵花。

她们在金朗会馆给刘丽娜摆了一桌生日晚宴，王小跳说，之所以安排在金朗，是因为陈董事长今晚要参加刘丽娜的生日宴会，等刘丽娜切完蛋糕，他还要赶去陪一个湖北来的客户，那个客户，就下榻在金朗的十六层。王小跳说这些时一脸兴奋：看人家两口子，每年刘姐过生日陈董都要送花，要是赶上出差回不来，就叫礼仪公司代送。虽说两人到现在也没孩子，可老夫老妻了还这么浪漫，真叫人羡慕呀。

刘丽娜输卵管堵塞，求医无果，四十七岁了也没生孩子。

面对王小跳的啧啧称赞，胭脂也小小地表示了一点儿惊讶，“罗曼蒂克是一种素质，”胭脂说，“——当然，不是每个人都能拥有这种素质。”

临去金朗前，胭脂喊上了罗宇。罗宇和刘丽娜不熟，但毕竟在一个楼里办公，胭脂想趁这个机会叫罗宇和刘丽娜熟悉一下。罗宇临时得到消息，来不及准备礼物，就去“花仙子”定了一束鲜花，白色百合配浅粉色的洋桔梗，周围点缀着满天星。

陈董没来之前，刘丽娜身边的座位一直空着。空座旁边是赵翠花，赵翠花旁边是胭脂，胭脂旁边是罗宇，王小跳紧挨在刘丽娜另一侧。王小跳今晚穿了件墨绿纱质低胸晚礼服，胸前有繁复的绣花，吊带，裸肩，裹臀，礼服自膝下转成夸张的百褶，顺着小腿曲线成螺旋状，长及脚面。在一身简单长裙的刘丽娜旁边，王小跳看起来有点儿喧宾夺主。

又有人旧话重提，是王小跳一个小姐妹：初一的娘娘十五的官，哎呀，刘姐您可真会选日子，您天生就是董事长夫人的命，啊不不不，董事长夫人也挡不住，陈董年轻有为，前途无量哦。哪像我，不零不整的生在八月初八，我们老家也有句话，叫“八月初八，坑人害家”，老辈人最忌讳这个，我奶奶因为我妈把我生在八月初八，甩了一年的脸子……

王小跳轻轻咳一声：“那个……罗大哥你的百合挺香。”

“是啊，”刘丽娜冲罗宇说，“谢谢你的百合，我非常喜欢。”

罗宇也顺势恭维了刘丽娜几句。他用了席慕蓉的一首诗，因为这首诗，刘丽娜格外看了罗宇几眼。除了一条瘸腿，罗宇算得上气宇轩昂，既继承了他爸的儒雅，又继承了他妈李翠兰的机智通透，该稳重的时候稳重，该俏皮的时候俏皮，该中庸的时候，他能中庸得别具一格。借着刘丽娜的眼，胭脂才发现，这个最近扰得她神思恍惚的男人，在某个不经意的片段里，经常散发出一种突如其来的陌生，这种陌生，是她一点儿都不能预先感知的，像斜刺里的一阵风，倏忽既逝，来去无踪。

那首诗是这么写的，二十年前一个洒满阳光的午后，罗宇搂着胭脂，一字一句念给她听过：

与人无争 静静地开放
一朵芬芳的山百合
静静地开放在我的心里
没有人知道它的存在
它的洁白
只有我的流浪者
在孤独的路途上
时时微笑地想起它来

“欧洲人的观念，百合花赛过所罗门。”罗宇说，“其实美丽的花跟成功的人一样，世人只看见她的荣华繁盛，却看不见她背后的执着坚忍，就像您——这花真的很适合您。”

刘丽娜认真听着，不时冲罗宇颔首微笑。

胭脂起身去了洗手间。

再回来时，一群女人叽叽喳喳，话题仍然围绕在百合上，刘丽娜说，陈处长也喜欢送她百合：“他看我的眼神，总是像看情人一样。”

“情人节也送百合吗？”有人问。

“情人节和生日就送玫瑰，平时出差回来就送百合。”刘丽娜说，“不信你们瞅着，一会儿老陈来，怀里一准儿抱捆玫瑰。”

正说着话，门被推开，一大束红玫瑰先探进来，紧接着是陈董陈元胜一张发面饼般的大脸。女人们一阵哄笑，边笑边瞅向刘丽娜。

“这么热闹？”陈元胜不明就里，一捆玫瑰花递给刘丽娜，“生日快乐。”

王小跳带头，女人们挤眉弄眼地鼓掌。胭脂跟着拍了两下手。

陈元胜跟胭脂是校友，又是一个系的师兄，早胭脂两年毕业。这个身高不足一米六的安徽人，二十年前还和胭脂一起在贵州搞测量，十五年前和王志兴一起提成科室主管，接下来的十五年，王志兴一步一个脚印地熬，陈元胜翻着跟头往上蹿。王志兴提总工那年，陈元胜在沙特的海外公司挂职锻炼。沙特阿拉伯太远，那两年，人们简直忘了陈元胜这个人，风平浪静的表象下，只有王志兴意识到了其中的波涛汹涌。王志兴说，两年后老董事长退位，陈元胜去沙特是镀金，捞点儿政治资本，下一任董事长宝座，十之八九会落在陈元胜手里，他把各方面关系打点得太好了。

王志兴交代胭脂：你不会讨好刘丽娜，不得罪她总能做到吧？

事情的发展跟王志兴预料的一样，两年后，四十二岁的陈元胜正式出任董事长，王志兴再跟陈元胜说话，中间或结尾，总能恰到好处地拐到胭脂身上。校友是什么关系？王志兴跟胭脂说，一口锅里舀过饭，你想要多铁就能有多铁。

酒菜上齐后，按程序应该是寿星讲话。有陈元胜在场，寿星就成了配角，刘丽娜把讲话的机会留给了陈元胜。陈元胜认识胭脂和赵翠花，不认识王小跳和她手底下一群小喽啰，刘丽娜一个一个给陈元胜做了介绍。王小跳冲喽啰们做了个安静的手势："今天是刘姐生日，大家的喜事，我们这里没有董事长，只有姐夫，大家说对不对？"

喽啰们齐声应和。

面对一群小姨妹，陈元胜陡然兴致高涨。陈元胜端着酒杯，先给大家道歉，说自己来晚了，要自罚一杯，仰头咕嘟一声灌下。又端起第二杯，给刘丽娜道歉，说老婆辛苦了，我平时工作忙，顾不上你，连续五年都没时间给你过生日，好不容易今年在家，还只能陪你半个晚上。人家说，军功章里有我的一半也有你的一半，我说不对，我的军功章里，有我老婆一大半。几句话把刘丽娜讲得湿了眼眶，陈元胜仰头准备灌第二杯时，被王小跳一把挡下。

王小跳探出半个身子，葱管一样的白手按住陈元胜的酒杯："姐夫您这算怎么回事，我们都知道您忙，刘姐也从来没怪过您，您这么殚精竭虑地奔波，还不是为了单位有个好效益、为了大家有个好收入，我们感动还来不及呢。"

陈元胜挣了几下，又谦虚地自责了几句。

几秒钟的对峙，王小跳手上渐渐用了劲儿："姐夫我们不许您这么喝。"

刘丽娜也出面圆场："是啊，我又没怪过你。"

胭脂坐在罗宇旁边，看戏一样入了情境，她甚至觉得，王小跳做得还不够，王小跳的手应该翘个兰花指出来，钩似圆月，柔若无骨，白如玉石。王小跳的首饰也不对劲，晚礼服的话，应该配条复古风格的项链，或者珍珠，或者钻石，而不是一条薄薄的黄金链。王小跳的眉目还不够传情，有点儿僵，有点儿做，又有点儿怯。王小跳的姿势还不够自然，她横了半个身子在刘丽娜跟前，像探出的一根爬藤，低调，但是柔韧，匍匐，但是霸道。

要是刘丽娜不在旁边就好了。胭脂想。

致酒词之后，大家开始互相敬酒，目标当然是陈元胜，连寿星都给冷落了。王小跳的喽啰们道行不够，酒杯伸出去哆哆嗦嗦，陈元胜稍微客套几句，她们的脸就红了，眼睑低垂，口不择言。胭脂想起刚来酒店时，王小跳跟她说过的一句话，那次是老董事长家的孙子考了一所三流大学，王小跳撺掇胭脂随礼，胭脂说，可我不认识他呀，王小跳说，我介绍你不就认识了，你要知道，多少人想送都摸不着门呢。

王小跳的喽啰们一定也是这种心态。胭脂看了看旁边的罗宇，她拉罗宇来也是这个目的，罗宇来了，并且买了花，并且念了诗，一切都流了俗，一切又都没落俗套。倒是她自己那次，无论王小跳怎么启发开导，都没去参加那个孙子的庆学宴。她跟王志兴说，为一个三流大学的三流专业，大摆酒宴，不嫌丢人吗？

胭脂和罗宇也分别敬了陈元胜两杯酒。那顿饭吃到最后，陈元胜还是喝高了。湖北客户被放了鸽子。陈元胜一手握住酒瓶，另外一只手越过刘丽娜去跟王小跳抢酒杯：

“你刘姐都没这么管我。”

“那我就更要替姐姐管你了，”王小跳别过身子，“不给不给——不给嘛，这么好的日子不许弄得醉醺醺的，扫人家的兴致。”

“你不给他酒，他也要醉的，”整个晚上，赵翠花安静得像一口深井，偶尔讲出一句话，听起来像冒着寒气，“不是有句话吗？叫酒不醉人人自醉。”

乱哄哄的场面出现了一个短暂的真空，女人们有几秒钟的错愕。

“那是因为高兴啊。”几秒钟的错愕后，刘丽娜把话题接过去，“五年了，老陈一直想亲自给我过个生日，年年想，年年都不能兑现。现在小跳帮他实现了这个愿望，多好啊，老陈就算醉了，也醉得舒坦是不是。”

罗宇被什么东西卡住了喉咙，惊天动地地大咳了一声。

胭脂赶紧递给他一张纸巾。

那晚吃过饭后他们又去唱歌，胭脂推说累了，要先回去，罗宇送她，也先行告退。十点多的大街还算热闹，胭脂没开车，两人并排走在人行路上，头上是高大的五叶槐，一片蝴蝶形状的叶子飘下来，落在胭脂头上，罗宇立定，收起拐杖，帮胭脂把树叶摘下来。“你生日也快到了，”罗宇说，“八月十五来着是吧？”

王志兴说他不喜欢罗宇：“瞧那姿势拿捏的，又深沉又颓废，恐怕别人不知道他遭了不幸似的。这种男人，最适合当个肥皂剧里的男主角，骗骗你们这些寂寞良家。”

“你知道我寂寞？”

“寂寞是幸福的衍生物。一个饥寒交迫、温饱不济的女人是没空拿寂寞当唱词的，她得琢磨明天吃什么，孩子的学费去哪里讨借。”王志兴嬉皮笑脸地凑近胭脂，“怎么，谁让我老婆寂寞了？瞧这小脸绷的……”

胭脂起身，啪一下打掉王志兴伸过来的手。

虽然不喜欢罗宇，照着胭脂的面子，王志兴还是出面过问了一下罗宇的职称问题。罗宇大学肄业后修了个机械专业的函授本科文凭，人事部门按那个文凭，先给罗宇定了个技术员的级别。定级以后就好办多了，一步一步随大流走，不出意外的话，十五年以后也能混到副高。王志兴等于给罗宇垫平了第一步。

“能力范围之内的，我还是会不遗余力地帮他。”王志兴说，“谁让人家对我老婆有恩来着，是吧。能力范围之外的，提都不要提——红脸白脸不能都被他罗宇一个人唱了吧？好在他还算识时务。他妈就不行。瞧那天那话说的，那叫一个满当。”

“弄套房子在你能力范围之外？”

“你觉得呢？”王志兴说，“你当弄套新房跟要个单身宿舍那么简单？这是最后一次分房，这次完了，以后连盖房子的地儿都没了，三千多双眼睛都盯着这一百套房子呢。你以为你老公是谁，齐天大圣啊，拔根毫毛就能吹出一套房子来？”

“谁说的成事在天，谋事在人？”胭脂问，“不是你的座右铭吗？”

“可我凭什么给他谋啊，”王志兴有点急了，“就凭他妈假惺惺地赏过你一口饭？没必要感恩戴德一辈子吧，你不也挺腻歪李翠兰吗？”

“谁说我腻歪她？”

“脸上带着相呢，”王志兴一把推开椅子，站起来，“你还不知道你自己，心里有什么事儿都挂到脸上去，四十多岁的人了，也不知道掖着点儿。”

收拾完碗筷，胭脂到卫生间照了照镜子。

吸顶灯下，镜子里的胭脂很白，像瓷，脸上还带着一圈光晕，连眼角的细纹都不明显了。有一回王志兴逗她，说别人家媳妇越长越老，我媳妇可不是。胭脂问，你媳妇什么样？王志兴说，我媳妇是越长越老练——门帘子挂上一年还摘下来洗洗呢，我媳妇那脸，挂十二个月都不带换表情的。胭脂也觉得，二十年经风经雨，自己修炼得差不多算宠辱不惊了，怎么就带了一份腻烦出来，还被王志兴窥破了？

她还带了什么表情出来？

赵翠花正跟胭脂埋汰王小跳：“吴大毛你认识不？跟刘国立关系特好。那家伙去了沙特半年，赚了点儿美元，回来就跟刘国立嘚瑟。刘国立逗他，说兄弟混得不错呀，赚美元了，你哥哥我还没见过美元呢。”

胭脂笑，说我也没见过美元呢。

“吴大毛马上从钱包里抽出两张美钞，百元一张的，”赵翠花做了个捻钞票的动作，“吴大毛跟刘国立说，哥哥你拿着，兄弟我现在穷得呀，只剩下美元了。”

胭脂笑着扬扬眉毛：好大方。

“是啊，人民币一千多块哪。刘国立说，我可得把这两张钞票藏好，往后跟人吹牛时也有点儿谈资，咱也是有美钞的人了。

结果你猜怎么着？”

“怎么着？”

“结果——”赵翠花拉长了声调，“刘国立把两张美钞拿回家，跟王小跳一讲，王小跳同学二话没说，第二天拿起美钞，马上去银行换成了人民币。”

“你怎么知道的？”

“听我家老李讲的呀，”赵翠花说，“他从酒桌上听来的。”

正说着，王小跳推门进来：“说什么哪，什么人民币，赵姐发财啦？”

王小跳敲门，历来只三下，不待胭脂有回音便会推门进来，这是她跟胭脂表示亲密无间的一种方式。赵翠花猝不及防，被王小跳堵个正着。

赵翠花的脸，马上红一块儿紫一块儿的。

“说美元贬值，人民币相对升值呢，”胭脂说，“——不是什么好事儿，老美在变相赖中国人的血汗钱。”

赵翠花吭吭哧哧，敷衍王小跳几句，回自个办公室去了。

王小跳跟胭脂东拉西扯，说了一阵刘国立在四川的事，又凑到胭脂的电脑跟前：姐姐都看什么网页呀——哦对了，前两天有个人老加我QQ，我一直没通过，今天加上聊了一会儿，他说他是三公司的，我老感觉不对劲。

胭脂她们是四公司，三公司和她们同属一个局级单位，办公楼都紧挨着。

“怎么不对劲？”

“感觉不对劲，”王小跳说，“又说不上来哪儿不对劲，那人好像认识我，问他吧，他又说不认识，总之感觉怪怪的。”

王小跳用胭脂的电脑上了她的QQ：“喏，就这个，阿里巴巴。”

王小跳一上线，阿里巴巴的头像马上跳跃起来：“嗨，美女好啊。”

胭脂登陆自己的QQ，输入阿里巴巴的账号，搜索，加好友。阿里巴巴通过得很快，第一句话仍然是句轻佻的问候：嗨，美女好啊。

简直像直接复制过来的。

胭脂网名叫芳菲歇，之前她故意把年龄和城市改得乱七八糟，性别女，年龄1岁，城市是阿尔巴尼亚的爱尔巴桑。阿里巴巴显然对这个资料感觉好笑，“欧洲的美女？”

胭脂不置可否，发过去一张笑脸：“您北京的？”

“对呀。”阿里巴巴说，“怎么找到我的？”

“我无聊，随手一搜，您就出来了——北京好呀。”

“好什么，首都吗？现在成首堵啦，美女哪里的？”

胭脂犹豫了一会儿，敲下两个字：重庆。

王小跳笑嘻嘻地拍了胭脂一把：真有你的。

胭脂的QQ不显IP地址。阿里巴巴显然没起什么疑心，东一句西一句地跟胭脂扯淡，他说他去过重庆：重庆十八怪我都晓得哦，房如积木顺山盖，三伏火锅逗人爱，背起棒棒满街站，龟儿老子随口带，不吃小面不自在……

胭脂问：怎么会这么熟？

阿里巴巴：我是世界各地都走遍啦。

“世界各地，好厉害哦，”胭脂说，“什么单位这么好，方便讲吗？”

阿里巴巴连停顿都没有，直接报出了胭脂她们公司的名字。

胭脂跟王小跳对望了一眼。

“这人拿你涮着玩儿呢，”胭脂把鼠标拖到阿里巴巴头像上，点右键，拉出来一溜菜单，“多无聊，黑了他。”

“别别别，接着玩儿，谁涮谁还没准呢。”王小跳一脸匪气，俯身按住胭脂肩头，“问他有没有照片。”

“美女有照片吗？”阿里巴巴先问起了胭脂。

胭脂想了想，点开收藏夹，从平常浏览的博客里挑个美女，给阿里巴巴发了过去。几分钟后，阿里巴巴也发了张照片过来，照片上，一个身材魁梧的黑脸男人裸着上身站在沙滩上，背后是碧海蓝天，一个像帆船一样的建筑物矗立在海面上。

“认识他吗？”胭脂扭头问王小跳。

“不认识。”王小跳有点儿愤恨，“假的，肯定是假的。”

“这是哪里？”胭脂问阿里巴巴。

“阿拉伯塔酒店。”

他故意不说帆船酒店。胭脂笑了一下：“哦，好漂亮。”

“阿拉伯塔酒店在哪儿？”王小跳问胭脂。

“迪拜。”

“迪拜在哪儿？”

胭脂抬头瞅了王小跳一眼，指了指墙上的世界地图，“自己找去。”

按照进程，胭脂该恭维阿里巴巴几句。这之前，阿里巴巴已经赞美过她的漂亮。阿里巴巴说，有句话说得好，在北京嫌官小，到深圳嫌钱少，见了重庆妹子呀，人人后悔结婚太早，您不但人美，名字也独特——芳菲歇，一个“歇”字，韵味无穷呀。

胭脂也顺势夸了阿里巴巴几句。

阿里巴巴又要胭脂发照片。胭脂明白这点小心思，连着发了好几张生活照。她找的这个博客图多字少，博主是个有点儿自恋的寂寞少妇，喜欢晒照片秀幸福。

作为回报，阿里巴巴也陆续发了几张。他发过来的照片，每一张背景都不同，有一张是在法国的卢浮宫，还有一张是德国的科隆大教堂，第三张好像威尼斯，第四张在沙漠，背后是一棵巨大的仙人掌。照片拍得很专业，每一张照片上，黑脸男人从不同角度展示着自己的魅力，成熟稳健，从容大方，成功得没一点儿破绽。

“还聊吗？”胭脂扭头问王小跳，“有意思吗？”

“聊啊，”王小跳说为什么不聊，“你家王总也没去过这么多地方吧，咱们公司里，王总之上的能有几个人？由此能得出两个结论，一、人是假的。二、照片是假的。”

“假的又怎么样，”胭脂说，“你是打假还是无聊？”

胭脂拔掉摄像头和话筒，给阿里巴巴发了个视频邀请：“可以吗？”

阿里巴巴问：“你有视频吗？”

“当然。”胭脂说。

“我本人和照片，不大像，”阿里巴巴停顿了一会儿，说，“那段时间老出差，晒得黑，最近白多了，也胖多了。”

视频接通之前卡了一会儿，有几秒钟，鼠标都不动了。胭脂拿鼠标的手在桌子上大幅度划拉了几下，屏幕又卡了一会儿，忽然就畅通了，视频框里冒出一张发面饼般的大脸，小眼，龅牙，招风耳，鼻梁上一副无框眼镜。

“陈董？”王小跳捂住嘴巴，往后退了好几步。

胭脂噼里啪啦地打字：“能看见我吗？”

阿里巴巴说不能。

“咦，怎么回事，昨天还用来着呀。”胭脂关了视频，“稍等，我看看接口是不是没插好，然后重启一下电脑。”

阿里巴巴说好。

胭脂关掉对话框，点右键，把阿里巴巴拖进黑名单。

“你回去也把他删了，听见没，”胭脂盯着王小跳的眼睛，一个字一个字地说，“这事传出去就不光是好玩了。从现在开始，就当没这回事一样，能做到吧？”

中秋节前王志兴去了福建，本来计划八月十四那天赶回来，因为一点琐事，到底耽误了。早起王志兴给胭脂打了个电话，叮嘱她过问一下妞妞的情况。电话很简短，王志兴没提胭脂生日的事，胭脂也一个字都没说。

中午罗宇打电话过来，要请她和王志兴吃饭。胭脂说王志兴没在。

“我以为就我自己孤家寡人哪，自怜了一上午。”罗宇说，“那这样，晚上我给你过生日？给我一下午的准备时间。”

胭脂笑了：“你下厨？”

“暂时保密。”罗宇说，“晚上见。”

晚上他们去的是一家叫罗马阳光的西餐厅，胭脂开车，罗宇拎了一盒蛋糕。窗外霓虹闪烁。胭脂从包里拿出一副墨镜，戴上。

罗宇挑了个靠里面的包间，房间里装修和摆设都不算繁复，剪绒地毯，织锦窗帘，靠墙一张原木餐桌，相对两张淡紫色布艺沙发，桌子上一盏锡质小烛台。罗宇从服务员手里接过菜单，打开看了看，递给胭脂。

“一份杏仁鲍菇，一份白灼芥蓝，一个鱼翅捞饭，”胭脂一边跟服务员说，一边把菜单推给罗宇。

罗宇看看胭脂，迷惑不解。

“没办法，天生一副中国胃，比中国心都坚贞。”

“怎么不早说，”罗宇说，“咱们可以去吃京东菜。”

“客随主便。”胭脂说，“哪有那么多讲究？”

“我有个同学也和你一样，移民美国二十多年，定居New Jersey（新泽西州），每天越州跨省四个多小时去纽约的唐人街买菜，就为了照顾他的中国胃。”罗宇要了一份西冷牛扒，又给胭脂点了一份红酒甜梨，“——不过，你好像和他不一样，他是从胃里排斥，而你，是从心里排斥，走南闯北这么多年，居然还不适应。”

“我最喜欢吃的，其实是白菜炖豆腐。”胭脂有点儿不好意思，“很扫兴是不是，老王也总说我煞风景。”

“没有。”

服务员把一盘杏仁鲍菇端上来，罗宇往胭脂跟前推了推，服务生退下。罗宇打开蛋糕盒，他看起来有点儿窘："我自己做的，不过失败了。"

掀开盒盖，一枚巨大的面包呈现在胭脂眼前，面包上抹着白色的奶油，奶油上撒着橘子瓣、苹果片、杏仁粉、花生碎、猕猴桃丁，面包中间点缀着两颗红樱桃。

"这是……蛋糕？"胭脂忍俊不禁。

"蛋糕。"罗宇搓了搓手，"我觉得我可以把它弄得好看一点儿。"

"好，尝尝你的手艺。"胭脂拿切牛扒的刀切开面包。

罗宇微笑着看胭脂。他的目光像一双温柔的手。

"过两天我借你一本书，"罗宇说，"那里面，有个关于泥巴蛋糕的故事。"

"什么书？"

"一个美国女人，核物理学家，因为憎恶核试验用于军事，千里迢迢从美国来到中国延安。"罗宇说，"她的婚礼非常简陋，没有蛋糕，她爱人就用泥巴给她做了一个，上面还刻了字。"

"你是说寒春，Joan Hinton？"胭脂说，"我看过她的资料。"

"我挺想知道蛋糕上刻的什么字，"罗宇往座位上一靠，舒展开双手，"在那样的年代，如火如荼的革命运动中，两个理想主义者，你猜，他会给她刻什么字？"

"嗯……为人民服务？"

"哈，你真逗。"罗宇的笑声像从胸腔里喷出来的，"为什么不是我爱你？"

胭脂抬眼看了罗宇一下，随即转移了目光。

“应该是我爱你。唔……我爱你，I love you。”半晌，罗宇说，“很多年不说这几个字，你看，都陌生了。”

胭脂起身去拉窗帘：“闷，今天晚上有雨？”

织锦窗帘唰一下被拉开，广告灯箱上的霓虹照进来，罗宇脸上像蒙了一层假面。

“其实，我也想在蛋糕上刻字来着。”罗宇说。

“生日快乐。你刚才都说了。”

罗宇推开刀叉，抱着胳膊在椅背上靠了一会儿。

“你躲我，胭脂。”

“没有。”胭脂说，“我躲你——说什么哪，你？”

“干吗这么急着否定？”罗宇眯缝着眼。

胭脂迎上罗宇的目光。

他们对视了很久。胭脂恍惚记得，她在哪个电影里看过这样的镜头，一对旧恋人异地重逢，先是礼节性的叙旧，浅入，深出，且怨且念，欲拒还迎，两个主角拿捏着程序化的矜持，试探、挑拨，最后，矜持垮台，像沙滩上的建筑，哗啦啦大厦倾倒，男女主角抱头痛哭，然后云遮雨覆，人仰马翻。她和罗宇到了哪一步？罗宇脸上的表情非常电影化，一大部分是深情，一小部分是幽怨，幽怨又代谢出一点儿无辜，不多，配合这个气氛，刚刚好。

“你的反应有点儿激烈。”罗宇的目光像一把解剖刀，把胭脂脸上藏匿的东西，一点儿一点儿挑出来，“你难道不觉得，有义务跟我解释一下，二十年前的不辞而别？”

“毕业了。我服从分配。”胭脂说，“有必要跟你解释吗？”

“因为我是个瘸子？”罗宇轻声问，“可我认识你的时候，不已经瘸了吗？”

“别自个儿糟蹋自个儿。”

“那为什么？”罗宇的声音细弱、幽冷，像从地下冒出来的。

胭脂垂下眼睑。

“我他妈的被糟蹋到现在，还差这一回吗？”罗宇突然啪地扔下筷子，他的嘴角像被人扯开了一块，一直豁到腮帮上。端着一盅红酒甜梨进来的服务员被吓得一哆嗦。

胭脂接过托盘。罗宇嘴里喷着热气，像一只疯狗。

胭脂静静地坐在那儿，积蓄着力气。

“知道我第一次吃西餐什么感觉吗？”胭脂说，她的嗓音有点儿嘶哑。

“从头到尾的浪费。”胭脂笑着，拿小匙在桌面上比画了一下，“服务员端来一盘土豆饼，我就在心里迅速换算一下，这盘土豆饼，可以买多少个土豆，看见一碟红酒甜梨，我又开始算，这一只梨子的价格，在我老家，可不可以买半筐甜梨。”

“我读初中的时候，正赶上农村联产承包责任制，”胭脂说，“社员们疯了一样分田分地，拖拉机没法儿分，就拆成零碎一人一件。我们家分了十五棵梨树，分到梨树的人家，谁都没我爸侍弄得好，我爸把梨树当孩子一样照顾，我和我二姐的学费，我妈和我大姐的药费，全指望它们——我妈是个疯子你知不知道？”

罗宇摇摇头。

“我大姐智障。”胭脂说，“我二姐读大学那几年，我爸每年都把粮食卖光，全家人拿红薯野菜填肚子。我读高一那年，春天帮我爸犁地，别人家都雇拖拉机，或者牲口，我们家雇不起，我和我爸像牲口一样在地里拽着缰绳。那天早起我们喝的红薯面汤，到上午十点饿得前胸贴后背，我爸叫我回家做点儿饭，我回家，给他烙了两张白面饼，又炖了一小盆白菜豆腐，菜里面放了很多油。我当时特别悲观，想，吃吧，吃一次穷不死的。”

罗宇安静下来，有些意外地望着胭脂。

“有一年暖冬，我们家地窖里烂了好几筐梨。”胭脂说，“我爸愁得直叹气，他把烂得不多的梨子挑出来给我们吃，我大姐傻，肚子吃得滚圆，还伸着手跟我爸要，我就把我那份给了她。第二天，我大姐食物中毒，上吐下泻。”

“中国胃也分三六九等你知道吗？”胭脂说，“总有一些东西是与生俱来的，就像我热爱白菜豆腐，就像我爸伺候了半辈子梨树却没吃过一口红酒甜梨，就像我大姐差点为一口烂梨送命一样，这些东西就像烙印，你不以为忤，别人却会拿它来衡量你的长短高低。”

胭脂说：“我凭什么要等着被衡量、被估算、被裁判？”

眼泪渐渐涌上来，胭脂睁大眼睛，努力不叫它掉下来。

“怎么样才能不被裁判？她年轻的岁月，终究被那个人斜刺里拦腰截下，从此改变了方向。那个人，她把她请到长沙最好的西餐厅，叫最好的牛排，喝最好的咖啡，她一招一式地教她，怎么拿刀，怎么拿叉，这是什么，那是什么，先吃哪个，后吃哪个。她说胭脂，这世上任何事都是有章法的，就像你不能拿筷子吃西餐一样，婚姻也是。什么叫门当户对？布鞋配汗衫，皮鞋配西装，球鞋配球衣，这都叫门当户对，你一双草鞋硬要搭上一身燕尾服，那叫什么？那叫不伦不类啊。”

那个人还问起了她大姐：她那个病，是不是遗传？

那个人还找到了她二姐，她们说了些什么，胭脂不得而知。

“那个人是谁？”罗宇问。他额头冷汗涔涔。

“你妈妈。李翠兰。”

泪要掉下来，胭脂拿起包，转身跑出了包间。罗宇随后追出来，他不小心带起了桌布，桌上盘盏碗筷稀里哗啦掉下来一片。罗宇又一瘸一拐回去收拾。

走廊那头，赵翠花偕她们家党委书记从另一个包间出来，跟胭脂正撞个对面。

“怎么这么好心情，老王回来啦？”赵翠花喊住胭脂。

胭脂立定，喊了一声李书记：“你们也在。”

“人家送了两张贵宾卡，再不用就过期了。”赵翠花笑吟吟，“我刚才还跟老李说呐，这岁数泡咖啡馆，一准儿被人家当成狗男女——咦，你们家老王呢？”

赵翠花往走廊里张望，胭脂也顺着她的目光望过去。

罗宇一瘸一拐跑出来：“胭脂——”

刘丽娜进来时，王小跳正跟胭脂聊天。

刘丽娜递过来一个挺精美的包装盒：“帮我查查，这叫什么表。”

盒子里是一块金色方形女表，黑缎带，金表壳，表盘上一圈繁复花纹，花纹内圈镶嵌一溜小钻石，外圈是罗马数字。

“浪琴，Les Elegantes。”胭脂说，“漂亮，这里边是真钻吧？”

“应该是。”刘丽娜把表戴上，“我戴着合适吗？颜色是不是嫩啦？”

“怎么不合适，”胭脂说，“这颜色雍容华贵，小姑娘戴才不合适。”

刘丽娜吐字，前后音不分，东北话里带着大苞米渣子味儿。胭脂每回跟刘丽娜说话，都会想起《懒汉相亲》那个小品，宋丹丹筒着两只棉袄袖子跟雷恪生说：“鹅叫魏淑芬……”刘丽娜原来也叫淑芬，刘淑芬因为嫌名字土气，荣升第一夫人后改名刘丽娜。

光看外表，没人相信刘丽娜跟陈元胜是夫妻，刘丽娜黑瘦、高挑、削薄，陈元胜白胖、粗矮、敦实。陈元胜远去沙特镀金时，刘丽娜跟胭脂一样窝在酒店做服务员，两天倒三班，兼顾跟胖经理斗智斗勇。陈元胜脱胎，刘丽娜随之换骨。脱胎换骨后的刘丽娜哪儿也不去，仍然以专业不对口的姿势盘踞在酒店，挑战胖经理。胭脂猜度刘丽娜耗在酒店的心思，一是因为这里清闲，最主要的，大概还是比较享受那种咸鱼翻身的感觉。

胭脂就没这种感觉，或者说比较少。

“你再查查价格。”刘丽娜一只手搭在胭脂肩上，“我以前不大关注这个牌子。”

“好漂亮的腕表，”王小跳从胭脂身后绕过来，“又是陈总送的？姐姐你还查什么，直接问陈总就行了嘛。”

“他也不知道。”刘丽娜答非所问，“他哪关心这些？”

胭脂打开浪琴官方网站，跟刘丽娜一起看。

“像这种玫瑰金，肤色白的人戴着才好看，配一枚小钻戒，相得益彰。”王小跳拿起表盒，前后左右看了一会儿，又放下，“肤色黑就不行……”

胭脂做了个叫王小跳安静的手势：“是不是你办公室电话在响？”

王小跳侧耳听一会儿，屁颠屁颠跑了出去。

“咳，白跑一趟，哪有电话。”等王小跳再回来，刘丽娜已经走了。

“那大概是我听错了。”

“我明白你的意思，姐姐。”王小跳说，“我是那么没分寸的人吗？再说她也不黑，我正打算夸她呢，她真是越来越白了。”

胭脂抬头盯了王小跳一会儿：“你今天，和往常不大一样。”

“见不得这么嘚瑟的人，”王小跳嘁了一声，“直接说是收礼来的就行了，拐这么个大弯，来这里查价格，她办公室又不是没电脑。”

“她嘚瑟不是一天两天了，你才知道？”

“一人得道，鸡犬升天。”王小跳撇了撇嘴，“鸡犬也当得这么磊落。”

“那有什么，”胭脂说，“鸡犬照样有鸡犬不如的人捧着不是？大到整个社会，小到一个单位，就是环环相扣的一个生物链，有人买巧就有人卖乖，各取所需懂不懂——你什么时候变得这么义正词严，简直是幡然悔悟了呀。”

王小跳意识到了自己的顾首不顾尾，嘻嘻干笑两声，装模作样地在胭脂书柜前踅摸一会儿，翻出一本书：“这个我拿去看了哦。”

胭脂嗯了一声。

临走前，王小跳想起什么似的：“对了，前两天刘姐让我给罗大哥做媒呢，你说我羡慕鸡犬，你那位亲戚还不是一样。”

胭脂疑惑地抬起头。

“女方是陈董最小的妹妹，”王小跳说，“爹妈没了以后，被哥哥接来同住。那姑娘模样倒也不错，只是小时候发烧成了聋子，十聋九哑啊，话也说不来，什么都靠比画的。”

“罗宇答应了？”

“没立马答应，说考虑两天。”王小跳一笑，“不过这种事谁能拒绝？他本身就是残疾人啊，这才叫门当户对、天作之合嘛。”

王小跳走后，胭脂拿起桌上的电话。

生日过后，胭脂再没和罗宇单独待过，有两回他们在楼道里碰上，周围没人，罗宇追上胭脂，着急地说：那件事，我问过我妈了，她说……这时候，王小跳从楼梯拐角处冒了出来。还有一回，罗宇去胭脂办公室，刚坐下，胖经理就推门进来，跟胭脂商量餐饮部服务质量的问题。第三次是在电话里，胭脂刚跟罗宇喂了一声，放在旁边的手机响了，铃声很大。罗宇适时挂了电话。

她将以什么身份面对罗宇？胭脂想，拿什么姿势，用什么口气？这个电话，算质问还是关心？还是旁敲侧击？罗宇那边，会做什么感想？电话拨到一半，胭脂咬咬唇，又把话筒咔嗒一声扣下了。

下午快下班时，客房部一个服务员跟顾客起了争执，胭脂赶到时，前台乱哄哄的，一个矮胖男人正揪住服务员的袖口不撒手，小服务员眼泪汪汪。

“这位先生退房，我检查房间时，发现少了一包安全套。”小服务员指着矮胖男人说，“可他说，不是他用的。”

“老子屋里连个女人都没有，跟哪个用安全套？”矮男人故意眯出一副色眼，一只手抬起小服务员的下巴，“跟你用的？”

胭脂厉声喝了一句：你放开她。

“那是跟你用的？”矮男人晃晃悠悠转过身来，胭脂闻到一股酒味。

胭脂不理他，转头对收银员说：“从押金里扣下来。”

“那就是默认了？”矮男人凑上来，一只手搭在胭脂肩上。他手上用了劲，胭脂不由自主地被他往怀里拖过去。

一记拳头飞过来，正好打在矮男人鼻梁上，矮男人应声倒地。不等胭脂反应过来，罗宇像一只敏捷的豹子从人群里窜出来，骑到那男人身上，抡圆了拳头，一下一下砸在矮男人身上。有人尖叫，有人起哄，保安赶来之前，没有一个人上去拉开他们。胭脂晕头涨脑地看着罗宇揍那个男人，一拳，又一拳，每一拳都积攒了多少年的恨似的。

保安赶来，费了挺大劲才把地上的两个人分开。矮男人打起架来像个女人，他把罗宇脸上抓了好几条血道子。罗宇从地上爬起来，矮男人才发现他是个瘸子。

罗宇一瘸一拐走开：“龟儿子，老子等你去报警。”

人群里这才发出一阵嗡嗡议论，纷乱中，不时有长长短短的目光瞟过来，在胭脂身上前后左右打个转儿，又溜走。

矮男人挨了一顿揍，反倒没了以前的嚣张，老老实实结清房款，夹着包走了。

胭脂回到办公室。她的心扑腾扑腾跳了好一会儿。等稍微镇定下来，胭脂拿起电话，给罗宇拨了过去。电话响了很久才被接起，电话那头，罗宇沉默了好一会儿，最后拿英语问了一句：嗨，请问你找谁？

听起来，罗宇有点儿委屈。他在跟她佯装怨怒。

胭脂没说话。罗宇的态度，让她感觉有点儿无措——这叫什么，欲扬先抑还是欲擒故纵？他不是柔肠百结吗？他不是满腔幽怨吗？他怎么到底落了俗套，做出一副小儿女态，请君入瓮？情人间特有的细枝末节一旦落脚在嗔痴娇怨上，胭脂忽然间就黯然失色。她拿着电话怔了很久，她甚至听到了罗宇在那头的鼻息声。

良久，胭脂也拿英语回了罗宇一句。

胭脂说："对不起。谢谢你。"

圣诞节那天，胭脂陪王志兴出去应酬。请客的是天津一家商贸公司的小老板，地点选在胭脂她们酒店，小老板说，这叫肥水不流外人田。

胭脂二十二岁那年认识王志兴，见面第二天，王志兴就跟媒人说：这女孩我要定了。媒人夸张地跟胭脂转述了王志兴对她的评价：他说，心高的女孩我见过不少，气傲的也是，人家的傲气都是为了配合心高，她和别人不一样，她心不高。王志兴的话很像当下的一句广告词，他说：心不高的傲才是真的傲。

二十年里，胭脂的骄傲始终像玫瑰花上的刺，扎得王志兴手足无措，又欲罢不能。王志兴追名逐利，胭脂袖手旁观，王志兴患得患失，胭脂一言不发，王志兴春风得意，胭脂当头就是一瓢冷水——假如他官场失意她会怎么样？这个王志兴不敢想，落井下石她肯定不会，劝他退隐江湖，学陶渊明那样找个山坡种点儿菜，都不是没可能。王志兴觉得，很多时候，他和胭脂不像夫妻，倒像两个博弈对手。这是一个类似恶性循环的怪圈。王志兴和胭脂说，清高是需要恶俗陪衬的，就像骄傲始终要有所附丽一样，没有我恶俗的陪衬，哪来你脱俗的清高？所以说，咱俩始终是最合适的一对儿。

有些东西跟王志兴是没法交流的，胭脂想，比如理想。再比如说，追求。

那天在酒店四楼的牡丹亭，天津小老板曲意奉迎，王志兴很快就把自己喝高了，半真半假地跟服务员撒开了酒疯：咦，小妹妹莫慌走，你浪格不报菜名哎？

王志兴操着半生不熟的四川话，醉眼迷离，嬉皮笑脸。小服务员面上一窘：“哦，这道菜叫坨坨鱼。”转身要走。“咦？莫慌走，莫慌走嘛，”王志兴继续怪声怪调地调侃，“给大家讲一哈，这坨坨鱼浪格做的，有个啥子来头。”

小服务员不熟悉菜谱，张了两下嘴，到底一个字没讲出来，抱着托盘胆怯地看看胭脂。胭脂在旁边恹恹地坐着，这时候不得不打起精神，冲小服务员摆摆手。

小服务员退下。

“这是你们培训不到位，”王志兴大着舌头跟胭脂说，“作为……公司领导，我对你们的工作非常不满意。作为消费者，我对你们的服务非常有意见，呃，有意见。”

小老板冲胭脂笑：“王总真幽默。”

王志兴侧身，拿筷子梆梆地敲盆子沿儿：“服务员，服务员——”

胭脂厌恶地瞪了王志兴一眼。

“好吧好吧，”王志兴嘟嘟囔囔转向小老板，“是要收敛着点儿，你不知道，这些小姑娘，个个脑壳都精得很呐，你看她今天还在给你端茶倒水是吧，没准儿明天就成了哪位老总夫人，要不就是二夫人，三夫人，要你小心伺候啦！”

在座几个人爆出一阵大笑。小服务员跑过来，王志兴这些话被她一句不落地听了去。临走，小服务员向胭脂投去深深一瞥。

酒店刚成立时，招过一批四川服务员，餐饮部因此火爆了一阵儿。为酒店扬名的同时，服务员们也没闲着，近水楼台先得月，美女们平日迎来送往的全是上级领导、人中精英，精英们老了，还有精英们的儿子。美女们综观全局，审时度势，不到两年时间，纷纷攀上高枝做凤凰。瞄得最准的，像家在大巴山的川妹子刘小娣，嫁了集团公司党委书记的公子，华丽转身，回门宴都是酒店给操办的。胖经理一张热脸贴着了同样热的屁股，酒宴散罢还拉住新娘子的手不放：可别忘了咱们酒店哦，这里就是你的娘家。

王志兴话里有话，本意大概想调节一下气氛，一转头，却看见胭脂仍然板着一张脸。有人来敬酒，胭脂象征性地举杯沾一下唇，筷子都不动一下。

有点儿冷场，天津小老板赶紧周旋其中。王志兴酒劲醒了一大半，看看胭脂，拿起桌上的茶喝了一口，又看一眼，又喝一口。

“她不舒服。”小老板再次敬酒，王志兴直接给挡下了，“她感冒了。”

小老板体谅地给胭脂点了个鱼骨竹荪汤。

接下来的一个多小时，王志兴左右应酬，胭脂不得不拿出感冒的姿势。一个小时像两个小时那样漫长，后来她觉得自己真的感冒了。王志兴跟小老板碰杯时笑语喧喧，一俟转过头来，眼光跟胭脂相遇，马上变得又冰冷又尖锐。

从酒店出来，胭脂跟在步履踉跄的王志兴后边：“你什么意思，谁感冒了？”

“你什么意思？”王志兴站定，转过身来，“你一张脸吊成半尺长，好意思问别人？”

“我说过我不想来，不是你非叫我来吗？”

“你为什么不想来？”王志兴压着嗓门，俯下身，“——跟我在一起很无聊是不是，很市侩、很低俗、很不高雅。你是不是以为我很享受？”

“我又不是你的花瓶。”

“你是谁的花瓶？”王志兴抬起头。他的脸马上隐进了一片阴影中，胭脂看不清他脸上的表情，“——那个瘸子是吧，原来你喜欢瘸子？”

不远处有人放爆竹，空气中充满了火药味。说出“瘸子”这个词的时候，王志兴的嘴角微微上翘，胭脂看见一个隐约的讽刺的笑容。

赵翠花的嘴，还真是快。胭脂想。她把手插进衣袋，尽量叫自己冷静："闲话你也听，你不相信我还是不相信你自己？"

"曾经，我非常相信你。"黑暗里，王志兴的眼睛闪着狼一样的绿光，"——我也这么劝过自己，哪能怀疑自己的老婆，去相信一个八婆？但是，你师母李翠兰告诉我，事情根本不是我想的那样。陈胭脂，请你务必明白，我王志兴不是不想掩耳盗铃，而是没有掩耳盗铃的机会——没机会，你懂不懂？！"

胭脂打了个寒战。李翠兰三个字从王志兴嘴里吐出来，像黑山老妖的一阵风。

"就算到现在，我也很难不相信你。"王志兴说，"这个世界上，有谁会比你更清高、更另类、更缥缈、更不着边际？我不但相信你会在二十年前跟一个瘸子海誓山盟，我还相信你会在二十年后，看破一切浮华，跟瘸子再续前缘。你历来不怕惊世骇俗对不对？你纯洁、你高尚、你不食人间烟火，你还帮他要什么房子、弄什么职称？钱财名利不都是身外物吗？怎么你们这些活神仙，个个都要求助我这个凡夫俗子？！"

胭脂像遭雷击一样看着王志兴，像看着一个鬼。

李翠兰真是强大，胭脂想，人不在，魂也在，魂不在，气势还在，二十年后，李翠兰仍然能像个八爪鱼一样，从长沙伸过柔韧的触角，把她的宝贝儿子搂在怀里——她都跟王志兴说了什么？她不是想从王志兴这里弄套房子吗？一个月前，她还主动出击、见缝插针，试图从王志兴这里打开局面，一个月后，分房方案吵得沸反盈天之际，她却调转方向横手一拦，并不惜以撕开二十年前的旧账为代价，她想干什么？

“这事儿，本来我不想跟你挑明。”王志兴拿一根手指指着胭脂，“家丑不外扬。知道李翠兰怎么说你吗？说你天真，说你浪漫，说你单纯得近乎幼稚——你是不是觉得自己很成熟、很老练、很与众不同？谁豢养着你这份优越感？是我，没有我，今天的你还在酒店擦桌子抹地，叠被铺床，妞妞还在国内挤那个千军万马的独木桥。你高雅，你脱俗，你不计前嫌，你以德报怨，你乐意做什么都行，可你凭什么拉着我一起当傻瓜？”

胭脂傀儡一样跟着王志兴，亦步亦趋，无知无觉。事情来得太突然，她还在想李翠兰——那个巫婆一样的女人，长袖善舞，收放自如。胭脂没想到，二十年后，李翠兰会再次跳出来，于无声处响惊雷，把她的生活，又一次弄走了味儿。

“知道我是什么样的人吗？”王志兴俯身到胭脂跟前，指着自己的鼻梁。

胭脂抬起游魂一样的眼睛。

“君子报仇，二十年不晚。”黑暗里，王志兴的声音落地，有种冰冷的金属感。

大学里，胭脂曾经仔细观察过李翠兰。

得出的结论是：李翠兰讲起话来，五官非常生动。比如李翠兰的牙非常白，细碎得像糯米粒，李翠兰的眉非常弯，弯眉下一双细眼轻巧灵活。李翠兰讲话时，嘴巴开合非常到位，一口白牙灼灼发亮，一双细眼顾盼生辉，加之吐字发音异常清晰，完全没有上海女人吴侬软语的甜腻造作，又辅以手势，又辅以动作，又辅以神态，不但平添了锣鼓铿锵的味道，更重要的是，她营造了一个先入为主的气场。胭脂发现，很多时候，李翠兰一个不经意的动作，都能抢了主角的风头，把全场观众的目光吸引过去，包括主角。

李翠兰一个人，足以挑起一台大戏，中场连行头都不用换。

那天是在陈元胜家，胭脂一边吃瓜子，一边看李翠兰。时间已经到了腊月二十三，农历的小年，李翠兰提前好几天从长沙飞过来，代表男方正式向陈元胜家提亲。李翠兰跟陈元胜说，我们老两口离得远，罗宇在这儿无依无靠，亏着胭脂夫妻照顾，我这人跟谁都不见外，就拿胭脂当我们婆家人了，谁叫他俩关系好呢？李翠兰笑眯眯地转头看看胭脂："他俩啊，好得就像兄妹一样——胭脂你说是不是？"

胭脂冲陈元胜笑笑。

在这之前，当着王志兴的面，李翠兰也是这么说的。她说胭脂，提亲这件事你得去，罗宇在这儿没亲没故，你不出面谁出面？李翠兰亲亲热热地拉着胭脂的手，好像她们之间什么都没发生过一样，好像她翻手覆手之后，胭脂仍然是罗教授的好弟子、王志兴的好老婆、酒店端端正正的好领导，唯一不同的是，现在，胭脂是罗宇的好妹妹。

王志兴是被后面那句话打倒的，他有点儿蒙："跟谁提亲，陈董的妹妹？"

胭脂答应得很快。胭脂说我当然要去，这是喜事啊阿姨，您不是说不跟我见外吗？到底见外了不是？胭脂一边说着，一边把另外一只手搭在李翠兰的手背上。说完那句话，胭脂觉得头顶哗啦一下，散开了一片阴霾。李翠兰跟前，胭脂的天从来没这么蓝过，这会儿，不但有了风，有了云，有了雾霭流虹，树上还有两只麻雀，喳喳在叫呢。

王志兴迷迷糊糊，有点恍悟，又有点儿惊诧。

胭脂不看王志兴，自顾跟李翠兰聊下去。

“不过话说回来，这事儿，我去不去都不重要。”胭脂斜睨李翠兰一眼，稍稍加重了点儿语气，“——重要的是，罗宇他，答应了吗？”

李翠兰没觉出胭脂话里的挑衅味道。她喜滋滋埋怨了一通罗宇，说罗宇主意端得准，这么大的事儿都不跟她说。要不是老乡通风，她到现在还不知道。“够不懂事吧？”李翠兰说，“这种事，怎么能让女方开口呢？”

按照李翠兰的意思，胭脂给罗宇打了个电话，说刘丽娜喊他们去做客，然后将时间地点人物一一告知。罗宇在那头笑了。

“我妈安排的对吧？”

胭脂说是。

“给我做媒？”

“嗯，是。”

“你——很希望我去？”

胭脂觉得，她应该犹豫一下。于是她沉默了几秒钟。

“好。我去。”罗宇简短地说。

按照长沙的风俗，李翠兰给女方带了一条浅紫色湘绣长丝巾，给刘丽娜带了几样浏阳土特产，给陈元胜带了一盒极品沩山毛尖，最后，李翠兰拿出一副用废报纸剪的鞋样，规规矩矩放在这几样礼物之上。

聋哑妹出去还没回来。刘丽娜一看见那鞋样，忍不住先笑了。

陈元胜欠了欠身："阿姨您甭客气，这不是让我难堪吗？说起来我也算是罗教授的学生呢，读大学那阵儿，我旁听过他老人家的课。"

作为形式上的媒人，王小跳也跟李翠兰一道来提亲。因为和李翠兰不熟，王小跳一直紧挨胭脂坐着。相比上次生日宴会上的诚惶诚恐，王小跳这次显得有点儿心不在焉，尤其是陈元胜往胭脂这边看时，王小跳总是把嘴一抿，一声不吭地低头弄指甲。说话间，陈元胜往胭脂这边瞟了几次，王小跳便低着头，把一副指甲抠了又抠。

这个媒人不正常。

胭脂这么想着，也去瞧王小跳的水晶指甲，却一眼瞥见王小跳左腕上，一块黑缎金表闪闪发光，表盘上一圈繁复花纹，花纹内圈镶一溜小钻石，外圈是罗马数字。

浪琴，Les Elegantes。

李翠兰坐到了刘丽娜身边，两个人侧身相对，彼此握着一只手。

"罗宇这孩子，打小就懂事。"李翠兰说，"从小学读到大学，从来就没让人操心过。出事以后，大大小小做了那么多次手术，当着我的面，眉头都不皱一下，怕我伤心。其实我知道，他心里苦着呢，原来那么优秀一个孩子，人尖儿，受不了这么大的落差。这不这么多年，不管家里怎么催，他连恋爱都不肯谈一个……”

刘丽娜和李翠兰转过头来，爱怜地看着罗宇。

罗宇一直侧着脸，望着胭脂。

当着李翠兰的面，胭脂迎住罗宇的目光，又移开，反复几次。罗宇的目光像一枚小太阳，白炽，无谓，坦荡，稍稍地，还带着点儿蓄意。胭脂觉得自己像阳光下的一根冰棍，随着时间一分一秒地流逝，开始变得湿漉漉、黏嗒嗒，面目模糊，柔若无骨。

一切都和胭脂预想的一样。

异样的是王小跳。李翠兰和刘丽娜热聊之际，王小跳一直依偎在胭脂旁边，拿着一只遥控器不停换台，一只手抬起，放下，又抬起，又放下，一副心浮气躁的模样。胭脂往旁边一瞅，正好看见王小跳手上一枚熠熠生辉的小钻戒。

是一枚尾戒，单薄的铂金，镶着半圈小钻石，套在王小跳右手小指上。在酒店，王小跳的首饰总能不断翻新，翻新的结果就是越翻越小——通常，王小跳都是把脚链打成手链，把手链弄成戒指，把戒指弄成耳环，把耳环弄成耳钉，或者把耳钉耳环戒指手链攒巴攒巴，拼成一副项链，有时会添几克黄金，大部分时候，加工费连折旧费都从老首饰里扣掉。王小跳结婚时还不流行钻戒，也不流行铂金，所以，王小跳折腾来折腾去，除了花样翻新，倒也没什么质的变化。

这次不同，铂金尾戒虽然单薄了点儿，毕竟镶了钻，虽然是不起眼的碎钻，到底算一个小小的飞跃了。胭脂想起不久前看过的一本时尚杂志，里边对尾戒的解释是这样的：女人右手戴尾戒，意在套住对方的心，锁住最后的幸福，执子之手，与子偕老。以王小跳蹦蹦跳跳的性格，会和谁做这些缱绻文章？胭脂想，和刘国立——可能吗？

李翠兰和刘丽娜聊得正投机，刘丽娜建议中午大家一起出去吃饭，“正好老陈今天有空，让罗宇和小妹也见个面——小妹怎么还不回来？”

“快了吧。”陈元胜看看表说，“差不多了。”

陈元胜的眼神再次往胭脂这边掠过来，咸湿，轻慢，飘忽，发面饼般的大脸上带着广济天下的微笑，显得一双小眼愈发的小，一副龅牙愈发的龅，那笑容像一簇小火苗，啪一下点燃了胭脂脑海里一根导火索：阿里巴巴。哦，对了，他就是阿里巴巴。

胭脂转头瞟一眼王小跳，后者正百无聊赖地嗑瓜子。

聋哑妹出现之前，罗宇的目光一直尾随着胭脂，若有所思，又不动声色，一副静观其变的姿势。这些丝丝入扣的细节让胭脂沉醉的同时，还有微微的不安。李翠兰擅长演戏，并且不忌拉上她儿子，那么她就陪李翠兰唱下去。然而真正面对罗宇，胭脂还是有点儿心软——罗宇会不会明白，这是她和李翠兰之间的战争？应该不会，就像她不理解他会拿相亲这件事跟她赌气一样。陈元胜是谁？数人之下，数千人之上的角色，陈元胜的妹妹，聋子也好哑巴也罢，嫁给谁都是对谁的恩赐，岂能让你罗宇拿来，当成跟别人赌气的道具——赌气的后果是什么，他想过吗？

有那么一阵儿，胭脂觉得自己很无耻。

屋里正热闹时，防盗门悄无声息地被打开，一个小巧玲珑的女孩拎着两个纸袋出现在门口。大概没有心理准备，望着一屋子人，女孩明显怔了一下。

刘丽娜和李翠兰微笑着交换了一下眼神。

像是买到了一件称心的东西，李翠兰笑得越来越温暖。那是一种胭脂从来没感受过的笑容，慈祥、宽容、安静、舒展，像普通的邻家大娘，浑身上下都透着亲切。刘丽娜打着手势给女孩介绍客人时，李翠兰一直保持着这种笑容，她的眼神落在女孩身上，前后左右，眉角发梢，好像相亲这回事跟罗宇毫无关系，根本就是她的任务一样。

罗宇从沙发里站起来，向前一步，意欲跟女孩握手。女孩又怔了一怔，像一只受惊的小鸟，扑棱一下把双手藏到背后。这个动作把大伙儿都逗笑了。

“哦哦哦。”罗宇以手加额，“对不起，对不起。”

刘丽娜赶紧出面，跟女孩比画了一通。女孩腾一下红了脸，冲罗宇羞涩地点点头。

只有位于陈元胜小妹这个身份，失礼才会被视为一种可爱吧？胭脂在一旁微微一笑。她还是个残疾人，有着诸多可以被原谅的理由。

女孩挺漂亮，吊梢眉，丹凤眼，海藻一样的披肩长发。她立在客厅中间，像刚从童话里走出来的公主，如果不被提前告知，没有人会发现她的缺陷——她残疾得那么隐蔽。老天爷真是不公平，胭脂想，连缺陷这东西也弄得五花八门，还要衬上不同的家庭背景，比如像她大姐那样的白痴，整天翻着白眼，嘴角流涎，对每一个路人嘿嘿傻笑——那样直白的残疾，正好配一个贫寒的家庭。而眼前这女孩，陈元胜的小妹，却像文艺片里的女主角，眼神清澈，双唇鲜艳，她穿着一身韩版的粉紫色泡泡裙，盈盈而立，完美的地方负责展示完美，不完美的地方负责赚取同情，而赚来的同情，应该都是丝毫不掺假的——谁不为高贵的折翅惋惜呢，谁又会拒绝赏心悦目呢？尤其像罗宇这种文艺气质的男人，肯为一个梦独守终生，就会为另外一个梦改弦易辙吧？

胭脂觉得，自己是在那一刹老去的。

一直以来，在胭脂的逻辑里，聋哑女只是一个标识，像方程式里的ABC，是规则的，秩序的，枯的，扁的，没有生命力的，适时出场，再适时退场，直到一个鲜活的女孩真真切切站在她面前。罗宇也是这种感觉吧？胭脂想。如此看来，她和王志兴真还是没有本质的区别，都是务实的、尖锐的、一眼就能看到事情内核的人，因为务实，所以堕落——当年，假如没有李翠兰的横加阻拦，她和罗宇会怎么样？胭脂挺了挺脊背，不叫自己继续想下去——不管怎么样，今天这一场都得唱完吧？

刘丽娜跟陈元胜商量去哪吃饭：“四海凯越怎么样，环境好，距离也不远。”

陈元胜点头。胭脂的手机在那会儿突然拼命响起来。

电话是妞妞打来的。那天是妞妞从英国回来的日子，早起胭脂问用不用去机场接她，妞妞说不用，她可以搭同学的车回来。结果电话一接通，就听见妞妞在那边大嚷：妈妈快来接我，我们的车坏在路上了。

胭脂压低嗓门，去厨房接电话：“你们不会打车回来？”

“哎呀，我的妈呀，高速公路上您让我们去哪儿打车？”妞妞接着大呼小叫，“您还是我亲妈吗？您就不怕一阵风把我卷车轱辘里去？”

王志兴出差了。胭脂有点儿气急败坏，“好吧，好吧，报警了没有？旁边有大人是吧？你们在车里待着别下来，我马上去。”

胭脂是在李翠兰狐疑的目光中离开的，她有一种被釜底抽薪的感觉。一场大戏即将拉开，她描了眉也抹了脸，弦正急，锣正紧，气氛也浓，鼓点也好，却被妞妞一个电话搅了局——为什么这么不偏不倚，胭脂想，李翠兰会有什么反应？她在那个节点匆匆离开，在李翠兰眼里，都有仓皇退场的味道了吧？罗宇又会怎么想？胭脂忽然发现，二十年里，李翠兰母子在她的生活中，其实一直扮演着两个相反的角色，一个是魔鬼，像瓶子里腾出的烟雾，诡异凌厉，一个是天使，像废墟上开出的花朵，温暖静谧。就像她的生活，一边是坚硬的现实，铿锵厚重，一边是粼粼的理想，波光潋滟——她早就放弃理想了不是？她已经决定拿着二十年前李翠兰现实的矛，去戳二十年后罗宇理想的盾，她要让李翠兰自食其果，她要让罗宇母债子还，她要让王志兴清楚，她的热情早被生活淬炼成渣，她还要自己证明给自己看，她将从此囫囵一统、随波逐流——是的，在这个全民务实的年代里，她为什么要格调高古、逆流而上？

但是老天，为什么不给她这个机会呢？

一路上，胭脂心里翻腾着一团火，并道时连转向灯都忘了打，被后边一辆奥迪追尾时，胭脂感觉车身猛地往前窜了一下，然后是玻璃破碎的声音。后来回想起那一幕，胭脂总觉得不可思议——那一刻，她脑海里闪现的，居然是李翠兰。

胭脂想，李翠兰会怎么意淫这场车祸？

春节过后，王小跳如愿以偿进了基建部，没几天，刘国立调回宣传科。赵翠花笑着恭喜王小跳一句“新年新气象”，转头就来问胭脂：怎么回事？

“不知道。”胭脂说，“工作需要？”

赵翠花喊了一声，“我家老李说，这事他压根儿就不知道，人力资源部直接下的文件，你们王总也不清楚吧——工作需要，偏偏需要他们两个？”

刘丽娜也不知道。刘丽娜已经开始兴兴头头给小姑准备嫁妆，在网上看婚纱啦、被罩啦，不时喊胭脂过去帮她参考。胭脂说，你比当事人还急。

“那个李阿姨比我还急哪。”刘丽娜说，“上回给我打电话，一通呜里哇啦，上海话都急出来了。说都老大不小的，直接敲定好了。”

相亲后很长时间，胭脂都没见过罗宇，电话也没打过。相亲结果是李翠兰告诉她的，李翠兰说，那小姑娘和罗宇简直是天造地设的一对。李翠兰两手比画了一个心形，语调居然带了黄梅腔，婉婉转转，眉眼里都是笑，“——罗宇呢，嘴上不吭一声，心里也满意得不行，那丫头不是念过几年聋哑学校吗？会打字，这几天在网上和罗宇聊得好着呢。”

“那就好。”胭脂说，“多门当户对呀。”

胭脂曾经设想过一个情景，某天的某个场合，她和罗宇狭路相逢，她礼貌地向罗宇祝福，罗宇咆哮着——或者是冷笑着跟她说，谢谢，这不是很好吗，自古小姐配书生，丫鬟伴书童，我瘸子娶哑女，多门当户对呀。胭脂想，罗宇的脸色应该是阴郁的，声调应该是怨愤的，神情应该是颓废的，眼波互递之间，还应该有一股炽热喷薄。而实际情况是，车祸以后，罗宇带了礼物来看胭脂，他们在客厅里坐着，说了一会儿话，又好像什么都没说。胭脂绝口不问相亲结果，罗宇也只字不提。那天暖气出了故障，客厅里冷得像冰，直到罗宇告辞，胭脂也没想起把空调打开。罗宇走后，胭脂继续枯坐了一会儿，她觉得自己又变了一根冰棍，形状奇怪，愈冷弥坚。

罗宇的短信是半个小时后发过来的，罗宇说：你难道，不想问问什么吗？

问什么呢？胭脂想。她的脑子像锈住了。

胭脂是在元宵节那天再次看见哑女的。那时候旧楼已经拆除，新楼地基还没打好，陈元胜嘱人买了三十万元的爆竹，统统在新楼地基上放完，取除旧迎新、年年开门红的意思。从大年初一开始，胭脂家就不断有人登门造访，那些名为拜年、实为分房打通关系的人，支支吾吾七拐八拐，最后的话题总能落在新房上。王志兴像个训练有素的守门员，把一拨又一拨拜年的人迎来又送走，答对得严丝合缝，不露一点儿破绽。

妞妞已经开学走了。吃过晚饭，胭脂一个人去看焰火。

空旷的待建场地上，旧楼房的根基还在，地面上是横七竖八的断壁残垣，场地边上已经聚集了很多人，小孩子们在人群里钻来钻去。头上淡青转灰的天空里，几颗寒星像睡意惺忪的眼。月亮就在不远处的树梢上，硕大，橙红，沉重。焰火已经放了好一会儿，烟花升腾的瞬间，半个天空都是姹紫嫣红，或者雪白，或者粉金，瞬息万变，使得安静的空当，越发显得漆黑空旷，像海上的夜。

一个礼花腾空而起，亮如白昼的人群中，胭脂看见了王小跳。王小跳依偎在刘国立身边，半仰着头，神情专注。夜风稍起，吹乱王小跳耳边一绺头发，刘国立抬手替她整了整，又帮她掖好围巾。然后，刘国立俯在王小跳耳边，好像是讲了句笑话，引得王小跳一阵花枝乱颤，伸出手，作势要打的样子。

又一组礼炮升空，人群一阵骚动，胭脂看见了罗宇。

罗宇和聋哑女孩站在人群对面，像是方便胭脂看清楚，他们的头上，正好有一盏梅花形的白色路灯。路灯下的女孩明眸皓齿，亭亭玉立。罗宇站在女孩身后，他的两只手从女孩腋下穿过，正好把她搂在怀里，两人的手在女孩腰间十指交扣。人群中，他们就那样半搂半靠着。礼炮在半空中接连炸响，惊天动地的声音震得胭脂耳膜生疼，胭脂看见，罗宇的手从女孩腋下抽出，迅速捂住了她的耳朵。

她听得见吗？胭脂想。

胭脂回家时，王志兴仍然在陪客人——居然又是去年那个小伙。一年多时间，小伙子并没有成熟多少，胭脂听见他直通通地问王志兴：通信室新来那个姓罗的话务员，工龄也不长，职称也不高，职务也没有，凭什么分了一套大平方米的？

“凭他是个瘸子。”王志兴说，“咱们国家尊老爱幼护残你不知道？打个比方，大家一起坐公交车，你好意思跟一个瘸子抢座位？”

“可这不是坐公交。”

“道理是一样的。”王志兴说，“老吾老以及人之老，困吾困以及人之困，推己及彼，先天下之忧而忧，共产党员都应该这样要求自己，对不对？”

“罗宇分了套大平方米的？”小伙子走后，胭脂问王志兴。

“前天才出的方案，罗宇是特批的。”王志兴说，“——文件还没下呢，小道消息已经满天飞了，这些人哪，真是要命。”

“你给弄的？”

“当然。我打的报告，陈元胜顺水推舟。”王志兴转过头来，嘴角带点儿小得意，“跟着领导做事，要是连这点眼力都没有，我还能混到今天？怎么，你不是也想让我给罗宇弄套房子吗？瞧，一百二十五平方米，正高职的待遇。”

窗外，爆竹声哔哔剥剥，潮汐一样此起彼伏，不远处，焰火仍然在继续，映得不大的一块天空变幻莫测，像鬼魅的脸。盯着王志兴得意扬扬的一张脸，胭脂蓦然觉得，周身，一切的感觉都在随着潮汐的退却被抽离，一切熟识的人，都在随着感觉的抽离渐渐幻化、远去，李翠兰，王志兴，刘国立，王小跳，陈元胜，刘丽娜。

还有罗宇。

半晌，胭脂跟王志兴说：“咱们——离婚吧。”

白巧云

白巧云坚持给沈措写了张借条。

其实也谈不上坚持，沈措并没有拒绝，但是也没有要求，自始至终，他半靠在浅灰色的沙发里，眉头微蹙，脸上挂着恰到好处的沉吟，贴切、劲道、不夸张、不作势，隐隐的还有一种能收能放的张力。隔着茶几，白巧云把借条推给他，他也不瞅，目光从窗外收回来，落到她脸上，琢磨一会儿，才又接着原来的话茬儿说下去。

“钱要退，关系也要找。”他往前欠欠身，弹掉指间一大截烟灰，“说白了，贪污算谋私，行贿可是为了公家，这种事情，单位不能坐视不管。”

“局面太被动，大伙儿都在随机应变，个人也是，公家也是。”白巧云喝掉最后一口咖啡，拿过旁边的手袋，“对不起，我去洗手间。”

凉摩卡没了奶香，越发地酸苦，在洗手间，白巧云用自来水漱了漱口，吐掉，再漱，再吐。刚才，她其实是故意岔开了话题，要不怎么着？跟他絮叨这些日子的奔走哀告？跟他抱怨这段时间的世态炎凉？实际上，自打陈羽出事后，白巧云基本上就陷入了一个孤局，所有的场合，只要她一出现，那些喊喊喳喳的嘴巴立刻没了声息。都晓得她家里出了事，又都不约而同地制造着一个个突兀的冷场，故意似的，嘴巴闭上了，眼光却长长短短地斜刺过来，寻思着、打量着、探究着、琢磨着。那些人，他们迫不及待地幸着她的灾，乐着她的祸。白巧云是需要倾诉和被人安慰的，哪怕一句话，一个眼神，一个姿势。而那个人，任谁都可以，唯独沈措，却不行。

更何况沈措，他还不晓得事情的严重。

沈措还当她是陈太太，贵人落难，英雄救美。白巧云清楚，他那张看似波澜不惊的面孔下，琢磨得更多的，其实还是风花雪月，是郎情妾意，是投桃报李。这个时候，她不能露出半点儿凄惶，楚楚可怜也不行，弄不好会吓着他，断了他的意念——意念这玩意儿，得给他留着。白巧云对着镜子补完妆，才走出去。沈措已经结完了账，正靠着沙发打电话，一只手玩着打火机，啪一下打着，啪一下又揿灭，啪，啪，啪。火焰像蛇信子，倏忽明灭，吐着幽微的蓝光，白巧云看见一张浅紫色的账单，静静搁在桌子一角，她还看见，原来放在托盘旁边的那张借条，不见了。

坚持的姿势，不过是白巧云意念中的一厢情愿。

倒也没什么不适。白巧云一向能屈能伸，今非昔比的地位，她比谁都掂量得清，大难当头，连自家兄弟都袖手旁观，你还能要求一个外人如何？况且这借条，不是三毛两毛，也不是三万两万元，是三十万元。要不是在沈措跟前，要不是硬撑着往日脸面，白巧云倒很想做个感激涕零的姿势。

“旅馆还是别住了，”打完电话，沈措跟她说，“我在芙蓉园有套房子，你先住那儿。兴义市不太平，你一个女人家，住外面叫人不放心。”

“也好。那谢谢你。”

咖啡馆的沙发又厚又软，像个怀抱，有一阵儿，白巧云陷在里面，动都不想动。

兴义这城市，白巧云不是不熟悉，陈羽在这儿修了三年路，她就来回看了他三年。

在施工单位，像他们这种结婚十多年的夫妻，探亲已经没了最初的意义，更多时候，倒像巡查。陈羽工作忙，白巧云一年巡查七到八次不等，寒暑假带着囡囡，平常日子随机而动。她不像有些女人，喜欢搞突然袭击，一看就心怀鬼胎。白巧云要来，就故意弄得大张旗鼓，囡囡交给外婆，她提前一个礼拜走街串巷、置办采买。南塘的鸡头米，西郊的羊糕冻，观前街的酒酿甜饼，得月楼的蜜汁豆干，陈羽嘴巴刁，净吃些难弄的东西。除了这些，每次，她还要多带些松子糖、乌梅饼、桂花糖炒栗子，分给大伙儿。陈太太处事，总这么周到。

陈羽说那是南方女人的伎俩：“总拿点儿小恩小惠收买人，也不嫌下作。”

话一出口就带着恶毒，白巧云不理他。不理是高姿态，要是动起真格的，陈羽未必就是对手，白巧云最晓得陈羽哪软哪硬、哪疼哪痒，哪个地方是七寸，捏住了就动弹不得。

就比如十五年前。

十五年前，白巧云还是苏州城外的阿巧姑娘，支一口铁锅，春卖蚕豆夏卖汤，秋天卖些桂花糖粥，补贴家用。走街串巷的白家小阿姐身材苗条、嗓音甜脆："吃味里格道，尝味里格道，先尝滋味慢还钞——"十五年前的陈羽在苏州修桥，那个环境，上够不着名门闺秀，下遇不见小家碧玉，他一个满腹锦绣的大学生，只能抓个卖粥姑娘调调情。他又连卖粥姑娘都算计不过。白巧云跟他好了一年，眼见着他激情日减，预备抹嘴抽身的当儿，她挑准他们全体员工体检的日子，推门而入，众目睽睽之下，一句话就羞煞了他。

她说："姚医生，麻烦奈搭俄俚看看，阿是有喜哉?"

十五年前的大学生青涩莽撞，被眼疾手快的卖粥姑娘逮个正着，白巧云肚皮不见动静，年底却也和他把婚结了，从此自己扶正了身份，并且随着陈羽的升迁，乌鸦变凤凰，挑担卖吃的灰姑娘登堂入室，成了后来的陈太太。她悟性好，人又聪明，跟着陈羽见了些世面，大泼大阖的道理愈发玩儿得兜兜转，平常日子里掐头弄尾的怄气，都由着他。

白巧云才懒得接那个茬儿。

好在陈羽也晓得适可而止。通常情况是，陈羽阴阳怪气说顺了嘴，白巧云就把手里活计一停，不错眼珠地盯他一会儿，陈羽理亏气短，又没趣，又没劲，哑巴吃了黄连，呸个苦水也不成。白巧云的恩威并施，十五年后，仍然是鲠在陈羽喉咙里的一根刺，咽不下，也吐不出。

囡囡不在跟前时，他们也开一些小玩笑，但是不多。

"这次巡查，大有收获？"

“心虚了吧？”

“心不虚，肾虚。”

“虚自个儿家里，总比虚外头强。”

“反正是虚了。换个口味儿给补补？”

“说吧，想吃啥。”

“唔，冰糖莲子粥怎么样？”

陈羽手底下有个材料员叫刘大力，两年前，被兴义“夜来香”发廊二十几岁的洗头妹李小桃迷得神魂颠倒，洗头妹端得足，非得刘大力离了婚才跟他。两个人恩恩爱爱好了一阵儿，两年后，男的又摽上“月亮湾”洗浴中心一个十九岁的洗脚妹，洗脚妹也端得足，要明媒正娶，刘大力筹划第二次离婚时，被洗头妹李小桃骂了个狗血喷头：“今天洗头明天洗脚，未必你要挨个蹭过去？”

这句话成了大伙儿的笑谈，好几次开玩笑，陈羽原封不动拿过来就用，白巧云心情好时掐他一把，心情不好，就把脸一挂。

“侬放屁！”她说。

囡囡八岁时，白巧云在狮山路开了家玉器店。有一阵儿陈羽带着她出去应酬，席间总能把话题拐到玉器上，玉的行情，玉的历史，玉的鉴赏，玉文化的渊源，玉真是高贵的东西啊，丁点儿一小块就可能价值连城。白巧云不是很懂玉，玉器店始终不大景气，即使这样，陈羽也坚持要她把店开下来。

“女人，没事就容易生非。”他说。

有一回他们在外头吃饭，喝完酒，大伙儿想吃点儿粥。饭店小妹说，我们这儿有小米粥、玉米粥、黑米粥、山药粥、皮蛋瘦肉粥，先生要点哪种?

陈羽拿手一指白巧云：“问她，她最懂。”

小妹微笑着把脸转过去。

陈羽咧着嘴，神经兮兮地冲大伙儿笑：“知道啵，她呀，原来就是卖粥的。”声音不大，但拖得长。包房里渐渐安静下来，空调咝咝吐着冷气。“笃笃笃，卖糖粥，三斤胡桃四斤壳，吃得侬的肉，还得侬的壳，”陈羽接着耍他的酒疯，“你们知道，大早先，苏州人管卖粥的叫什么，叫挑骆驼担的，为什么叫骆驼担呢，因为那个担子，它这样——”，他摇摇晃晃地站起来，两手过肩，比画了一个奇怪的姿势。

有人偷偷在笑。

玉器店老板娘慢条斯理地喝着茶水，一小口，又一小口。早先，陈羽不这么放肆，这两年得意，说话就越发口没遮拦。她为什么要难堪？别人眼里的不拘小节，在她这儿，全是楔进肉里的钉子，一枚，又一枚，十年里，白巧云早就千锤百炼、宠辱不惊了。

沈措在芙蓉园的房子不大，装修简单，木格门，障子窗，靠墙一溜草编榻榻米。白巧云搬进来之前，沈措已经喊钟点工把房间擦了一遍，“电视，冰箱，空调，电话，二十四小时冷热水，”他说，“厨房灶具也全，下楼左拐两百米有个小超市，缺什么东西就去那儿买。”

“听起来像个不错的旅馆，”白巧云冲他笑笑，“藏娇金屋？”

“有时候累了，我就来这儿住两天。”

他不接她的调侃。白巧云讪着嘴，像一朵晒蔫的美人蕉，没有下文的玩笑一点儿也不可笑，有点儿恶俗，有点儿做作，有点儿风尘，还有点儿欲盖弥彰的撇清，简直不伦不类了。白巧云绕着客厅走了一圈，在一张画着水墨画的折扇前站下，端详一会儿。

“这扇子，挺好看。”她说。

“杭州一个朋友送的，”沈措走过来，站在她身后说，“小荷才露尖尖角。你看那蜻蜓。”

“嗯。”

蜻蜓有点儿肥，像蝴蝶，用笔也淡。白巧云没吭声。扇子呈伞状挂在墙上，朱漆木柄，尾坠用红丝线系着一小块儿玉石，颜色绿得俗伧，打眼一看就是赝品，白巧云拈过来摸摸，一撒手，玉坠一摇两晃，又荡了回去。炝色翡翠。这才叫附庸风雅。

沈家兄妹都喜欢附庸风雅。

说起来，白巧云先认识的，还是沈措的妹妹沈芸。沈措有个石料厂，平常交给沈芸打理，陈羽的工程一开工，大宗材料采购招标会就是沈芸参加的，沈措没露面。当晚酒会，沈芸出尽了风头，年轻，漂亮，又会周旋，小女人嗔痴娇怪那一套被她用得风生水起。整个晚上，白巧云坐在陈羽旁边，不动声色地看她。后来，沈芸过来敬酒，先恭维她皮肤好，又笑着说，陈太太是玉器行家，我年前刚好买了个镯子，人家说是蓝田玉，蓝田日暖玉生烟啊，我也不懂，冲着这句诗就买下了，您帮着看看货色，好叫我心里有个底儿。说完，把藕一样的一截手腕伸过来。白巧云拿眼瞧瞧，说，蓝田玉倒是不假，不过，你这是蓝田江花玉。沈芸问，哦，有什么讲究？白巧云说，讲究大了，《唐明皇》看过吧，李隆基送杨玉环那镯子，是蓝田玉，叫冰花芙蓉玉，杨玉环洗澡池子底下铺的，也是蓝田玉。她稍微一顿，抬眼看一下沈芸，就是这，蓝田江花玉。

沈芸要是知道陈太太从她哥手里借走了三十万元，一准儿气得跳脚。白巧云想。

他们又说了一会儿话，沈措教白巧云怎么使煤气灶，怎么用淋浴器，怎么锁防盗门，又打电话要了一桶纯净水。等人送水的空当，他接了个电话。白巧云踱到阳台上，把垂着的细竹窗帘拉开。风不大，一缕阳光照进来。

接完电话，沈措说他要去火车站接人。

“纯净水八块钱一桶，水票在茶几上，”他一边换鞋一边说，“门要关好。中午自己弄点儿吃的，下午我给你打电话。”

咔嗒一声，门在她眼前轻轻一碰。

他没给她打电话。整个下午，白巧云躺在床上，浑身酸疼，头沉得厉害。她太累了。多少年了，她跟陈羽斗智斗勇，兵来将挡，水来土掩，像个铁人一样刀枪不入，末了，他出了事儿，她还得赴汤蹈火地救他。她没想到陈羽的案子这么复杂，大伙儿都没料到，不过是给人送了几回红包，那人犯了事儿，把他供了出来。送红包是工作需要，一开始，他们公司还算鼎力相救，找门道，通关系。到后来，随着调查工作的展开，陈羽的案子像一包被人撕开的破棉絮，从行贿开始，到贪污，到受贿，到挪用公款，谋私的比重远远超过了为公的付出，行贿对象也从外部延伸到了公司内部。他们到底掌握了多少证据？白巧云无从知晓。她见不到陈羽，最开始一个月，陈羽还被关在苏州隔离审查，因为是窝案，一个月后，他又被移送到兴义，由兴义市检察院立案调查。白巧云随即跟了过来。棉絮越扯越糟，越扯越乱，事情到了人人自危的地步。来安顺之前，白巧云托人把玉器店转了手，包括狮山路那门面，因为仓促，整个店面加存货才兑了不到两百万。她不心疼，她随时准备着，一旦取证结束，法院一传唤家属，她马上就用这笔钱去救陈羽。

不是说留得青山在，不愁没柴烧吗？她可以没柴，却不能没了山。

后半夜还是睡不着，白巧云爬起来洗了个澡。浴室不大，她照陈羽说的，先打开头顶的浴霸，再把淋浴器开关扳到红色那边，哗哗放了一阵儿冷水，等水变热的空当，她看见，墙壁一侧的不锈钢托架上，搁着一溜洗澡用的东西：洗发水，沐浴液，润肤乳，浴盐，精油……她还看见，像酸奶瓶一样的洗发水瓶上，沾着长长的一根头发。

兜头的热水淋下来，像一把钝了刃的刀，在白巧云身上，一寸一寸劃过去。头太疼。水太热。浴霸像个小太阳，烤得人耳鸣眼花。洗完澡，白巧云筋疲力尽，差点虚脱过去。

沈措第二天早上才打电话来，说他昨晚喝多了。

“没关系。知道你应酬多。”

“这两天怎么安排？”

“打算去咨询一下，找个好点儿的律师。”

“在老家没找？”

“找过。想换一个。”

“那，这样吧，”沈措说，“我有个同学开了个律师事务所，我跟他说一下，让他给你找个有经验的。不过要等几天，他去了北京，还没回来。”

白巧云等了一个星期。也不是安静地等，芙蓉园离检察院不远，下楼左拐从小区西门出去，往南过两个红绿灯，再往西，过一个路口就是兴义检察院。她去过那里好几次，远远望着那幢爬满爬山虎的灰色小楼，不敢上前。陈羽是在这里吗？他瘦了没有？他们打他吗？给他吃饱饭吗？他被带走的时候还是夏天，身上只穿了件短袖，在苏州时她给他送过一次衣服，被办案人员客客气气挡住了。他们说，隔离审查期间，隔离人一律不能被探视的。他们替他收下了衣服。那么现在差不多都秋天了，他冷吗？衣服够不够换？脏了有人洗吗？一个星期里，白巧云半天半天徘徊在小灰楼附近。

她得救他，不为别的，就为给囡囡保住一个爸爸。

沈措同学安排的律师姓刘，一个星期后才跟白巧云联系。刘律师高个儿，瘦，卷发。他们在城西一个茶楼碰了一次面，第二天，白巧云又到他办公室详谈了半天。两次会面都有沈措陪着，他说，这两天他刚好没事。

陈羽出事后，沈措的生意也受了影响，一期碎石还没供完，新上任的项目经理就处处找碴儿，一会儿说石头质量不好，一会儿又说价格高了。沈措说，狗屁，还不是想推倒了重来，顺手捞一把，揩一把，这帮人，当谁不明白，嘁！他说这话的时候白巧云正在沏茶，她动了一下，没抬头。这帮人都是谁呢？自然少不了陈羽。吃了人家的，喝了人家的，拿了人家的，就得兴人家骂两句，何况，她现在还住了人家的、借了人家的，更何况，讲完这话，沈措也不自在地干咳了两声，她完全相信，这句话根本就是他不小心溜出来的。

白巧云把一杯热茶端给沈措，一点儿也没窘。

除了这顺嘴溜出来的一句，沈措现在对她礼貌有加，好几次，白巧云冷眼瞅他，都瞧不出半点儿端倪。一个男人突然对一个女人敬畏三尺，原因无外乎两个：一、他正在酝酿一个念头；二、他什么念头都没有了。原先风流成性的沈老板突然跟从前大相径庭，原因也不过两个：一、他不想乘人之危；二、他怕一旦跟自己纠缠起来，她赖下他那三十万元。

从刘律师那儿出来，白巧云瞟一眼身边的沈措，笑了。

那晚，尽管沈芸在酒会上使尽十八般武艺，陈羽的候选人名单里，沈措的盛达石料厂仍然排在最后一名。厂址太偏，运距太远，碎石质量还差，三个条件个个切中要害，让盛达石料厂几乎没有竞争力。有几天，陈羽办公桌上的一张名单里，盛达石料厂下边打了个问号，又过了几天，白巧云看见，那问号被涂成了一个大大的红叉。

沈芸仍然频繁来往着，每次都弄得香喷喷、甜蜜蜜。有一回正好撞见白巧云她们打麻将，她在旁边凑着看了一会儿，等她转身上楼，对面的李小桃对着背影就啐了一口。

“呸。这样的女人放出来走江湖，到哪儿都是个祸害。”

“兴你祸害，就不兴别人祸害？”白巧云逗她，“阿猫不讲阿狗，都差个不多。”

她不大瞧得起李小桃，二十几岁的模样守个四十岁的男人，还没守住。守不住男人的女人总是失败的，不管这个男人是棵大树，还是棵大葱。她跟陈羽说，刘大力也够倒霉，偷了一只鸡，赔了两仓米，还得蚀上半辈子大好年华，活该。

那以后两天，沈芸又一次挟香风而来，这次不为石料，她来约白巧云出去玩儿。白巧云知道醉翁之意在哪儿，略一考虑，还是答应了。陈羽去了昆明，她一个人在家，寂寞，并且，她想看看这个女人，还有什么招数。

就这样，她认识了沈措。

沈措那天一身名牌，浅色塔西尼休闲装，白色运动鞋，车子也抢眼，是一辆黑色悍马。他们从兴义出发，走省道，驾车六个小时直抵贵阳。按照沈芸的安排，三个人用两天时间转完了贵阳周边景点，下一程就是安顺的黄果树大瀑布。往黄果树瀑布的途中，沈芸接了个电话，说石场有一单生意等着她处理，要回去。

"不好意思，好几个人都在等我，"她歉意地冲白巧云笑笑，扭转头，"哥，你可得替我把巧云姐照顾好啊。"

白巧云受不得这么劣迹累累的马屁，装着漫不经心，掉过脸去。

后面的旅程少了一个人，有沈措谈笑风生，气氛也不尴尬。唯一不同的是，沈芸在的时候，大伙儿都是中性人，怀着各自的目标心照不宣。沈芸一走，他们就是男人和女人，白巧云走起路来，胸是胸，腰是腰，一举手一投足，都和原来不一样了。在景区，他们经常被人当成夫妻，次数多了，两人谁都不解释，彼此对视一下，一笑了之。

那天玩得高兴，晚上在景区住下，沈措又喊白巧云出去吃大排档，他自己喝啤酒，给白巧云点了一杯果汁。后来又划拳，输了的喝啤酒，赢了的喝果汁。白巧云输多赢少，一张脸喝得艳若桃花。气氛越来越好，沈措起身出去，又进来，手上多了两个快餐盒。

“什么好吃的？”白巧云探过头去。

“尝尝，”沈措把饭盒打开，推给她，“你肯定没吃过。”

饭盒里是两小块烤得金黄的豆腐，油汪汪，热腾腾。沈措说，这个得趁热吃。白巧云看看他，用筷子夹起一个，试着咬了一小口。

“好吃吗？”沈措问。

白巧云摇摇头。

“你还没吃着馅儿呢。别那么斯文，使劲咬。”

白巧云又咬下去一大口。豆腐肚一破，里面的汤汁四溢，从嘴角一直流到下巴。她心里一慌，把整块豆腐一口吞到嘴里，顿时觉得像吞了块炭，又麻又辣，又烫，咽不下，也吐不得，一时间，弄得眼泪汪汪。

“喝酒，压一压，快。”沈措阴谋得逞，乐不可支。

白巧云凑近他递过来的杯子，喝一口啤酒，顺势一筷头打过去：“叫你坏。”

沈措也不躲，抻过一张餐纸擦擦手：“这豆腐要这样吃，来，”他捏紧豆腐侧面，拎起来，“喏，顺着这个豁角，吸，别怕辣，对，先把汤水吸完……”

白巧云稍稍前倾，含住沈措递过来的豆腐一角，又把眉尖轻轻一挑，一双水汪汪的眼睛斜睨住他。刚刚的调笑像一副催化剂，点燃了她久旷的情欲。她有多久没被人这样注视过了？三年、五年？十年、八年？苏州城里，一把春雨年年如烟似雾，那伫立桥头的小阿哥早不见了踪影，外人只道她夫荣妻贵、一步登天，谁晓得她十五年里遭尽冷落的苦楚？天可怜见，这是一个多么适合调情的男人。

白巧云被瞬间升腾的欲念陡然攫住，抖索的唇碰上了沈措的手，那手指浑圆有致、温热修长。这是多么适合调情的一个男人，温柔、诡狡，他居然迎着她的目光，用只有他们两个才能听见的声音说：这叫恋爱豆腐果，好吃吗？他把鼻息扑在她脸上，黏稠，狎昵，他居然还在笑。这个男人，他真是商场情场通吃的。

哦，对了，他是要商场情场通吃的。

白巧云凛然一醒，屏住呼吸。难怪沈芸中途退场，难怪，沈措笑得这么张狂笃定，他原来早算准了她的软肋，呸，这个戏子。白巧云缓缓直起身，十五年前的白阿巧颜色毕现，冷静、柔韧、缜密、结实。这么多年，她其实一点儿都没老。

刘律师说，陈羽的状态还可以，情绪也稳定，叫白巧云放心。

“不过，你得有个心理准备，”他微微皱下眉，“涉案金额已经到了四百多万元，有查出来的，有陈经理自己说出来的，小部分是行贿，大部分是贪污受贿，还有一百多万元挪用公款。”

“四百多万元？”白巧云说，“在苏州的时候，是两百万元。”

“苏州方面并没有深入调查，”刘律师打开一个档案袋，递给她，“案发地在兴义，他们只粗略估计了一下，就把案件移交了。兴义检察院接手以后，按着原来的线索继续调查，才发现，陈经理和一个叫温大炮的工头合包了自己手底下的工程，以那个人的名义操作，陈经理垫付一半资金，利润对半分。合同签完，资金拨到位，温大炮拿着钱，跑了。”

刘律师示意她看材料：“那一百万元的垫资，陈经理是拿公款划过去的。”

白巧云打开袋子，一页一页慢慢地翻。她有点儿蒙。四百万元是个什么概念？就算挪用的一百万全追回来，还有三百万元。三百万元又是什么概念？两个玉器店，十套住房——她的店面卖了，只剩下一套房子，除了卖房和拉下脸去借，再没有别的法儿。并且，怎么会是三百万元？陈羽的官说大不大，说小不小，每年阳光的和不阳光的收入她都能算得差不多，玉器店和家里的存款凑了两百万元，她不用考虑，又另借了五十万元备用。两百五十万元是了结这个案子的上限，怎么会是三百万元？或者说，怎么还是四百万元？

材料很厚，白巧云看了一个下午。刘律师说，陈羽的犯罪手段其实很简单，一个是直接把手下的工程高价包出去，或者高价采购材料，他吃中间的差价，再一个就是把钱直接拿出来，回头他自己写一张白条列销。高价转包和高价采购材料界定犯罪金额比较难，因为市场价随时都在变，除了他自己招认的那几笔，别的问题都不大。

“白条列账就没办法了，”他说，“白纸黑字，我们辩护起来都难。”

“他自己怎么说？”白巧云问。

“白条部分，有的能说出下落，有的不能。说出下落的无非是拿去送礼，这又涉及行贿问题。说不出来的，法院只能认定个人侵吞了。”

“那挪用那部分呢，怎么算？”

“温大炮私自携走合伙人用于履行合同的工程款，属于诈骗行为，这个，警方已经另外立案了，”刘律师说，“不过，经过调查，温大炮那个建筑公司实际上是个皮包公司，资质、人员、设备都没有，追缴起来恐怕很难。”

“就是说，也算贪污行为？”

“它和贪污性质又不一样，量刑也比较轻。这么说吧，如果这部分款项能追回来，或者由犯罪嫌疑人及时归还，法院在量刑时还是会酌情考虑的。”刘律师起身倒一杯水，递给白巧云，“贪污却不一样，贪污是恶意的，陈经理这个案子重头在贪污上，并且，是明目张胆地贪污，连手脚都不做，这是最没办法的。”

“这样的调查还要多久？”

“看犯罪嫌疑人的态度，配合的话，两三个月，不配合的话，五六个月也没准儿。陈经理这个案子复杂，牵扯的人又多，估计要延期。”

“那麻烦您帮我转告他，”白巧云合上案卷，“就说，不管行谁的贿，公家的或者私人的，到这个时候，都不能自个扛着，该说就说，该认就认。”

“那当然，对当事人晓以利弊也是我们的责任。”

从刘律师那儿出来，天都黑透了。白巧云没坐车，一个人慢慢往回走。白露后的风很凉，她穿得薄，连着打了几个寒战。

沈措的电话这时候打进来："在哪儿？"

"中心广场。"白巧云说，"你回来了？"

"回来了。我去接你。"

沈措刚从凯里回来。

他们去一家浙菜馆吃饭，沈措给白巧云点了一个松鼠鳜鱼，一个鸡茸芦笋，一个莼菜汤，他自己要了盘炒饭，叫饭店小妹出去买了瓶辣酱。"吃不了甜的。"他说，"我们贵州人，无酸不成席，无辣，也不成席。"

白巧云冲他笑笑。

莼菜很香，虽然是罐装的，颜色绿得叫人生疑，能在这里吃到，也不错了。白巧云拿小勺先喝了一碗汤，身上渐渐暖和起来。

沈措从包里拿出一个小盒，隔着桌子递给她："给你带的。"

一只水晶首饰盒，做成苹果状，上面有盖儿，打开来，里面是大红植绒，一副银质镂花蝴蝶扣手镯静静躺在那儿，灯光下散着璀璨的光。

"你还记得这事儿？"白巧云笑。

那次在黄果树瀑布，白巧云买了只苗银銮花手镯，付完钱拿到阳光下看，觉得像藏银，就回去退。老板说不能退。白巧云说，那就换个东西，就那条披肩吧，紫色的那个。老板说不能换。白巧云来了气，哎，一只银手镯换不来一条披肩，那你这镯子不是假的是什么？你们弄些破铜烂铁来糊弄顾客，又不给退，又不给换，做的是生意还是土匪行当？小摊老板不理她。白巧云想上前，被沈措一把拉住：算了算了，赶明儿咱到正经银楼去买。

他从后边揽住她，半拥半抱地把她弄开了。

镯子很漂亮，做工也精致。白巧云试着戴了一下，又褪下来。

“谢谢你。”她说。

从安顺回去以后，陈羽面前，白巧云对沈措和他的盛达石料厂只字未提。月底，陈羽和盛达石料厂正式签订了购货合同，以每方52.04元的价格购买盛达石料厂9.5毫米—16毫米碎石15万方。合同签完后照例有个小酒会，沈措做东，沈芸笑盈盈、甜蜜蜜，穿梭其中。白巧云坐在陈羽旁边，整个晚上，眼皮都很少抬一下。价格很公允，始终处于劣势的盛达石料厂，能叫陈羽舍近求远、以公允的市场价格把最大的一块蛋糕切给他们，沈芸一定功不可没吧？白巧云想起了李小桃那句话，真的是，这里边，有一个桃花劫？

他们后来又去了商场，白巧云给自己买了件风衣，又给陈羽挑了件毛衫。两件衣服沈措都抢着付了款，白巧云没跟他争。她想，争的话，倒显得小气了。

十点多，沈措把白巧云送回芙蓉园：“洗个热水澡，好好休息，别胡思乱想。”

白巧云点点头。

沈措拿手指碰碰她的脸：“你瘦了。”

白巧云低下头。

沈措摸摸她的头发，叹口气，把手里的袋子递给她，转身要走。

白巧云不接。她突然一下扑到他怀里，两只手环上他的腰。夜很静。窗户半开着，风吹进来，有丹桂的香味。沈措抱着白巧云，他的一只手上，还拎着买给陈羽的衣服，那衣袋蹭在白巧云背上，一下，两下。

白巧云忽然恶心起来。

接到兴义检察院的电话时，白巧云正在翻一本书。电话是一个小伙子打来的，说有事需要她配合一下，白巧云激灵一下翻身下床，穿衣下楼打车，没几分钟就赶了过去。

接待她的是两个年轻的小伙，问她见没见过陈羽的一个笔记本。

"黑皮的，这么大，"其中一个小伙两手比画着，"里面是一些工作日记。"

白巧云说没有。

陈羽是从工地上直接被人带走的，走时只说去配合一下检察院的调查工作，等白巧云知悉真相的时候，陈羽已经转离了兴义。她一个人从苏州赶过来，收拾陈羽的东西，竟有收拾遗物的感觉。新任的项目经理喊她老大姐——老大姐你别急，陈经理不会有事的，就算有事也是为了公家，上头会出面摆平的。李小桃也过来安慰她，话就比较难听，她说：巧云姐你莫上火，风水轮流转，没准儿哪天又转回来呢。

就是说，他们家的风水已经转过去了。

白巧云抬眼看看她，没说话。

是有那么一个本子。当时她扔了很多东西，因为那笔记本上有工作日记，她扫了一眼，怕以后还用得上，就顺手塞在一只鞋盒里，带了回去。那鞋盒又放哪儿了呢？鞋子取出来，搁鞋柜里，这时候，门铃响，囡囡放学了，她去开门。然后，囡囡进屋，说口渴，她去给她倒水。倒了水，回身又归置东西。本子呢……想不起来了。

“希望您配合我们的工作。”年轻的检察官说。

“陈羽说放哪儿了？”

“说放在他办公桌抽屉里。”

“那你们可以找找他原来办公的地方。”

“找过了。他们说没用的东西扔了，一小部分，您收拾走了。”

“我没印象了。”

除了工作日志，那本子上还记着什么？白巧云想，每一笔赃款的收入和支出？每一个行贿的对象和金额？每一笔受贿的来源和去处？还是他和温大炮之间的合伙账目？都有可能。不管记着什么，她都要先于检察院过目，她要断定它对陈羽没有危害以后，再交出去。要是对陈羽不利，就销毁。这会不会犯法？那本子，还在吗？电影里才能见到的镜头冷不防落在白巧云身上，刺激得她浑身紧张，牙齿咯咯轻响。

“那，只好麻烦您一趟了，去您家里，找找看。”

“好。我回去收拾一下东西。”

他们下午出发，第二天下午到苏州。白巧云提前给囡囡打了电话，所以还没到家门口，就看见囡囡靠在路边一根电线杆上等她。

“外婆呢？”

“外婆在姨娘家打麻将。”囡囡扬着肮脏的小脸儿，“妈妈你这次不走了吧？”

白巧云蹲下来，跟囡囡贴了贴脸。

掏出钥匙开门时，白巧云吓了一跳。她们家门楣上，贴着一溜曲里拐弯的鬼画符一样的纸片，她唰唰几把扯下来，回头问囡囡："你贴的？"

"外婆贴的，"囡囡说，"外婆说我们家里，有鬼。"

两个小检察官对视了一眼，白巧云把他们让进门。她看见，她们家电视、冰箱、饮水机、沙发、镜框、挂钟、每一间卧室的门框上，各贴着一溜红符，卧室的穿衣镜也被挪到客厅来，正对着门口，上面压一张黄符。

"外婆挪的，"囡囡看白巧云的脸色不对劲，"外婆说，镜子在卧室对着床，招鬼。妈妈今天晚上我要和你睡，我每天都害怕。"

白巧云给两个小检察官倒水，他们没喝，给她出示了搜查证，开始找那个笔记本。白巧云坐在沙发上，看着他们从书房开始，一寸一寸翻过去。

囡囡靠在她怀里。

他们找不到的。连她自己都不晓得在哪儿。八成是扔了。白巧云捏着全身力气，静静陷在沙发里。从兴义回来之前，她本想给姆妈打个电话，叫她提前把屋子翻一遍，要是找到，就先收起来。可是她没打，弟弟没在家，姆妈的脾气她最清楚，要是被她找到那个本子，就等于被全世界人都找到了。还有，她居然有心情去打麻将。白巧云心里一阵凉。

两个小检察官翻得很仔细，从书房到卧室，到客厅，到厨房，碗柜上边，米面袋里，都摸了一遍。白巧云的目光跟着他们走。他们到客厅，它也到客厅；他们到厨房，它也到厨房。

起风了，雨点子啪啪砸下来。白巧云起身，逐个屋子关窗户，到厨房，赫然看见那只棕色的鞋盒，搁在窗户外的防护栏上，盒子上面，放着一捆大葱。

白巧云关上窗户。

屋子里闷起来。小检察官开始找第二遍。

"没有。"

"那就是没有了。"白巧云站起来，手心里全是汗。

"以后发现了，要及时跟我们联系。"

"好的。"

他们走了。白巧云站在门口，看着两个小检察官的身影在楼梯角消失。又跑到阳台上，看他俩从楼道里走出来，走上小路，走出小区。她在阳台上站了半晌，返身回厨房，拼尽力气拉开窗户。雨只下了一小会儿，盒子被淋湿了。一个黑皮本静静躺在里边。

笔记本很厚，有些纸浸了水，都皱了。白巧云一张一张翻着看。本子前几页是工作日记，不多，字也潦草。翻过来倒着看，后半部分是密密麻麻的流水账，时间、地点、人物、事件，收入、支出、划转、结余，一笔一笔清清楚楚。账目有二十几页，最早时间在五年前，最近时间是五个月前，她大致算了一把，四年半的时间，本子上有据可查的记录已经到了五百万元，那么五年前的呢？五年前的账在哪里？又有多少？

合上本子，白巧云打了好几个冷战。

回兴义之前，白巧云又到陈羽他们公司去了一趟，接待她的还是那个胖秘书。事发四个月后，胖子对她的造访相当不耐烦。

“你怎么又来了。跟你说多少遍了，找我们没用，”胖子说，“你要是真有本事，找律师，找法官，你给他弄个无罪释放我都没意见。”

“我听听领导们的意见。”白巧云说。

“领导们都在忙，没意见。”胖子开始收拾桌上的东西，“公司让他拿钱行贿去不假，可没让他拿钱往自个儿腰包里揣，照你的意思，为公司犯事儿耽误了往自个儿腰包里揣，公司就得网开一面？就得既往不咎？还得精神赔偿？笑话！”

白巧云不接他的话：“我找王董。”

“王董出门了，没在。”

“那我等他。”白巧云说，“你去办你的事儿吧。”

“我实话告诉你吧，王董去了三亚，一时半会儿回不来。”胖子说，“就算是回来，也没时间见你。陈经理为公司行贿那部分罪名，法院会摘出来，罚多少款公司也认交，这就是公司的态度。至于他自己的事，公司无能为力，陈太太看着办吧。”

他们已经理出思路了，白巧云想。

当初一出事，这个胖子第一个跑来，叫她不要慌不要乱，陈羽为公司受牵连，公司不会丢下他不管，那时候她就隐约感到，这是个“稳兵”之计。果然，两个月的审查期一延再延，到现在已经四个多月，四个月的时间足够他们坐下来研究对策，然后，一摇身，一抹脸，当初一帮惶惶不可终日的小人，现在个个光明磊落，义正词严了。

“还有事吗，”胖子说，“我得去开会了。”

沈芸进来的时候，白巧云正在阳台上晾衣服。听见钥匙在门锁里转，当是沈措，也没回头：“这么晚，你怎么过来了？”

沈芸站在客厅里，似笑非笑地看她。

白巧云回头：“是你？”

“是我。我打楼下路过，见我哥的房子亮着灯，上来看看。”沈芸盯着她，唇边慢慢浮起一个笑窝，“我还当我哥家进贼了呢，原来是陈太太。怎么样，最近好吗？”

白巧云擦擦手，从她身边绕过去：“挺好。坐吧，喝水吗？”

“谢谢，我自己倒。”沈芸把包扔在茶桌上，打开饮水机下边的小柜，拿出一沓纸杯，“房子是我装修的，哪样东西在哪儿，我比你清楚。你喝水吗？”

白巧云冲她摆摆手，坐下来打开电视。

沈芸握着一杯水，从客厅转到阳台。阳台上，刚挂上去的衣服还在滴水。

“我哥的衣服？”沈芸转过头，“陈太太真是贤惠。”

白巧云拿起遥控器调了个台，又放下。

“陈经理怎么样，放出来了吗？”沈芸又从阳台转回客厅，“要说起来，还是陈太太主意端得正，陈经理那儿生死未卜，陈太太居然有心思跑这儿来，洗别人家男人的衣服，怪不得人家说，夫妻本是同林鸟，大难一来各自飞。”

她笑眯眯地站定：“不过，您飞得真快。”

白巧云看她一眼，起身到阳台上，推开窗户。

沈芸像港台片里的八婆，噗一声把口里的水吐到鱼缸里：

“人家还说，落毛的凤凰不如鸡，我看陈太太您就不一样，她们都把我哥的衣服送洗衣店，您不送，您用手洗，”她又踱到阳台，把脸凑近白巧云，很近很近，“您比鸡，可强多了。”

白巧云看见一张浓墨重彩的脸和一个越来越深的笑窝，她跟那张脸对视一会儿，抬起手，干脆利落地给了她一个嘴巴。

十二月底，温大炮仍然在逃，白巧云把苏州的房子卖了，又跟沈措借了二十万元，沈措不知怎么想的，略一想，就答应了。白巧云照旧给他写了借条，他没推，先是放在茶几上，什么时候收起来的，白巧云没看见。拿过一张二十万元的支票，她想起了沈芸那句话——您比鸡，可强多了。

也贵多了，她想。

眼睑下又一阵酸。肯定有一根泪腺是直通心脏的，她听见泪汩汩地流出来，穿过鼻腔、喉管，咽到心里，咽不下，又涌上来，就那样循环反复。

她手里已经有了三百五十万元。

一个月后，白巧云又回了一趟苏州，替陈羽交上一部分赃款，再折回兴义。那时候已经是冬天了，兴义市的冬天湿冷，黏糊糊，潮乎乎，像展不开的愁容。白巧云立在窗户边上，看外面雾水一样的雨，想起她刚跟陈羽刚认识那会儿。

“小妹，桂花糖粥多少钱一碗？”

“一角钱。”

“那，汤山芋多少钱？”

“一角五分。”

“那，桂花糖芋艿多少钱？”

“就是一角五分——侬格格小阿哥，到底想要啥子？”

“小阿哥啥都想要。连你，小阿哥都想一块儿要。”

他们刚认识那阵儿，陈羽还不起眼，白巧云跟着她住工棚，睡板床。石棉瓦做的墙壁特别薄，这边稍有动静，那边就听得清清楚楚，每天晚上，白巧云埋在陈羽怀里，大气都不敢出。陈羽那时候的理想是当一个技术负责人，独当一面，那样的话，他就可以住到城里去，每天开车到工地上，耀武扬威地溜上一圈儿，回去画画图纸，算算数据，运气好的话，还能被人请上一顿饭，送上一包烟。

“到时候，咱们先买张席梦思，”他趴在她耳边小声说，“软的，可劲儿折腾。”

他们后来有了席梦思，慢慢地，他还有了独立的办公室、套间的起居室、老板桌、电脑、空调，又有了车、专职司机。他们白天挽着手出双入对，晚上，卷了被子各自为营——情欲一旦褪掉，他从她的猎物直接过渡成敌人。而她，非要等一场变故之后，才肯认他。

那个雨天，白巧云的心柔软起来，像一只僵了多少年的蛹，才想起复苏。电话就是那时候打进来的，一个陌生女人，讲贵州话，也叫她巧云姐。

她说，巧云姐，有些事，我想跟您谈一下。

是个三十几岁的女人，留着长发，年轻，单薄，安静。看见她那一刹那，白巧云脑子里，一个念头电光石火一样闪过，好几个月来，这个念头一直鬼魅一样藏在她心里，她不碰，它也不动，安安生生待在那儿，像是攒着力气，在等这一天。

“我姓兰。”她说。

是姓兰。白巧云想起陈羽那个账本，支出那一栏，十几笔账目，收款人只一个“兰”字，字写得很漂亮，娉娉婷婷，像一朵破苞开放的小花，又新鲜，又娇嫩，让人看了，忍不住就屏息敛气，像眼前这个女人。

“我认识陈经理，很多年了，”姓兰的女人很窘，窘态使她看起来楚楚可怜，“我们有个孩子，是个男孩，四岁。我住在贵阳。”

白巧云静静地看着她。茶楼临街，窗户大开着，街上的车声人声一股脑儿涌进来，撞击着她的耳膜，可是不行，一千个一万个声音在她耳边炸响，她仍然能听见那个女人的话，清清楚楚，明明白白，她甚至能通过她的嘴型、眼神、表情，推断她下一句话。

“我知道我对不起你。”她接着说，“陈经理出事后，我一直很内疚，我知道他在账上有手脚，我应该劝他，可是，我没劝。”

她喊他陈经理。白巧云想，在床上，她也这么喊吗？

“我一直很着急，可是，我不敢见你。”姓兰的女人绞着一条手绢，一下，又一下。白巧云看见，她的腕子上，有一只手镯，温润细腻，衬得白净的皮肤越发醒目。羊脂玉，她店里的货，当初陈羽拿走，说是去送礼。原来是送这儿来了。

“我问过律师，他们说，要是家属帮着把钱还上，法院就能判得轻一点儿。”女人抬眼看看白巧云，从包里拿出一张卡，递给她。

白巧云没接。有一大堆词儿已经涌到她嘴边，她想骂人，婊子、贱人、烂货、不要脸，可是，有什么东西扼住了她的嘴，进而，又扼住了她的喉，让她没法呼吸。不是说婊子无情、戏子无义吗？怎么事情到她这儿，全都不对劲了？眼前这个女人，她应该像所有坏女人那样，男人一倒，便携着金银细软，逃之夭夭，或者更恶一点儿，回个身，落个石，或者更戏剧性一点儿，把小孽障原物送回，谁家的孩子谁养活吧。可这个女人，她不。她送给她一张卡。家属，她是谁的家属？她还真把自个儿当家属了？

“我把房子和车都卖了，”见她不动，女人把卡放在桌上，一点一点推过来，“钱在里面，有一百万元。密码是陈经理的生日。”

她做得小心翼翼，低眉顺眼。她就是这样勾引男人的吧？白巧云想，他们怎么认识的？多久幽会一次？旁人晓得吗？她甘心不要名分？陈羽是不是爱极了她这副委曲求全的小模样？寒意像一条冰冷的蛇，顺着白巧云的脊梁，慢慢往上爬，她变成了一个植物人，后来，又变成了死人，浑身冰凉，像在棺材里躺了一千年。

陈羽的案子移送法院时，已经是初春了。白巧云回苏州过了一个年，再返回兴义，不声不响找了间旅馆住下。她不怎么出门，除了买点儿生活用品，半个月都蜷在旅馆里。沈措打过几个电话，问她什么时候过来。

“开庭吧，”她说，“等在那儿已经没什么意义了。”

开庭那天是二十四节气里的雨水。天气还是冷。雨水里没有雨，一早起来，大雾迷茫。从旅馆走到法院，白巧云的心都被雾水浸透了。到场旁听的人不多，姓兰的女人也来了，戴着墨镜，坐在一个不显眼的角落。白巧云挑了个离她不远的位置，坐下来。

那女人真是好看啊，皮肤瓷白瓷白的，头发也不像别人那样烫得乱七八糟，而是一顺的长发，又黑又亮。她的眼睛偏细偏长，嘴唇也薄，然而这并不影响她的美丽，反而使她的五官显得精致、紧凑。她穿了件藕荷色羊绒大衣，围一条米色丝巾，这两种一般人都不敢穿的颜色在她身上，显得那么高贵。她安静地坐在那儿，像镜框里的画美人。一直到陈羽出场，白巧云的目光还是盯在那个女人脸上，从她脸上，白巧云知道陈羽来了，因为那个女人痛苦了，她的呼吸突然急促起来，安静的小脸突然变得煞白，她还摘下了墨镜，她的细长的眼眶里涌满了泪水，收不住，扑簌簌往下掉。

白巧云回过头。陈羽站在被告席上。

整个过程，法官念了些什么，陈羽说了些什么，白巧云都没听清楚，她手里握着一个黑皮笔记本，泪流满面，抖得像风中的一片落叶。